小·情歌
第三季
-02-

有爱的青春陪伴者

你在南洲，我在想你

原和 作品

花山文艺出版社

图书在版编目（CIP）数据

你在南洲，我在想你 / 原和著. —石家庄：花山文艺出版社，2018.7
ISBN 978-7-5511-3924-3

Ⅰ.①你… Ⅱ.①原… Ⅲ.①长篇小说－中国－当代Ⅳ.①I247.5

中国版本图书馆CIP数据核字(2018)第065632号

书　　名：	你在南洲，我在想你
著　　者：	原　和
统筹策划：	张采鑫
选题策划：	杜莉萍
特约编辑：	颜小玩
责任编辑：	董　舸
装帧设计：	刘　艳　米　籽
封面绘制：	雨　希
出版发行：	花山文艺出版社（邮政编码：050061）
	（河北省石家庄市友谊北大街330号）
销售热线：	0311-88643221/29/35/26
传　　真：	0311-88643225
印　　刷：	湖南凌宇纸品有限公司
经　　销：	新华书店
开　　本：	880×1230　1/32
印　　张：	8.5
字　　数：	231千字
版　　次：	2018年7月第1版
	2018年7月第1次印刷
书　　号：	ISBN 978-7-5511-3924-3
定　　价：	36.80元

（版权所有　翻印必究·印装有误　负责调换）

目录 Contents

001 **楔子**

008 **第一章 初遇**
谁……谁是他的小仙女了！

025 **第二章 相处**
邵南洲，你今天怎么这么骚？

042 **第三章 相熟**
不允许我也有少女心啊？

055 **第四章 青葱**
很燃，他的心也很燃。

069 **第五章 宠她**
啧啧，你这是主动投怀送抱的意思？

081 **第六章 哄她**
哎哎哎，你离我远点儿！

098 **第七章 染指**
他可能自己都没有注意到，这声音里带着一丝不易觉察的心疼。

112 **第八章 秘密**
心跳像有些失了平日里的节奏，加快了好几拍。

128 **第九章 委屈**
你就是红颜祸水！

/ 目录 /
Contents

143 第十章 污蔑
顾长青，是上天给我所有的灾难和磨炼后，赐予我的新生和希望。

156 第十一章 撞破
对待朋友，她还有一腔热血和满心信任。

170 第十二章 离别
顾长青离开了，背影带着孤勇。

186 第十三章 成蝶
其实她一直被爱着。

201 第十四章 新年
时至今日，你好吗？

219 第十五章 毕业
我喜欢你！他说，这一刻，他眼里灿若星河。

236 尾声
人生苦短，无梦难活。

246 番外一 顾长青篇
可惜你的余生，没有我。

257 番外二 钟茴篇
谢谢你，一直喜欢我。

楔子
XIEZI

白色的纱帘沐浴在晨光中,被窗外的微风吹起,春日的阳光懒懒散散的,没有盛夏的刺眼,让还在梦中的人睡得甜甜。钟茴是被一阵闹钟声吵醒的,被子里蓦地伸出一只纤细白皙的手,在床头柜上一阵瞎摸,终于,"罪魁祸首"被她拿捏住,魔音消失。

寂静也只是一秒钟,钟茴还想无视先前的闹钟继续回到梦境,可下一刻,腰间被一只大手横过,将她搂抱在怀中,接着,一个浅浅的早安吻印在她的眉间。

"早。"低低的男音在耳边响起。钟茴像是找到依靠一样,像只小猪一样朝着声音的位置拱了拱,将自己的脸颊贴在说话的人的颈边,模样依恋极了。

她没有醒来。

"呵……"抱着她的人见状,不由得发出一声轻笑,抬手捏了捏怀里女孩的小鼻子,"还睡啊!"他的语气像是有些无奈,还有些心疼。昨晚

钟茴为了等他从医院做完最后一台手术，睡得很晚。

太困还想跟周公约会的钟茴耸了耸鼻子，没能将它从某个作乱的人的手中抢救出来后，放弃了，她张着小嘴巴，一呼一吸的，还嘟囔着："南洲，你好烦呀！"像是在撒娇，又像是在抱怨，带着蒙眬的睡音，软甜甜的。

饶是认识这么长的时间，见证了她的青葱和青涩的成熟，可邵南洲却觉得每次听见钟茴发出这样的声音，他的左心房，依旧会不受控制地怦怦直跳，像从前那样，坐在教室里，总是会不由自主地转头，想去寻找她的身影。

压下心头那点儿旖旎的念头，他咬着女孩儿的耳垂，悄悄说："昨天你不是说今早要去参加一个什么美术馆的开幕仪式吗？怎么，行程取消了？嗯？"

那个"嗯"字刚落下，前一秒还赖在他胸口撒娇的姑娘一下子惊醒，猛地抬头，一个没注意，脑袋就磕上跟前人的下巴，还发出了很结实的"砰"的一声。

"嘶——"钟茴捂着额头。这下好了，她被撞得彻底没了睡意。

"有没有事？我看看！"邵南洲顾不得自己被钟茴的"铁头"差点儿撞歪的下巴，单手撑在床上，紧张兮兮地看着已经蜷缩在床上的女孩儿，然后……把她"展开"了……

钟茴已经疼得眼泪花花了，结果邵南洲没为她呼呼就算了，居然就这么把她展开了……

"我看看……"邵南洲拿下她的手，冷不丁对上她带着控诉的眼睛，他一蒙，"怎么了？"他很想表示自己才是被撞的那个人啊。

"你把我放得这么平整做什么？"钟茴用软绵绵的声音控诉邵南洲的"恶行"。

邵南洲深表无辜："你缩成一团我怎么给你检查？在医院，都是这样躺平的。"

"我是你病人?"钟茴气呼呼的。

"不是。"邵南洲老实回答。

钟茴撇嘴:"那我为什么要躺平检查,我就要这样!你就说行不行吧!"

怎么不行?邵南洲把展开的某小学生一样的媳妇儿抱在怀里,看了看她的额头,上面有一块红痕,在她像是被剥了壳的鸡蛋一样的皮肤上格外显眼。

"还好,没肿。"邵南洲给她吹了吹,确认没有大碍后,才将她抱着放在地毯上,揉了揉她乱糟糟的长发,"快去洗漱吧,等会儿时间又来不及了。"说着,他自己也站起来,开始换衣服。

钟茴后知后觉地问:"你也要出门?"

邵南洲拉开衣橱,从里面找出一件衬衣,边换边回答她的问题:"不然呢?从家里去美术馆,我昨晚看了看路线,还挺远的,你的手能受得了吗?"

钟茴走到洗漱间刷牙,听着外面传来属于邵南洲的声音,她看着镜子里用左手拿着牙刷的自己,笑了笑。

习惯了用左手,她差点儿忘记了自己并不是天生的左撇子,甩了甩右手,依旧使不上太大的劲儿。

七年前,她失去了成为画家的资格,可是,人生就像是她爸爸说的那样,不会因为跌了一跤就停下,总是要一步一步地向前走的。虽然发生了一点儿意外,让自己跟梦想的竹林擦肩而过,但只要一直走,机遇总会送你来到桃花坞。

揉着右手手腕,钟茴走出来:"知道啦,这几年好多了,就你最担心!"

"能不担心吗?我不仅是医生,还是你丈夫!"邵南洲已换好衣服,转过身,走过来抱了抱她,"乖,赶紧去换吧。"

两人收拾好，用过早餐，出门。

今天是周六，钟茵是上周一接到美术馆馆长发到工作室的邀请函的。听说这一批的展览里，还有一幅她早期的作品，希望她能过去一起参加剪彩仪式。

坐在副驾驶座上，钟茵任由身边的人替自己系好安全带，她左手食指点着自己的太阳穴，还有些疑惑："南洲，我早期有什么作品吗？"她自己都不怎么记得了，感觉七年前的事情已经发生很久很久了，她的生活，已经跟画画脱离了轨迹。

邵南洲的大手替她顺了顺额前的刘海儿："很多吧。除了高三那年，你画的有关沈岑的那幅油画不知去向，别的不是咱们差不多都已经买回来了吗？"

"对啊，我也记得是买回来了。可是举办方跟我说他们手里有一幅我早期的作品，也不知道是什么。"钟茵捏着手中的邀请函，撇嘴道。

"去了不就知道了。怎么，大设计家现在这是在担心什么？怕以前的画丑，不敢见人？"邵南洲调侃道。

钟茵"噗"的一声笑出来："还真有这个担心，万一太丑掉粉怎么办？"要是搁从前，她也没想过自己有一天会站在舞台中央侃侃而谈，在聚光灯下收获那么多粉丝，家里的展柜里摆放的不再是各大美术比赛的奖杯，而是家居设计的奖牌和荣誉证书。

开车的清俊男子偏头，笑看着她："那也不怕，你的死忠粉坐在你旁边呢，就算掉也掉不完！"

钟茵哈哈大笑，这种安慰也只有邵南洲能说出来了。

车子停在十字路口等红绿灯，红色的信号灯上面显示还有一百多秒，钟茵看着窗外，这条路上有一条她从前走了两三年的小巷子。

"哎，南洲，你看，学校今天还补课呢！"路边有三三两两的穿着校服的学生成群结队地走着,"学神,有什么感想吗?"钟茴有些调皮地将手握成拳放在后者嘴边,笑嘻嘻道。

对于她这幼稚得像是小学生的问题,邵南洲做出一副兴致勃勃的样子回答:"感想?你是想回去看看?想的话,等你上午的行程结束,咱们就过来。"

"可以啊!"这一建议,很快得到钟茴的附和,"董老师在班群里问了你好几次,说每次聚会都不见你人影,下一次你再不去,她可就要发火了,当没了你这么个学生。哈哈哈,谁叫你上几次都去外地啊!"她幸灾乐祸。

这时候,绿灯已经亮了,邵南洲看着前面的车况,听到钟茴的话,颇有些无奈:"这也没办法,头几年实习能跟着教授去外省跟大手术,我总不能推拒吧?"

"也是。"钟茴点头。她的视线从路口那几个围着卖烤红薯老人的学生身上收回来,转而看着身边开车的男子的手上,这双手,现在是救人的手。曾经,这只手的主人立志成为数学家,现在,却换了个理想。她跟邵南洲两人的人生轨迹,似乎是在那个夏天倏然改变,各自走上跟从前预想的截然不同的路。

邵南洲虽然在开车,但同时也注意着身边的女孩子。余光瞥见钟茴嘴角勾起的浅浅笑容,他的心情似乎也跟着变得很好了。

"想到什么,心情很好?"

钟茴刷着朋友圈,抬头看着身边人英俊的侧脸,拿起手机不由得"咔嚓"一声拍了下来,笑嘻嘻地回答:"觉得命运很神奇,原本没想过的现在居然全部出现在眼前,从前预想过的,居然失之交臂。不过,现在的生活似乎也很好。如果当年我们高考后没有经历那么多,想来也不会走到现在这一步。明明从前很埋怨,现在想想,其实也没什么值得抱怨的。天降横祸,

但你一直在我身边啊!"

她说话的时候,自己都没有注意到语气里带着那么一点点的小自豪和小骄傲。她爱的人,不论在什么情况下,始终守护在她身边,一起经历了生活的起起伏伏,如今这样,也算是圆满了吧?

对于钟茴突然的感慨,邵南洲笑笑,没怎么放在心上。就像是钟茴说的那样,苦难是过去的,但在这场苦难中值得庆幸的是两人一直携手,互相扶持着走了过来。

很快,到了美术馆。

剪彩仪式是在上午十点钟举行,结束后,钟茴没有立即离开,邵南洲陪着她一起走进美术馆,寻找那幅多年前她的作品。

钟茴找到那幅画时,愣怔了。千想万想,她怎么也没有想到,居然会是这一幅。

邵南洲看她呆呆的样子,走过来问:"怎么了?"

他也顺着钟茴的视线抬头,看见了悬挂在墙壁上方的那幅被裱起来的素描。

"怎么是这幅?"邵南洲也跟着失神了。

画上,是一个十七八岁的少年郎,脸上带着可以媲美盛夏阳光的微笑,单手抱着篮球,笑得一脸灿烂。

钟茴抿唇,她仿佛又回到了那个沸反盈天的午后篮球场,看台上是满当当的学生,一半都是女孩子,拿着毛巾和水瓶,朝场地中央的一群男孩儿呐喊:"邵南洲!男神……顾长青!顾长青!萧凉!男神……"

一转头,钟茴看着同样露出了愣怔表情的邵南洲,她拿着手机,将这一画面定格了。

七八年前的少年和眼前的男子,似乎重合在了一起,她发了个朋友圈,悄悄写下一行字,发了出去,不过一分钟,从前的老同学还有现在的同事纷纷点赞,发来祝福和羡慕的话。

　　钟茴:相逢时,不知余生全是你。

第一章
初遇
CHUYU

谁……谁是他的小仙女了！

1

钟茴站在机场跺了跺脚,坐了几小时的飞机,一下飞机就变了个温度,她还有些不适应。钟谭文告诉她洵北市比江阳市气温低了不少,她现在裹得像一个粽子。

机场外是白茫茫的一片,已经春节后了,可是洵北市还在下雪,好像春天蛰伏起来了,到处都还是冬天的味道,处处凛冽。

没两天,钟茴就要开学了。

洵北市还没有回暖,虽然开学这天没有下雪,但是外面的温度还是很低。钟茴不习惯这样的天气,出门的时候又裹成了一个小粽子,看得钟里直笑。

"有那么冷吗?"他一边说,一边将钟茴的手握进了自己的大手中,给她暖手。

钟茴穿着厚厚的羽绒服,将帽子戴在头上,然后颈边缠绕着一圈大红色毛线围巾,高领毛衣将她的下巴都遮挡住了,在她有意缩脖子的这个动作里，整张脸只露出了一双乌溜溜的大眼睛。

听见钟里这话，她不住点头，话都不愿意多说一声，好像一开口就会把她身上好不容易凝聚起来的暖意给带走似的。

钟里开车送钟茴。

今天开学，报名的人很多，钟里在校门口停车，让钟茴先下车，这周围已经停满了车，他要再往前开一条街才有停车位，想到钟茴怕冷，就让她先在校门口等着。

钟茴下车后，根据钟里手指的方向，站在了警卫室旁边。她很安静，就站在原地静静地等着钟里。

过往的人很多，片刻后，估摸着时间差不多了，钟茴努力睁大眼睛寻找钟里的身影。

当视野中终于出现那个高大的身着黑色大衣的身影时，钟茴嘴角微微上翘，然后大步走过去。她想钟里肯定还没有发现自己，心中不由得有些小小的得意，然后她伸手，悄悄地将自己冰凉的小手放进了后者的大掌中。

意料中的温度，很暖和，她仰头，脸上还挂着乖巧的软软的笑容。

"哥哥！哥哥！"她声音带着糯音，仰头就只露出一双湿漉漉的漆黑的眼睛，模样有些娇俏可爱。

可是，在那身影转头的一瞬间，她神色倏然一僵，笑容立马垮了下来，然后像是触电一样，猛地将手松开了，她在刹那间变得惊慌失措："对不起，对不起，我……我认错人了……"语速飞快地说完，就扭头跑了。

太丢人了！跑到让她觉得足够安全的地方后，她伸手捂住自己好像变得发烫的脸颊，结果抬手的时候就闻到了一股薄荷的味道，这不是她护手霜的味道，这是刚才的那个男孩子的！

邵南洲站在原地，就看着突然出现在自己身边的女孩子又突然消失，他的掌心都还有她冰凉的指尖的温度。英俊的男孩儿勾唇笑了笑，转身离开。

跟他告白的女孩子不少，但是一上前就拉着自己的手叫哥哥的可还真没有。

他走进教室，找到自己上学期的位置，坐下来将作业本交给自己的班长同桌陈海伦时，陈海伦突然像是嗅到了什么一样，拉着他的手就放在了鼻子下面。

邵南洲被他这动作吓了好大一跳，飞快地抽回了自己的手："陈海伦，你变态啊！"这一开学，就给了他这么大一个"惊喜"，他嫌弃得不行。

陈海伦扶了扶自己鼻梁上的眼镜，看上去冷清清的，说出来的话也像是带着一股凉意："邵南洲，你居然用的水蜜桃味道的护手霜？"

一本正经的腔调，说着不可思议的话，陈海伦面部表情有些抽搐。

"毛病！我还草莓味的护手霜呢，你鼻子出问题了……"那个"吧"字都还在他的嗓子眼里，就被堵住了，他想起了那只放在他手心里的冰凉的小手……邵南洲不由得抬手忍不住自己闻了闻，"我去！"他自己也变了脸色……

陈海伦看着他的目光变得越发诡异了："难道是哪个追求者的？你是被强……"

"胡说什么！"邵南洲给了他一拳，"起开，我去趟卫生间！"他要洗手，这甜丫丫的味道！啧！

钟茵现在耷拉着一张脸，她还没有忘记那个滚烫的陌生人的手掌心，虽然跑掉了，对方她也不认识，但是现在脸上的热度却还是一直降不下去，带着让她心悸的像是陌生人的那只手掌心的温度。

"等久了吧？"钟里终于过来了，额头上已经有一层薄薄的汗水。

他伸手就将钟茵的书包提在了自己手里，然后拉着她的手："走吧，去教室。这外面一条街都已经停满了车，没办法就只有停得更远了一点儿，冷着没？"

钟茴脑子里还回想着刚才的那一幕,神情有些讷讷的,对钟里的话还没反应过来:"啊?"

钟里无奈地隔着帽子敲了敲她的脑袋:"问你冷不?冷的话把另外一只手也揣我兜里。"

钟茴摇头,经历了刚才那么尴尬的事情,她全身血液都在咕噜咕噜地冒着泡,像是沸腾了一样,哪还会觉得冷?

杨正托了些关系,直接让钟茴进了淘北市这所最好的高中,钟里直接带着钟茴去教室里报到了。

现在还没有正式上课,教室里有些乱哄哄的,各科的课代表都在忙着收作业,老同学也一个寒假没见了,聊起来话还是很多。钟里带着钟茴进来的时候,班上的声音突然就渐渐变得小了些。对于陌生面孔的新同学,大家有些好奇。

"哇……那男生是我们班的吗!哇,好高哎!"

"重点是帅吧?啊啊啊,太是我的菜了!"

"你看他牵着那女生的手哎!这……这是什么情况?"

"我说你们女生能不能把重点放正确一点?明明是进来的那个女孩子超可爱好不?"

……

很快,在片刻的安静后,因为对这两兄妹的讨论声教室里再次变得嘈杂。

钟茴有些局促,她不习惯被人关注,所以在走进教室的那一瞬间,她下意识地朝着钟里的身后躲了躲。钟里有些好笑地看着她的小动作,然后那只牵着她的手松开后转而放在了她的肩头,形成了一种保护的姿态。

钟里很快就走到了董老师跟前,看着这位已经不算年轻的女老师,莞尔道:"董老师,好久不见!"

董老师正在清点班上的人数,乍然听见这声音,猛地抬头,在看见钟

里的时候，眼里难掩惊讶。

"钟里？"她正想问他怎么在这里，就看见了钟里身后的钟茴。钟茴个子不高，脸蛋因为教室里的暖气变得红扑扑的，这模样在老一辈的眼里就是福气脸，看着讨喜。

"咱们班的转学生不会就是这小姑娘吧？"她意识到了什么一样开口问道。

钟里将钟茴推到了前面，点头回答："董老师，这是我小妹，钟茴，从这学期起就转到老师班上了，这三年，还要请您继续多加指教啊！"

钟茴乖巧地叫了一声"董老师"，她声音细声细气的，听着软软的。董老师哈哈一笑："我们班长的妹妹，没想到成了我学生，没问题。钟茴是吧？看起来跟你哥哥一样聪明。"

钟茴："……"她其实不聪明啊！她好怕自己很快就打破董老师的幻想。

钟里就像是知道钟茴在想些什么一样，帮着她将这顶大帽子摘了下来："董老师，你可别高看了她，这丫头不爱学习，这三年还需要您多多督促才行。"这些年，钟茴虽然没有跟他在一块儿生活，但跟父亲钟谭文的聊天中可以知道他这个妹妹喜欢画画，之前在江阳市拿了什么"青少年之星"绘画比赛的二等奖。钟谭文没什么时间照顾她，又不知除了物质以外还能怎么补偿她，想要随着她做自己喜欢的事情，所以一直对她的成绩没什么要求，任由她发挥。

董老师见到自己以前的得意门生，很是高兴，伸手就给钟茴指了指位置："那先坐第一排吧，正巧有个学生转走了，班里现在就只有这么一个位置。"

钟茴点点头，然后乖巧地朝着指定的位置走了去。

钟里将她的书包放在桌上，给她摘了围巾："教室里暖气足着，脱了外套，别到时候出去的时候就感冒了。晚上我来学校接你，到时候给我打电话啊。先走了，跟同学好好相处。"

2

钟茴看着钟里的身影消失在了班级门口，才收回视线。

"嗨，转学生，刚才是你亲哥哥？"一道女音传过来。钟茴转头，看见坐在她身边打着耳洞的女子在跟她讲话，"很帅哦！"是个娃娃脸但眼神里似乎还带着桀骜的漂亮女孩子。

钟茴点了点头，声音小小地"嗯"了一声。

女孩子凑近钟茴才听见她的回答，不由得一笑，这转学生的声音也太小了吧？不过，看起来还软软的很好欺负的样子？

她单手撑在桌上，支着脑袋，偏头看着钟茴一点点将东西摆放好。见钟茴因为被她一直注视着而变得越来越红的脸蛋，她不由得想要大笑。

"哎，你叫什么？我叫沈岑。"

钟茴看着横在自己面前的手，手腕上都还有文身，她眼皮跳了跳，将自己的手放在了沈岑的手心里："你好，我是钟茴。"

"哇……你手好凉啊！"沈岑将钟茴的手抓着不放。

钟茴："……"她不知道怎么拒绝别人，也不知道怎么面对现在这样的情况，只好就这样让沈岑将自己的手给拽住，一脸不知所措。

坐在后面的陈海伦实在是看不下去了，睨了作乱的沈岑一眼，开口道："沈岑，你不要欺负新同学。"

"班长，这是我跟新同学之间的友好交流，你不懂！"沈岑微微扬着下巴，模样有些张扬。

陈海伦还想说点儿什么，这时候从洗手间回来的邵南洲已经走到他跟前。

"让让。"邵南洲低头开口，像是注意到了陈海伦前面的空位突然坐了人。他目光一转，落在了后者的头顶上，觉得有点儿眼熟。

钟茴一转头，邵南洲的表情就变得有些兴味盎然了，而钟茴则突然变了脸色。

"哟？"邵南洲看着，眼里的那点儿揶揄就更甚了，他扭头看着陈海伦，"我们班的新同学？"

陈海伦搞不清楚这平常都不怎么喜欢跟女生打招呼的邵南洲现在唱的是哪一出，不过还是点了点头。

邵南洲眼里的兴趣就更浓了，他站在过道上也没打算回自己座位上，反倒是单手撑在了钟茴的课桌上，嘴角微翘："新同学，不认识我了？"他用口唇无声地说了两个字。

钟茴根本不想主动跟邵南洲搭话，可是在辨认了后者的口唇后，她顿感大囧，脸上的血液好像在翻涌沸腾。

谁是他妹妹了！钟茴懊恼地想着，可最后还是不情不愿地跟眼前的男生打了招呼："你好。"却也没了多余的话。

邵南洲轻笑一声。他注意到陈海伦和沈岑探究的眼神，也不当着这两人的面儿多说什么，就回到了自己的位置，在坐下之前，还顺带着一巴掌拍下了前面沈岑拉着钟茴那只不放的手。

沈岑大叫一声："邵南洲，你神经啊！"

邵南洲眼角微挑，模样有些肆无忌惮："怎么了？"

沈岑跟他们这一伙人从初中就认识了，彼此都老相熟了，她恨不得现在就把邵南洲脸上那笑容给扒下来："你打我做什么？"

"哦，你说这个啊……"邵南洲故意拖长了尾音，"看你欺负转学生，为人民除害！"

沈岑："……"

钟茴转头继续看着自己手里新领到的课本，头也没回。

邵南洲见前面的这个白白软软的小姑娘没有任何反应，也就低头做着自己的事情了。

沈岑郁闷极了,她贴了没多久都还没完全"定型"的文身,就这么被邵南洲一巴掌给打歪了。

等到班上的人都来齐了,董老师用黑板刷敲了敲黑板,清了清嗓子:"安静了啊,现在开始开班会。"

熙熙攘攘的教室里,渐渐安静下来。

"这学期我们班上转来了一位新同学,希望大家以后能够好好相处。现在,就让我们新同学先来做个自我介绍吧?"董老师站在讲台上一边说着,一边将目光移向了右手边的第一排。

教室里有人起哄,对于班里来了个白白净净的女学生,男生特别兴奋,又是拍巴掌又是拍桌子。

见状,钟茵感觉全身的血液一下全涌到了脸上,又羞又窘。

她不太习惯这样的瞩目,却还是不得不站到了讲台上。

教室里,暖气开得很足。钟茵捏了捏自己的手心,抬头目光掠过下面黑压压的脑袋,落在了后面的黑板上,她声音不大,却很好听,软软的,带着糯音。

"大家好,我是钟茵,钱钟书的钟,茵香豆的茵……"

"噗哈哈哈哈哈……"

钟茵的话都还没有说完,下面就有人发出一声不大不小但是能够让全班都听见的笑,瞬间,这一声笑就带动整个班上的人笑了。

钟茵站在讲台上,一张白生生的小脸涨得通红,她手足无措,又羞又恼,最后不得已在哄笑声中走了下去。

沈岑在班上虽然也是一号混人,不过看着自己这个软软的同桌眼眶都快要红了,不由得朝着后面还在大笑的邵南洲狠狠瞪了一眼:"浑蛋啊你!"然后转头又拍了拍钟茵的肩头,"没事啊,可别哭鼻子啊,回头我帮你揍他!"

钟茴才没有哭鼻子,她只是觉得有些难堪,觉得被哄笑有点儿发糗,还有就是对那个"始作俑者"的愤恨,她当时站在讲台上,可没有放过第一个开口笑话她说的"茴香豆"的人,可不就是今天早上她认错的邵南洲?

现在这个"罪魁祸首"还没有觉察到钟茴的怒气,正用笔帽戳着她的后背,嘴里还喊着她:"喂,孔乙己,转学生,孔乙己……"

钟茴被他戳得有些火大,伸手就抓起桌上的练习本,看也没看,"啪"地就砸在了后者的脸上……

当事人邵南洲:"……"

目睹了这一切的沈岑和永远面瘫严肃的陈海伦:"……"

这边的响动也让全班侧目了,大家都看见了全年级公认的大帅哥邵南洲脸上结结实实地贴了一本练习册,眼尖的同学还看见了那飞扬起来的扉页上端正的两个大字——钟茴。

顿时,又一轮哄笑。

董老师还在讲台上讲着这学期的注意事项、展望未来什么的,被钟茴这么一打断,她也愣了一下,不过看那可爱的小姑娘涨红的脸,也没有点名,只是淡淡问了一句怎么回事。

钟茴站了起来,她从小在学校就是乖乖女,现在在课堂上做出这样的行为对她而言已经是很出格了。"对不起,董老师。"她不是有意一来就要惹事的。

董老师没打算追究,抬了抬手示意她坐下:"下不为例啊!"

钟茴红着脸,点头乖巧地坐下了。

"厉害啊,小仙女。"沈岑笑嘻嘻地看着她,"对付邵南洲这种人,就该这样!"她还冲着钟茴竖起了大拇指。

钟茴没有说话,但是很快就又听见那道可恶的声音从自己的背后响起:"哎,孔乙己,身手不错啊!"

钟茴:"……"

沈岑还在旁边跟身后的邵南洲贫嘴:"叫你嘚瑟,这下栽了吧?我警告你啊,邵南洲,小茴你可不能动,动了她就是动了我!我跟你没完!"

邵南洲龇了龇牙:"你跟孔乙己的关系什么时候这么好了?"

沈岑听见这外号不由得皱眉,她刚想要说什么,她旁边的小仙女同桌已快她一步地蓦地转身,那双圆不溜秋的大眼睛瞪着身后的人,却没有半点儿威慑力,声音软软的还想要装作凶狠的模样:"我不是孔乙己!"她的小脸,严肃又正经。

"噗……"这回连沈岑都没忍住了,她实在是觉得自己的这个新同桌太好玩了,不由得趴到桌上笑开了,肩头都还在耸动。

邵南洲也忍得有些辛苦,在沈岑一秒破功后,也闷笑了出来,露出了一排大白牙。

"小仙女,你怎么这么好玩?你不是孔乙己,你干吗那么喜欢茴香豆?"他笑嘻嘻地问。

钟茴顿时就闹了个大红脸,谁……谁是小仙女了?当时被沈岑叫出来的时候还没觉得什么,现在从邵南洲的嘴里说出来,她怎么听怎么觉得别扭。她气得不知道怎么反驳,只好又转过身,背对着邵南洲,无可奈何。

这人太讨厌了!她心想着。

3

好不容易挨到了下课,钟茴走出教室。等到再回来的时候,她发现自己位置上已经有人了。

沈岑正抱着手机在打游戏,抬头瞥了一眼,正好看见钟茴有些犹豫的样子,她趴在桌上没动,只是伸腿踢了踢旁边的人:"喂,邱婷,得了啊,聊够了就让开,我家小茴回来了。"

邱婷还在跟邵南洲讨论数学题。

现在都还没开课，沈岑不明白她哪里有这么多的问题，这摆明了就是找借口跟后面这人说话。

在洵北中学里，即便是重点班也是分成两派的，一拨学习好的，凭着自己的本事考进来的，如邱婷之流。还有一拨，自然就是像沈岑这样的，家里找关系给钱塞进来的。这两拨人，谁都看不起谁，互相之间也有一条看不见的泾渭分明的界线。

偏巧，邵南洲就是这两者之间的交集，好像谁都喜欢他，想跟他玩。成绩好，玩得开，长得好。

邱婷有些不耐烦："没看见我还在跟南洲讨论课题吗，你不懂就别瞎说了。"

可沈岑是那种会服软妥协的人吗？

听见邱婷这话，沈岑当即就一脚踹在了邱婷坐着的凳子上，腾地站起来，居高临下地看着她："起不起来？"

沈岑冷了声音："看不见人回来了吗？你以为你谁啊！她站着你坐着？凭啥？想跟邵南洲说话就去他跟前，占着别人的位置不计什么意思？"

邱婷被踢得一愣，眼圈迅速就红了，把手里的课本一撂，说："沈岑，你欺人太甚！"然后就泪眼蒙眬地看着一旁无动于衷的邵南洲，模样楚楚可怜，"南洲，你来评评理。"

沈岑登时就给了邵南洲一记刀眼。

邵南洲勾了勾嘴角，他像是那种会被沈岑威胁的人吗？不过，这事儿啊，他还真就站在沈岑这边了。

"这是钟茵的座位，你是应该起来让她。"他徐徐开口，带着几分漫不经心。

邱婷顿受打击，捂着脸跑出去了。

钟茴目睹这一过程，虽然坐下了，心里却有些忐忑。不过看着沈岑那满不在乎的模样，便不再多说什么。她就不明白了，明明不说话的时候看起来像是个漂亮精致的陶瓷娃娃的沈岑，怎么一开口，就像大姐头……

钟茴的担心最后还是变成现实，没多久，沈岑就被董老师叫去了办公室。出来后，被批评了一顿的沈岑撸着袖子就要去找邱婷算账。

走廊上，钟茴看着气势汹汹的沈岑，拦也拦不住，眼睁睁看着沈岑阔步朝着教室走去，一时间急得六神无主。

"茴香豆，干吗呢？"耳边飘来了一道男音。邵南洲才从数学老师的办公室出来，下来就看见他们班的新同学那一副急得都快哭了的样子。

钟茴听见声音，猛地回头，心里虽是对眼前的人抱着不太友好的态度，可现在她也不知道能找谁了。钟茴伸手小幅度地扯了扯男孩儿的衣袖，眼里流露出焦急和渴望："你……能不能帮我一个忙啊？"

"你说。"

钟茴轻咬着下唇："沈岑跟刚才的女生闹起来了，我拦不住她……"

"帮你可以，不过你要答应我一个条件。"邵南洲看着钟茴，嘴角勾起了一抹弧度，他突然反手就将钟茴的那只手卷在了自己的手心里，触感还是一如既往的冰凉。

钟茴显然是吓了一跳，挣扎着就想要将自己的手从他的手里挣脱出来。邵南洲看着她因为反抗而渐渐变得通红的脸咧嘴笑了。

钟茴又羞又恼，生气地开口："你……你放开我！"

"我偏不！"邵南洲笑着，模样带着点儿痞气。

钟茴从没遇见过这种人，脸羞得通红却找不到摆脱眼前人的办法。

就在她快要急得哭出来的时候，邵南洲突然就松开了她的手，然后主动大步向前："走吧，去看看。"

钟茴都还没有反应过来，邵南洲的身影已经走到前面去了。她抿了抿唇，

提脚追了上去。

总归来说，邵南洲办事还算是很靠谱的，他在沈岑耳边就说了一句"这事儿顾长青知道了，你吃不了兜着走"，沈岑就安分了。

4

这沈岑谁都不怕，就怕隔壁班上的她的青梅竹马顾长青。

"邵南洲，你怎么这么多事！"沈岑还是忍不住抱怨了一句。

邵南洲两手揣在兜里，嗤笑，没回答。

沈岑回到座位上，最后一节自习也开始了。

钟茵安安静静地趴在桌上预习，觉察到有人在身后用笔帽戳她后背。她懒得理会，不用想也知道肯定是邵南洲。钟茵抬了抬凳子又往前倾了倾，恨不得把自己塞进课桌里了，整个人就占据了一小点儿的位置，成了桌椅之间的夹心。

沈岑倒在一旁睡觉，还没发现她这边的情况，而坐在后面的邵南洲，则是笑出了声。

"行了啊你，欺负人也有个限度啊！"还是陈海伦看不过去了，开口阻止。

邵南洲没理会，很快钟茵的桌上就多了一个小纸团。她瞥了眼，没多理会，结果很快从她身后飞过来第二个纸团，还砸在了她头上。

钟茵握紧了手里的笔杆，怒气冲冲地回头，却只是撞进了邵南洲含笑的眼睛里。

"你做什么？"她想要变得凶巴巴的，可软软的声音一出口就少了气势。

邵南洲伸手指了指她课桌上的纸团："自己看啊！"

钟茵气急，却又无可奈何，只好转身将那些纸团打开，上面龙飞凤舞地写着几个大字："一个条件。"字倒是挺好看的字，可这嚣张也是真的嚣张。

为什么这个人可以这么不要脸？明明大家都是同班同学，互帮互助难道不是理所当然的吗？可这个人怎么还有脸来问自己真要那一个条件？

钟茴想要将字条撕碎的心都有了，可最后还是答应了。邵南洲可以不要脸，可是她不能不讲诚信啊！

她飞快地在字条上写："什么条件？"

她将字条传回了邵南洲手里，很快，字条又传回来了。

"暂时没想好，想好了告诉你。"

钟茴简直想要把后面这人给撕了，当然，没撕成。

自习课最后十分钟，班主任董老师进来宣布这学期的值日表，钟茴倒霉催地发现，自己以后还要跟邵南洲友好相处。

值日表是直接按照上学期期末考试成绩表排下来的，钟茴作为班级里唯一的转学生，被董老师直接放在了第一个，很不巧，她名字的后面就是邵南洲。

下课铃响起后，钟茴默默收拾东西，准备回家。邵南洲单手提着书包，长腿一迈就站在了她跟前，朝她露出了一个灿烂至极的笑容："明天见啊，Partner！"

钟茴捏紧了自己的书包带子，还没说什么，就听见有人叫她了。

"钟茴，我能跟你换一天做值日吗？"一个女生突然站到她跟前。

钟茴抬头，看清来人，微微抿了抿嘴角。

"不能。"

"不能！"

不待她回答，沈岑跟邵南洲异口同声地帮她决定了。

钟茴抽了抽嘴角，这两人是要闹哪样啊？

邱婷恼恨地看着沈岑："关你什么事？"她直接无视了邵南洲的那一

声拒绝,又重复问了一遍,"钟茴,可以吗?"

"我……"钟茴很犹豫,她虽然也很不想跟邵南洲分在一起。

"不关沈岑的事儿总关我的事儿吧,我不愿意钟茴跟你换。"邵南洲开口。

"噗——"沈岑很不给面子地笑了出来,她伸手搭在了钟茴的肩头,一脸戏谑地看着脸色青白交加的邱婷,语带嗤笑,"哎,听见没,是你的南洲不愿意跟你一起做值日哦,可不是我们家小茴不答应。"她特地咬重了"你的南洲"四个字,戏谑满满。

邱婷被沈岑给气走了。钟茴也准备回家,可那只攀在她肩头的手却没有拿开。

沈岑对她道:"小茴回家?跟我们一起呗!邵南洲,你去叫顾长青,你看陈海伦在门口那脸都要拉长了。"

她这话才说完,早就收拾好站在门口的陈海伦蹙眉朝着他们这边喊着:"你们磨叽也要有个限度啊!还走不走啊?"

沈岑顿时大笑,钟茴很想说自己跟他们可能不顺路,但是她看了眼沈岑手上的文身,抿嘴不说话了。

顾长青看着沈岑攀着一个娇小白净的小姑娘出来的时候,表情很平静,但手上的动作却很干脆,直接将沈岑那只搭在钟茴肩头的手给拍了下去。

"过来。"他声音很好听,低低的,带着让人信服的力量。

沈岑乖顺,介绍说:"认识一下吧。这我新同桌,钟茴。小茴,这顾长青,隔壁班的。"

"你好。"钟茴微笑,态度并不算太亲近。

顾长青也不热络,点头示意。不过转身,他的态度就变了,深深地看着沈岑:"隔壁班的?"对沈岑的介绍,他很不满意。

沈岑笑得有些张扬:"你管我?"

顾长青无奈地点了点她的脑门儿："我不管你我管谁？"

他们说话的声音并没有刻意压低不让旁人听见，钟茴走在前面，回头看了看。

"羡慕啊？"突然，她耳边传来了一道男音。

钟茴都懒得转头看了，除了邵南洲还能有谁？

"哎，害羞了？"邵南洲见她埋着头走路，打趣她。

钟茴突然停下，抬头望着邵南洲的眼睛，认真地问："你是不是没有朋友？"看着他诧异的表情，继续说，"不然你怎么老是跟一个不想跟你说话的人说话？"她声音软乎乎的，一本正经地开口也还带着几分孩子气。

"哈哈哈哈！"最不给面子的人就是沈岑了，有顾长青在的地方，她比平常都还要嚣张几分，"我说邵南洲你又怎么了？小茴居然都对你避之不及了！"

邵南洲很郁闷，他没朋友？笑话！整个洵北中学谁不想跟他做朋友？想要跟他做朋友都还要看他愿不愿意呢！

"干什么你！"钟茴突然大叫一声——邵南洲居然把她的鼻子给捏住了！顿时，她像是一只炸毛的猫，露出自己两只并不锋利的小爪子，一爪拍在了邵南洲的手上。

这点儿力量，对于邵南洲来讲什么都不算，不过他还是配合着钟茴"演戏"，装模作样大叫了一声"好痛"，然后转身就跑，中途都还不忘回头朝着钟茴露出一个挑衅的大笑。

有本事你来抓我啊！这是钟茴在邵南洲脸上能够读出来的信息，可她能怎么办，小腹还有些坠坠的痛，她只能原地跺脚……

见状，大家都笑了。就连不怎么关心外人的顾长青都低着头问沈岑："这真你们班的？看起来像个小学生啊，邵南洲这又怎么回事？怎么老欺

负她？"

沈岑耸耸肩："我怎么知道？邵南洲这人就是疯子，你又不是不知道。"

陈海伦看了眼在前面撒丫子跑得欢的邵南洲，还有眼前这个气得跺脚的钟茴，表情若有所思。

第二章
相处
XIANGCHU

邵南洲，你今天怎么这么骚？

1

西苑是洵北市有名的富人聚居地，绿化很好，周围也很安静。钟茴慢吞吞地走在路上，想着等下要面临的一家人，还有点儿没准备好。

因为被沈岑一群人拉着去吃了点路边摊，钟茴到家的时间已经不早了，家里人都在客厅。

看见她进来，吴湘走了上来："小茴，回来啦！"

钟茴看着坐在沙发上跟杨正聊得投入的钟里，又看着走到了自己跟前的吴湘，她抿了抿唇，点点头，然后上楼了。

回到卧室，钟茴看着放在自己床头上的一张合照，想到楼下一家人其乐融融，她觉得自己在这个家中像是外人一样，一点儿也不快乐。

第二天回学校上课，沈岑趴在桌上睡了两节课，课间操的时候才揉了揉眼睛，看钟茴都还没有离开，不由得催促："哎，小茴，走了，课间操。"

钟茜偏头，望着睡眼惺忪的沈岑："我今天值日，你先去吧。"

沈岑恍然，站起来拍了拍自己身后的那张课桌："邵南洲，做值日帮着点儿小茜！"然后，她又对钟茜嘟囔了两句，"昨晚在电玩城嗨到凌晨，不知道他们几个怎么这么精神！"

钟茜看着眼前的练习本，脑子里都还回荡着沈岑的那句"嗨到凌晨"，她笔尖一顿，在练习本上落下了一个小小的墨点。

"喂，小学生，做卫生了！"一只大掌拍在了她的课桌上。

钟茜吓了一跳，笔都落在了地上。她捂着自己的胸口，恼恨地看着站在她跟前阴谋得逞地朝着她笑得一脸灿烂的邵南洲。

呸！这种人嗨到凌晨怎么就没有猝死？

"这么胆小啊！"邵南洲嘿嘿一笑，弯腰将她掉落在地上的中性笔捡了起来，"喏，给你。"

钟茜伸手去拿，结果跟前这人猛地缩了手。

"想要啊？"邵南洲脸上又露出了那种让钟茜看得有些牙痒的笑容，"说点儿好听的就给你。"

钟茜气得不知道说什么好，世上怎么会有如此厚颜无耻之人？她腾地站了起来，将课桌上那本最重最厚的现代汉语词典举了起来，那模样凶狠得像是露出了两颗兔牙的兔子，有那么一瞬间，还真有点儿要攻击人的架势，连邵南洲都忍不住后退了一步。

"砰——"

好大一声巨响，钟茜将词典狠狠地拍在了自己的课桌上，然后转身就走。离开的样子，让人还以为她打了胜仗一样。

邵南洲看着她这一系列的举动，在她的背后放肆地大笑了出来。

还没有走出教室的钟茜却窘得一张脸变得通红，最后捂脸跑了……她当时也想将词典拍在邵南洲那张可恶的脸上，可是怂了，才做出一点儿威胁的样子，就很没出息地跑了……

钟茜提着冲洗干净的拖把走进教室，才走到第一排，一道身影就将她笼在了课桌间。

"放着一边儿玩去，你拖得干净吗？"吊儿郎当的声音，除了邵南洲还有谁？

钟茜闷头不理他，像是要向他证明什么一样，使劲儿拿着拖把搓着地板，好像要把这地板砖搓成水银镜一样。邵南洲就站在她身后，也不走了，存心就想要逗逗她。

钟茜的理智已经被怒火燃烧，她根本就没注意到身后有人，一转身，就落进一个滚烫的怀抱中，脚也踩在了邵南洲的白球鞋上。

那一瞬间，钟茜感觉到气血上涌，更让她觉得脑中一热的是他脱口而出的话。

"哎，不跟我说话却对我投怀送抱。小学生，看不出来你还是个行动派啊！"邵南洲龇牙咧嘴。龇牙当然是痛的，他被钟茜结结实实地踩了一脚，能好到哪儿去？

钟茜大囧，伸手撑在邵南洲的胸口就想要挣脱出去，可是她手才放到邵南洲的衣服上，就猛地被跟前的人抓住了。

"哇！你竟然袭胸！过分了哦！"

"神经啊你！"钟茜简直急红了眼，她不善跟人争吵，面对这种情况，她又羞又窘。

邵南洲看她眼眶都红了，忙松了手，凑近她："哎，生气啦？"

钟茜不想理会他，拿起身边的拖把就往后面走去。

"哎，真生气啦？别生气啊！"邵南洲变身成一块牛皮糖，紧跟在钟茜身后。

"烦不烦啊你！"钟茜被他吵得心烦，一拖把就戳在了后者的球鞋上。

球鞋,是白色的!

时间好像静止了,钟茴表示自己真不是故意的,拖把上的墨水是刚才拖地的时候沾上的。她低头一看,另一只没有"遭受攻击"的球鞋上还有清晰的耐克标志,好像还是一双新鞋。她察觉到自己可能犯错了,紧张得耳根都开始泛红。

邵南洲脸上的笑容渐渐收了起来,他看着钟茴变得绯红的脸,还有因为局促紧张而咬住的樱红下唇,不由得严肃着脸,很认真地说:"新的,你要怎么赔?"

钟茴急得耳根通红,尤其见邵南洲严肃的样子,像是完全变了一个人。她顿时慌了,第一时间也没有想到要去赔偿什么的,反倒是握着拖把朝着邵南洲的白球鞋上搓了几把……然后,她就跑了,她赌上自己以后的成绩发誓,刚才真不是故意报复邵南洲,她只是想要帮他把鞋"拖"干净……

课间操结束回来后,沈岑发现自己的小同桌跟邵南洲大魔头之间的气氛好像有些不一样。她还没找到突破口,注意力就被另一件事吸引走了。

"哟,邵南洲,这不是你昨天才用上学期奖学金买的球鞋吗?怎么成这副模样了?"沈写在弯腰捡笔的时候发现了邵南洲鞋子上的污迹,顿时有些幸灾乐祸。

邵南洲转着笔杆没反应,而钟茴却竖起了耳朵,她心里像是有一只小爪子在挠啊挠的。原本是想听听邵南洲的反应,可他却意外安静。

她有些沮丧了。

2

钟茴这种情绪持续了整整一天,她没好意思面对邵南洲,邵南洲似乎也没有主动要跟她讲话的意思。她安静了一整天,心里也被愧疚折磨了一整天。

钟茴觉得犯了错，回家后都还闷闷不乐。她想了很久，然后跑去了钟里的房间。

大学快开学了，钟里正在收拾行李，见钟茴进来后还神神秘秘地关了门，不觉有些好笑："怎么了？"

"哥哥，你有钱吗？"钟茴开门见山。

钟里微微皱眉："怎么了？出什么事了吗？"

钟茴瘪了瘪嘴："你有没有嘛，我有点儿急用。"

"画笔丢了？还是要买什么材料？"钟里猜测着。他又想到钟茴来洵北之后，跟家里人相处时的生疏，不由得有些头疼。他的这个妹妹好像就跟自己亲近一点儿，要是自己去了学校，这姑娘若有什么需求还能找谁？"有什么需要跟妈讲一声，嘴巴翘那么高做什么？她就算是跟爸离婚了，那也是你妈，你需要什么她难道还不会满足你吗？"钟里觉得现在需要跟自己这个妹妹好好聊聊。

钟茴"哦"了一声，像是敷衍，脸上带着几分讨好的笑容："那哥哥你到底有没有钱嘛！能不能分我一点儿？"

钟里见她根本就没有把自己的话听进去，不由得摇头叹气："要多少？"对于唯一的妹妹，他能不妥协吗？

"一千！"

"一千？"吴湘听见这数字的时候，微微挑眉，难掩诧异。

钟里苦笑："是啊，小茴告诉我的时候我也有点儿惊讶。所以，妈，你一个月到底给她多少零花钱啊？"他最后还是给了钟茴钱，不过这事还是得跟吴湘通个气。

钟茴将自己放在了茧子里，她不走出来，可家里人不能对她不闻不问。

吴湘坐在沙发上："学校的饭卡钱给她充了五百块，还给了一千块，

我琢磨着应该够了吧？她告诉你她要这么多钱做什么了吗？"

钟里摇头说："她不肯说。妈，我去学校了，你在小茴身上可能就要多花点儿心思了，她这个年纪，是很执拗，现在她想不通的事情不代表她以后也不明白是吧？我们是她的家人，应该疏导她，让她有归属感才行。"

吴湘看着自己面前的那杯温热的牛奶，每晚她都准备了一杯，可一走到钟茴的卧室门口就止步了。

"这事儿是我不对，我不是个称职的母亲。"她一声轻叹，脸上带着苦笑。

钟里站起来正想替吴湘揉揉肩安慰两句，余光却扫到了楼梯口的一团黑影。定睛一看，钟里不由得扶额，出声道："小茴，这么晚了准备出门？"他走到都快贴在墙上的钟茴面前，将她抓了个现行。

被抓的人神情很不自在，钟茴捏着自己的羽绒服，不敢抬头直视钟里。

钟里当作没看见她的别扭："去哪儿啊？"

钟茴灰溜溜地回房了，闯祸的事情她才不要告诉家里人。

因为晚上没能出门，钟茴在第二天中午的时候午饭也没吃，就跑出了校门。昨天邵南洲没有提出真的要她赔偿，但她心里还是觉得过意不去。

下午第一节就是体育课，班上的男孩子都跑去打球了，因为有高一年级的三大男神在场，所以球场周围被围得水泄不通，还伴随着一片尖叫声。

"顾长青！顾长青！啊啊啊啊啊啊！顾长青出场了！"

"邵南洲！南洲！我爱你！"

"男神！邵南洲！男神！"

"萧凉！萧凉！"

尖叫声来自"三大男神"的迷妹们，沈岑朝那些喊着"顾长青"的女生翻了个大大的白眼，要是可以的话，她想要用一桶强力胶将这些总是叫着顾长青名字的女生的嘴巴都给粘起来！

"怎么没看见小茴?"沈岑扫视了一周,没见到自己找的人,便问身边的陈海伦。

后者扶了扶鼻梁上的眼镜:"不是中午吃饭的时候就不见了吗,我怎么知道。"

接到沈岑电话的时候,钟茴正在专卖店的收银台结账。在电话里听见邵南洲的名字,钟茴眉心一皱,看了看手里的球鞋,告诉沈岑自己有事去不了。挂电话付了钱,她提着鞋盒回了教室。

教室里没人,钟茴快步走到邵南洲的课桌前,将手里的东西猛塞了进去。大功告成,她在心里舒了口气,转身佯装什么都没有发生,离开了教室。

下午第二节是班主任的语文课,班上的人已经陆陆续续回到了教室。钟茴已经坐在了位置上,沈岑走进来问她中午去了哪里,眉飞色舞地描绘着篮球比赛有多精彩。

钟茴胡乱找了个借口蒙混过去了,她对沈岑介绍的篮球赛没半点儿兴趣。

很快,邵南洲一行打球的男生也回来了。

邵南洲从钟茴身边走过时,钟茴顿时有些紧张,握着中性笔的手都捏得有些发白。

她听见了邵南洲叫陈海伦让一让的声音,然后听见了男孩子拉开了凳子的声音,再然后……

"嗯?"钟茴听见邵南洲发出了一声疑惑的气声,"这是什么?"他的声音没有刻意遮掩,让前后的人都听见了。

钟茴顿时就有些想要捶桌,这傻瓜,难道就不能低调一点儿吗?

"什么?"陈海伦也偏头去看,"哟!谁送你的?"

邵南洲发誓,他真没想高调,在看见被自己拿出来的东西上的标志时,

想要再藏起来却已经晚了。

唯恐天下不乱的沈岑转过来了,她跟着陈海伦惊呼了一声:"哇!邵南洲,耐克啊!你这桃花运可不错啊!快说说,又有哪个小妞看上你了?"

邵南洲瞥了眼坐在自己斜前方的那个看上去好像还挺"镇定自若"的人,微微抿唇,拍掉了沈岑那只想要来抢夺的不安分的手,一把就将盒子重新塞回了自己的课桌里。

"看什么看,上课了啊,转过去!"他毫不客气地对着沈岑一阵吼。

沈岑"喊"了一声。

这时候已经上课了,班主任董老师也走进了教室,沈岑一边吐槽邵南洲,一边也不得不老老实实地转身,趴在了自己课桌上。

钟茴一直佯装镇定,直到……又一个小纸团扔到了她桌前。她不想理会,却又怕像前一次那样邵南洲还会"不懈努力"地丢字条,她便伸手打开看了眼。

"你送的?"

钟茴翻了一个白眼,唰唰地写下了三个字扔了回去,送什么送!他们之间的交情好到可以送 双 两丁的鞋了了吗!

"赔你的!"

邵南洲看见那感叹号的时候,突然就笑了,他看着已经破了洞的字条,能够想象得到前面的小姑娘是用了多大的劲儿,力透纸背,手腕儿有劲儿啊!

钟茴没想到自己回了邵南洲后,没多久又收到了一纸团。这一次她还没打开,就被身边的沈岑给"截获"了。

沈岑笑嘻嘻地抢过去,然后还朝着后面的邵南洲露出了一个得意的笑容。钟茴有些着急,想要伸手去抢夺,她担心自己的秘密被沈岑看见,误会了什么。不过,沈岑的动作却比她快一步,先打开了。

3

"咦?小茴,你什么时候欠了邵南洲一个条件?"沈岑将字条递给钟茴,小声问道。

钟茴在看见小字条上的内容后松了一口气,幸好不是之前那张,可是她还是对邵南洲很生气,这个人怎么就这么阴魂不散啊!

"嗯,有那么回事。"她不想多说。

"还是因为你!"邵南洲在后面踢了沈岑凳子一脚。

钟茴瞪了他一眼,但是后者就像是没有觉察到一样,继续说着小话:"昨天要不是这小学生求着我拦下你,你以为我要来管你那破事?"

沈岑一愣,没想到还有这么个"内幕"。她刚想要对着钟茴说什么,站在讲台上讲课的董老师终于看不下去了,冲着他们这一块喊道:"邵南洲,沈岑,你俩做什么呢?嘀嘀咕咕,上课都还交头接耳,都给我站起来!想表演是吧?看着课本,那上来给我们表演表演这个对话!"

被点到名,沈岑没一点儿慌张,显然已经不是初犯了。她仪态自然地走上了讲台,还很虚心请教:"董老师,第几页啊?"

董老师说:"第一课!《祝福》!你来演祥林嫂!"

"哈哈哈——"还没有走上讲台的邵南洲顿时笑出来,那模样坏坏的。正好他就站在钟茴的身边,她瞥了眼他上扬的嘴角,随即又低头。

皮相误人,钟茴在心里嘀咕。

"邵南洲,你很得意是吧?"显然,邵南洲激怒了董老师,年过半白的董老师笑眯眯地看着他,"那你就来扮演柳妈吧,那个长舌妇。"

全班顿时哄笑成一片,邵南洲大呼求放过,站在讲台上的董老师眼里的笑意更盛:"给你表现和证明自我的机会,你应该好好把握才是。"

邵南洲只好硬着头皮上了,手里抱着课本。

"祥林嫂,你先开始!"他冲着已经笑弯了腰的沈岑喊道。

沈岑眼泪都要笑出来了:"谁祥林嫂?柳妈妈……"

说一声柳妈还好,这多了一个字变成柳妈妈之后,邵南洲觉得自己的人格都掉了一格了,别说节操了,早就碎得稀里哗啦了,这称呼跟古代的老鸨有区别吗?

在语文课堂上邵南洲隐约提起那个条件后,钟茵心里就有些不安,没多久,她就收到了最后"文牒"。

这天,钟茵刚从食堂走出来,就被从后面追出来的邵南洲给拉住了。

早春柳条抽芽,钟茵回头,就见英俊的少年站在自己跟前,他的背后,是嫩绿的树叶在枝丫尖头绽放,和风吹来,将他发尖那一撮不安分又桀骜的头发给吹得微微上翘。

"嗨,听明白了吗?"邵南洲看见眼前的人眼神呆呆的,自己说了那么多话也不知道她究竟听进去了几分。

他没忍住,手痒一般捏住了钟茵的小鼻子。

钟茵:"……"啊呀!她刚才还觉得邵南洲像是画中的少年,什么少年,分明是大魔头!她听清楚邵南洲提出来的那个条件后,不由得紧抿着自己的小嘴巴,点了点头。

人不能言而无信!这是钟茵给自己立下的做人标准之一。

一周过去了,距离邵南洲提出的条件"执行"时间也越来越近,在开学的第二周周二的中午,篮球场上拉开了年级篮球赛的决赛。钟茵跟着沈岑一道。作为篮球主力之一的"家属",沈岑有最好的位置,钟茵就坐在她身边。

虽然对邵南洲提出来的这个来看他打比赛的条件钟茵嗤之以鼻,但她还是很信守承诺地过来了。

篮球馆的看台上已是座无虚席，钟茵看了一眼，发现这里面大多数是女孩子。她想，学校高一年级有这么多的女孩儿吗？

"啧啧，你看一中的人多不要脸啊！这大中午的不在自己学校，跑来我们学校看邵南洲，啧啧，这么高调，也不知道换下校服，好像生怕谁不知道她们一中女生脸大一样！"就像是知道钟茵的疑惑一样，沈岑凑在了钟茵身边说。

外校的女孩子？邵南洲有那么大的魅力？钟茵心里不解，同时还带着那么一点点鄙视。她觉得邵南洲明明就是大尾巴狼，装得无害，其实一肚子的坏水！净骗一些无辜的女孩子！

听着耳边一阵一阵对邵南洲"撕心裂肺"的呼唤，沈岑嘀咕了一句："邵南洲这人真招桃花！"

钟茵没说话，邵南洲是挺好看的，但是吧，她却想躲着他走。

比赛开始，顾长青跟邵南洲是一队的，沈岑在一旁激动地大喊，钟茵勾起嘴角，含笑看着她。

对于球场上的情况，钟茵不怎么关注，当然也不知道邵南洲投进了一个漂亮的三分球，让全场都轰动了。此起彼伏的呐喊声响起，整个体育馆都回荡着"邵南洲"这个名字。

而邵南洲自己呢，则是有些嘚瑟地朝着跟自己迎面而来的萧凉比了一个大拇指朝下的手势。他的这点儿张狂，落在迷妹的眼中，简直是魅力值爆表，顿时，女生们的尖叫越发大声了。

萧凉扯了扯嘴角，擦肩而过的时候忍不住吐槽了一句："邵南洲，你今天怎么这么骚啊！"

正巧顾长青也跑了过来，听见萧凉这话，纠正道："不对，他一直都这么骚。"

萧凉大笑，不否认这话。

比赛又开始了。

邵南洲在篮球场上奔跑着，他紧跟着萧凉，颇有些穷追不舍的趋势。萧凉正被堵得心烦呢，结果邵南洲突然一个侧身，让萧凉钻了空子，想要从右边突围。哪知这只是一个幌子，邵南洲就是趁着萧凉快要沉不住气的时候设了个圈套，一个假动作让萧凉露出破绽，他单手从萧凉的手里抢过了篮球，拍跑着左闪右躲，在顾长青的配合下，冲出包围，站在三分线的边缘，小腿和脚尖一个用力，弹跳屈膝，手腕用力，那只篮球顺着漂亮的抛物线运动轨迹，落入篮筐，顺利完成它三分球的任务。

"耶！"有队员跑过来跟邵南洲击掌庆贺。

顾长青也给了他肩头一拳："好小子，今天浪得可以啊！"

年级比赛又有三大男神镇场，钟茴觉得自己的耳朵都在发痛，周围的尖叫声让她见识到了赛场中那三个人的人气，她不由得瘪了瘪嘴，看着邵南洲那得意的劲儿，还真把自己当 NBA 球星了吗？

不过，听沈岑说，三分球似乎好像是蛮厉害的？厉害归厉害，可朝着她们这边抛飞吻是不是太骚包了一点儿？

中场休息。

顾长青大步朝着她们这边走来，周围的女生全都开始尖叫——"顾长青！顾长青！"

钟茴偏头看了眼身边坐着的沈岑，她的霸道中又带着点儿可爱的同桌，现在果然是一脸怒气地瞪着那些企图觊觎顾长青的女生，可一转头面对顾长青的时候，又变成了一只小白兔。

"她们都在看你！你不准让她们看！"沈岑将手里的毛巾"啪"地摔在了顾长青的脸上，她喜欢看见他光芒四射的模样，却又不想他被其他女生看见，她想要他被众人认可，可又只想要自己一个人知道他的好。

"傻瓜。"顾长青笑了笑,然后隔着看台的栏杆,突然揽住了她的细腰,抵在她耳边,"那以后我戴个摩托车头盔?"

那画面,想想就很美……

沈岑"扑哧"一声笑出来:"有病啊你!"脸上的笑容耀眼得可以跟天上的太阳争光辉。

钟茴也笑了,她关注着沈岑、顾长青两人的动静,丝毫没有注意到邵南洲也朝着他们这边走来了。

4

"啊啊啊啊!邵南洲朝着我们这边走来了!"

"天啊!邵南洲是在看我吗!啊啊啊!男神!"

"男神!喝水!"

由于邵南洲的主动靠近,一时间,这边的女生都沸腾了,纷纷拿着矿泉水,想要给他送水。

钟茴的注意力被拉回,只是她在看见邵南洲朝着自己这边走来的时候,心底的喜悦没有,忐忑倒是不少。

一见邵南洲,她就直觉没有什么好事会发生。

果然,这种不好的预感在下一刻变成现实——邵南洲在她跟前停下了。

"水呢?"男生那两道浓密的眉毛挑了起来,加上又是站着的,带着几分睥睨的姿态。

钟茴整个一蒙,什么水?

"这里!这里!南洲!这里有水!"

钟茴还没有回答,身后就已经有无数女生拿着矿泉水瓶朝着邵南洲挥舞。

邵南洲还在目不转睛地看着钟茴,好像非要她现在给出一个答案一样。

钟茜手里端着一个水杯,邵南洲的视线落在了她的手上。

钟茜感觉到他的视线,赶紧做了一个藏身的动作:"看什么!这是我的!"她气咻咻的,生怕被邵南洲抢了一样。

谁规定来看打球就要给他送水啊!她又不是他的粉丝,手心里唯一的水是她渴了喝的,很普通的特百惠的粉色小杯子,可不是专门为他准备的!

听了钟茜的话,邵南洲突然露出一排大白牙,他单手撑在栏杆上,身体朝前一跃,就轻松地翻越了进来,然后身子往前一倾,长臂一捞,将她手里的粉色小水杯给抢了过来。

他得意地朝着钟茜笑了笑:"你以为就叫你过来看比赛?让你过来是服务的,懂?"他眼尾微挑,带着几分桀骜不驯。

钟茜气得发抖,可是除了大叫一声"邵南洲"之外,什么也做不了。她的鼻翼间,现在都还残余着他探身靠近她时他身上的味道。

这什么人啊!钟茜愤愤地瞪着已经翻出栏杆的人,心里已经画了无数个小圈圈在诅咒他了。

钟茜看见自己小杯子里的水尽数灌进了他的喉咙,那微扬的脖颈上的喉结也随着吞咽的动作上下滑动……她看得有些脸红,不得不承认,这样的邵南洲,好像还是有点儿帅呢。

钟茜为自己这样的想法感到可耻,她怎么能够觉得邵南洲帅且有男人味呢?现在明明是要指责这浑蛋抢了她的水杯啊!

她甩了甩头,将这个想法给甩出了自己的脑袋。她都还没来得及问邵南洲要回自己的小水杯,迎面而来的一条白色的毛巾就搭在了她脸上。扑面而来的是男孩子身上的体味以及汗液的味道,被盖在毛巾下的钟茜脸都变绿了。

"邵南洲!"她的大叫却不过是混杂在了体育馆里别的姑娘家的声音

里,没有半点儿震慑力。

对面站着的少年脸上都还挂着讨"茴"嫌的笑容,听见她喊他,他还故意用同样大的音量回答她,像是没有看出她恼人的样子:"哎……咋啦?"

钟茴眼睛瞪得大大的、圆滚滚的,跟柴犬有的一比。

"你浑蛋!"她怒骂着,一张小脸涨得通红。可是那被她怒骂的人却早就得意地跑开了,就给她留了一个背影。

钟茴看着自己手里被邵南洲重新塞回来的水杯,有些咬牙切齿。谁还要啊!她嫌弃地看了眼,放了脚边,顺带着也把邵南洲的毛巾扔在了脚下,像是发泄似的,还狠狠地踩了两脚。

目睹了这一切的沈岑:"……"原来她的小同桌也不是没有脾气的小兔子啊!

钟茴在下半场结束之前就回了教室,她觉得没意思,周围人的尖叫声都快要把她的耳朵给震聋了。

等到邵南洲赢了比赛准备朝着沈岑看台这边大笑还想要耍帅的时候,却发现沈岑旁边的位置已经空了。顿时,男孩子脸上的笑容就定格了,然后倏地拉了脸朝沈岑走来。

"她呢?"走近,邵南洲开口问道。

沈岑只顾着看顾长青,看都不看邵南洲的臭脸一眼,嬉笑着说:"小茴啊?走了啊。"

邵南洲的脸色就暗淡了,当他看见被搁置在一旁明显是被主人给遗弃了的水杯和带着脚印的毛巾时,他紧皱的眉头这才渐渐舒展开来。

看来,小学生也不是对他没有半点儿感情啊!至少,好像是有那么一点儿特别的?比如,烦死他了?

烦死他,也是一种对待旁人没有的特殊的感情!

因为这个,邵南洲不由得笑了。

顾长青一走过来，就听见邵南洲带着魔性的笑声，他从沈岑的手里接过毛巾和水瓶："他怎么了？"

沈岑白了还在发笑的邵南洲一眼，回答："不知道，邵人渣总是欺负小茴，小茴都走了。"

顾长青挑眉，没多说什么。

萧凉也在这时候走了过来，一拳就捶在了邵南洲的背上："你小子今天风头要冲出银河系啊！"

邵南洲甩了甩已被汗水浸湿的短发，模样张扬又带着一点点的邪肆："一点点的个人魅力，别受不了啊！"

沈岑发出一声作呕的声音，嫌弃地看着他："得了啊，年夜饭都要被你恶心出来了！"

一行人说说笑笑地朝着教学楼走去，沈岑走在顾长青身边，目光落到某人的鞋上，突然开口："喂……邵南洲，你又买了一双新鞋？"

她一说，陈海伦也低头了，默默道出真相："不会是上周田螺姑娘放在你抽屉里的那双鞋吧？"他们几人拷问邵南洲谁送的鞋无果后，就将送鞋的女生称作了"田螺姑娘"。

"可是咱们南洲不是从来都不收那些女生的东西吗？这次怎么这么反常？"顾长青攀着沈岑的肩头，偏头道。

"肯定是有什么情况了！"沈岑笑嘻嘻。

邵南洲手里还拿着一个小巧的粉色杯子，听见身边几人的议论，面无表情，没打算多说这件事儿。

顾长青、沈岑这一伙人都是跟他从小玩到大的，怎么可能这么爽快地放过他？

"邵南洲，你老实交代，你是不是看上哪家姑娘了？暗通款曲，啧啧，你们这是要搞事情啊！"沈岑第一个就不放过。

邵南洲睨了她一眼,伸手用手肘捅了捅身边的顾长青:"管管啊。"

顾长青一本正经地回答:"她问得又不过分,我也想知道。"

邵南洲惊呆:"男人也这么八卦?"

一群人嘻嘻哈哈地回了教室,最后还是谁也没有问出来。

第三章
相熟
XIANGSHU

不允许我也有少女心啊?

1

一个月很快就过去了,钟茴也迎来她转到洵北市实验高中的第一次月考。这天晚上回家,她接到了钟谭文的电话,后者工作依旧很忙。

"跟同学相处还行吗?"钟谭文在那头问道。

钟茴点头:"嗯,还好。"班主任挺和蔼的,周围的同学也还算是好相处吧。没人欺负她,除了某个不合时宜地突然跳进她脑海里的身影。

"那就好,在家里还习惯吧?"钟谭文最担心的还是钟茴不能融入吴湘这边新的家庭,如果不是因为工作长时间不在家,他也舍不得将钟茴送走。

这个问题让钟茴感到有些浮躁,她伸手摸着床头相框的边沿:"嗯,还行吧。哥哥不在家,我一个人也很无聊。"她跟吴湘之间的感情并不算好,父母离异的时候她还很小,那个时候知道母亲要跟哥哥离开自己了,她跑出大院,伸手抱着母亲的小腿,不想让母亲离开,可是母亲还是松开了她,带着哥哥坐上了出租车,绝尘而去。

小小的钟茴，像是一只被遗弃的小狗，抱着洋娃娃，坐在路边，又像是一只小花猫，号啕大哭。以至于闻声赶来的钟谭文，怎么哄她都止不住她那汹涌的眼泪。从那个时候起，钟茴就已经跟吴湘生分了。

　　现在住在继父杨正和吴湘的西园，她跟吴湘这对抬头不见低头见的母女，关系也没怎么缓和。

　　"小丫头，还无聊上了。周末多跟同学出去玩玩，美术班还在上吧？"钟谭文虽然很忙，但也还是留意到了自家小女儿的兴趣爱好。钟茴从小就喜欢画画，对学习没多少兴趣，也就算个中上游的水平，他也就由着她去了。

　　"嗯，每周六都还要去上课呢！"钟茴说着。

　　"那加油，暑假的时候回来爸爸给你做好吃的！"钟谭文在另一头笑着说。不过，说的人和听的人都知道这可能只是一个变数很大甚至难以兑现的承诺。钟谭文很忙，可能等到钟茴放暑假的时候都没有在江阳市。可钟茴还是很高兴，抱着电话不断点头"嗯嗯"地回答。

　　一门之隔，吴湘站在钟茴门口，手里端着热牛奶，听着房间里不断传出来的女儿的欢声笑语，表情有些复杂。她没有敲门，没有去打扰这一刻钟茴的幸福。

　　"怎么了？"吴湘折身返回卧室，杨正看见她手里那杯没有送出去的牛奶，开口问道。

　　吴湘苦笑一般扯了扯嘴角："她在跟钟谭文打电话，我没进去。"

　　杨正伸手揽着她的肩头："孩子还小，慢慢来，咱们也不能着急啊！你说你这么多年没有见到她了，她对你不亲近也算是人之常情吧？"

　　钟茴对主卧的这一番谈话毫不知情，她挂了钟谭文的电话后，将床头柜上的那张自己跟钟谭文的合影摆在床上，眼里有淡淡的失落。如果可以的话，她还是愿意在从前的家里。

　　在这里，虽然同样吃穿不愁，可是很不自在，始终觉得这是在别人家

里,那种寄人篱下的感觉在心头挥之不去。陌生的城市,陌生的家庭,虽然有生育自己的母亲,可她的心中早就竖起了一堵坚实的玻璃高墙,能交面,却不能交心。加上钟里并不是时常在家,所以,她才会觉得更加孤独。比在江阳市一个人住大房子的时候,还要孤独。

钟茴要月考了,这对于一大家人来说是一件大事。

杨正没有孩子,就把钟茴两兄妹当作自己的孩子看待。钟茴要月考的时候,他在饭桌上还很紧张地问要不要第二天开车送她去学校、要不要吃点儿什么补品之类的,钟茴听得想要发笑,摇头拒绝了。

"考试别紧张,咱们考不好的话下次再来就是了。"吴湘也说着,还给她夹了一筷子的葱花蛋,"多吃点儿,补充补充营养,现在的孩子念书都挺费脑子的。"

钟茴看着自己碗里黄灿灿的炒蛋,没说话。感谢,却难以萌生感动。似乎每一次对吴湘快要心软的时候,都有一道无形的力量,将她扯回原点。害怕托付信赖,害怕再一次被抛弃,她选择了逃避。

不过,等到成绩下来的时候,钟茴也觉得吴湘那话没什么毛病,考不好下次再来就是了。她手里拿着成绩单,全班统共也就四十来号人,她排到了二十六名。成绩单一下来,沈岑就把那张A4纸扔抽屉里了,她常年掉尾,已经习惯了。

钟茴看着成绩表上的排名,名列第一的赫然就是她后面的那位,邵南洲。

最后一节自习课被班主任占用了,董老师来总结这一次的月考。

"成绩大家都看见了吧?"董老师站在讲台上,目光一扫,"这学期第一次月考,大家成绩还算是保持在全年级的领跑水平,年级第一的个人宝座还暂时没有掉下去,我们先恭喜邵南洲同学。"说着,她带头鼓掌,眼里带着笑意。

"接着,就是照例的安排座位了。现在全班都站走廊去,按照成绩一个一个进来选位置。动静小点儿,别的班还在上自习。"

班主任的话音刚落,钟茵的手臂就被人给拿捏住了,她偏头,就看见沈岑那张有些圆圆的脸露出了少有的严肃。

"小茵,你可不能抛弃我啊!这位置我们一学期都没变的,你要是仗着你二十几名的成绩跑了,我可是做鬼都不会放过你的!"沈岑拉着她"威胁"着。

钟茵:"……"她原本也没有想过要换走啊!

沈岑的那只手最后被身后的人给拍掉了。

"沈岑,别挡路!"邵南洲的声音传了过来,沈岑大怒,朝着邵南洲挥了挥拳头。嗯,也就假装挥一挥……

2

钟茵是没打算换,但人生总有意外发生。

当钟茵进来看见自己位置上已经坐了人的时候,有些诧异。不过她也不是无理取闹的人,抱着自己的书走到了讲台正中间下面的位置坐下了,选了个有俩空位的,旁边给沈岑预留着。

沈岑的成绩在后面,等到她进来的时候,她直接就朝着以前的位置走去,当看见钟茵位置上坐着的人是邱婷的时候,她先是一愣,不过立刻就不客气地一拳打在了之前钟茵的课桌上,把转身跟后面邵南洲说话的邱婷吓得不轻。

"沈岑,你干什么?"邱婷捂着自己的胸口,一副明显的受害者的模样。

沈岑冷笑,那双桀骜的眼里迸发着冷光,她用左手捏了捏右手,关节处发出了"咔咔"的声音,看见邱婷变了脸色,她这才趾高气扬地朝着钟茵走去:"不干什么,手痒了!"语气嚣张得像个小魔女!

邱婷气得不知道说什么好,但是她没有沈岑那么浑,也不敢怎么样,只是回头免不了在背后说些小话。

沈岑拉开凳子的时候,发出了很大的响声,全班的视线顿时就集中了过来,不过她还是满不在乎地扬头,被她扎得高高的马尾辫在空中挥舞了半圈,声音干脆爽利:"看什么!"

钟茴看着她的动作,有些想笑。她嘴角翘了起来,眼睛变得弯弯的,像是被咬了一口的月饼。

"你还有心情笑,这能笑得出来吗?"沈岑偏头,就看见自己的小同桌抿嘴的模样,她不由得在钟茴的脸上捏了捏。

"没呢,觉得你很有趣。"钟茴解释。其实她对位置不是很在乎,只要能跟大家和和睦睦相处不就行了?不过,看着沈岑不高兴的样子,那她也假装一下不高兴好了。

沈岑显然很气不过:"邱婷可不就是巴巴望着邵南洲,处心积虑想要跟他坐在一起?倒贴邵南洲的人不少,但是像她这样没脸没皮的,也算是一绝了!哎,小茴啊!我能不能麻烦你一件事啊?"

钟茴见沈岑难得说得这么郑重,还真以为她有什么事情要嘱托自己,结果耳边就传来一句让她觉得不能承受的话:"哎,小茴,你要不下次考试就考在邱婷前面一名吧?"

钟茴:"……"小姐姐,邱婷现在是班上第四名,她是班上第二十六名,她要怎么在短短的一个月里有质的飞跃,晋升到班上的前三名?

钟茴有口难言,就听见自己的同桌又开始噼里啪啦地倒豆子了。

"唉,前同桌虽然呆头呆脑了一点儿,不过成绩还算是稳定,次次都能让邱婷想要玷污邵南洲的计划都落空!不过,小茴,我相信你!你也能成功的!"

哎,等等,这胸有成竹的勇气是谁给她的啊?梁静茹吗?

钟茵觉得自己摊上大事儿了，她……她成绩不好啊！再说，她怎么听着沈岑话里话外的意思，她要努力学习的目的就是为了保卫邵南洲的清白？虽然，清白这词儿吧，是有点儿夸张了，可……可她为什么不让别的女孩子接近邵南洲啊！她就是想要远离邵南洲的啊！这样不是挺好的吗？

不好！至少邵南洲觉得不好！

"我说你怎么回事？咱们同桌这么久了，你不是一向最不喜欢坐在靠走廊的位置吗？"陈海伦第一次坐在靠窗的位置，还在不断从自己原来的课桌里搬出自己的参考书，一边整理一边问着身边的人。

邵南洲也不知道自己为什么，从他走进教室，看见前面的课桌上摆放着的写着"钟茵"两个字的习题本的时候，他就毫不犹豫地坐在了陈海伦的位置上了。以至于当第二名陈海伦走进来看见坐在自己位置上的邵南洲时，还笑着问了句是不是坐错了。

可是，现在邵南洲觉得自己的决定错了，因为现在他已经快要受不了邱婷的喋喋不休了。

"哎，南洲，你在听吗？你看看这题啊，为什么小球的重力是朝着这个方向呢？"邱婷显然已经适应了自己的新环境，她眼里带着对学习的热忱，还有，对眼前的男孩子的殷勤。

邵南洲的目光从她的面上淡淡扫过，为什么选择坐在陈海伦的位置呢？大概就是因为之前坐在陈海伦前面的女孩子很安静吧？至少，比那只像是火烈鸟一样的沈岑安静，他才坐在了这里。可是，眼前的人一点儿都不安静，还很聒噪。

"邱婷。"邵南洲突然打断了邱婷的话。

"嗯？"邱婷面上浮现一抹喜色。

"你为什么要选在这里？"他问道。

邱婷脸一红，女孩子的小心思已经很明显了，但那句"当然是觉得找

你探讨问题更方便一点儿呀"这个借口都还没能说出口,她就听见身后的人再次开口了:"这个位置是钟茴的。"

男孩子的声音,是那么笃定,他眼里的光,亮得骇人。

邱婷的话瞬间就卡在了喉咙里,一时间不知道怎么反应了。邵南洲也没有一点儿要开口解围的意思,就这么看着她。

最后邱婷溃败,狼狈转身。

"你这又是何必?"陈海伦目睹了这边发生的一切,摇摇头。

邵南洲也不知道自己为什么突然就这么不高兴,甚至他在转头看到坐在中间那一组跟前后同学说笑着的钟茴时,心里就有一团无名的怒火。

钟茴正兴致勃勃地听着前面的历史课代表讲着野史,突然,脑门儿被一纸团给射中了,她"啊"地叫了一声,寻了方向,转头恼恨地瞪着"发射导弹"的始作俑者。果不其然,她对上了邵南洲那张带着挑衅的脸。她瞪一眼也没什么气势,眼神又不能杀死人,邵南洲很快又给她丢了一个纸团过来,还比着手势让她打开看看。钟茴偏不打开,还把俩纸团都给扔进了挂在自己跟沈岑课桌之间的垃圾袋里。

邵南洲瞅着钟茴的动作,不由得气结,小学生活腻了吧!还是觉得她以为自己换了位置,他就拿她没办法了?

邵南洲决定给钟茴一点儿颜色看看,他拿着草稿纸包了一个"巨无霸"纸团,朝着钟茴的方向用力一掷,哪知道就在这个空当,董老师从讲台上走下来了,刚好走到了钟茴身边,"砰"的一声,出自邵南洲手笔的"巨无霸"就砸在了董老师身上。

"噗——"周围有看见这一幕的同学在第一时间就笑出了声,教室里的安静很快就被打破,邵南洲赶紧埋头假装做试卷。

可是,假装有用吗?董老师转头,目光锐利,直逼邵南洲。

她捡起自己脚边的"巨无霸",拍在了他的课桌上:"邵南洲,骄傲啊?

看来考了第一有点儿狂傲啊你,是不是需要冷静一下啊?"

被揭穿,邵南洲只好讪讪抬头:"嗨,董老师,没有的事。"

董老师眼睛一瞪,这个怒视就比钟茴有威慑力多了:"下去给我围着操场跑十圈!"班主任的威信此刻不树立还待何时!

邵南洲:"……"

3

大约是因为邵南洲去操场跑步了,没人再"骚扰"自己,在教室的钟茴嘴角一直都是微微上翘,她的心情很不错。

这种很不错的心情,一直维持到了这天放学回家的时候。

小可爱却被从操场跑了十圈回来已经大汗淋漓的大魔头给拦住了。

"为什么不看纸团?"拦着她的人深皱着眉头,问得理直气壮。

钟茴背着书包,反问他:"为什么要看?"

邵南洲额前发梢上的一滴汗水滴落了下来,正好砸在了钟茴的手背上,她嫌弃地瘪了瘪嘴。

邵南洲噎住,不知道怎么说,可他也不觉得自己哪里有说错,还在跟钟茴争辩:"我给你了你为什么不看?"

可能是想到以后都不用跟眼前的人坐在一起了,钟茴胆子也变大了,很干脆地就告诉了他真相。

"不想呀!"

不想呀!邵南洲嘴里一边念叨着这三个字,一边一拳击打在面前的梧桐树干上,脸上的神情带着些憋闷。

钟茴在给出答案之后,就越过他离开了,而当初拉着钟茴要答案的某人却是恨不得将这个答案重新给塞回钟茴的肚子里。

翌日,钟茴起晚了,但这不妨碍她的好心情。一想到能跟邵南洲的位

置隔得远远的,她就有种迎来了人生新纪元的感觉,踩着早自习的点儿走进教室,可她刚进门,就感觉到不对了。

钟茴的目光落在了沈岑前面的一排人的脸上——她看到了似笑非笑的邵南洲,还有神情狭促的陈海伦。钟茴脑子里就像是被拨浪鼓的声音占据了一样,"哐当哐当"响个不停。现在谁能告诉她,这是什么情况?

"早啊,小学生!"在路过邵南洲的座位的时候,钟茴还听见了可恶的声音。

她看着那只伸出在过道上好像随时准备绊倒她的穿着耐克跑鞋的大脚,想也没有想,直接就踩了上去。

"嘶——"

钟茴像是没有听见邵南洲的叫声一样,若无其事地走到了自己位置上坐下,像是坐过山车一样的心情,终于从谷底回升了那么一点点。

钟茴一坐下,沈岑就从课桌里偷偷给她塞了一半烤红薯,还是滚烫的:"嘿嘿,早上遇见开三轮车的大叔炭烤的,尝尝味道,我觉得可甜啦,给你留了一半!"

那香味,很浓。钟茴抿嘴笑了."谢谢哦!"她脱了灰色的羽绒服,里面那高高的翻领毛衣将她包裹得像是一颗小毛球,模样有些娇憨。沈岑见状,没忍住伸出自己那恶魔一般的魔爪,在钟茴脸上捏了一把。

"啧啧,这小脸让我每天摸一把,大爷就包你吃喝!"沈岑豪气道。

钟茴:"……"身边坐的怕是女土匪吧?

早自习已经开始了,教室里的同学纷纷朗读着。

钟茴拿出英语课本,摊开课本竖立起来,埋着头悄悄地问沈岑:"左媛怎么跟人换位置了?"左媛就是之前坐在她前面的女生,那个历史课代表。

沈岑低头咬了一口红薯,再抬头回答钟茴的问题时,鼻尖上还沾了一粒红红的红薯渍,她自己还浑然不觉:"啊,陈海伦和邵南洲来教室就跟左媛她们换了啊！想换就换呗，本来也是邱婷作妖，她不动，那就没事。烦死了。"收尾的时候，她还忍不住抱怨了一句。

现在左媛已经换走了，钟茵也没办法再纠结座位，很快就接受了现实。看着沈岑还在偷偷啃着红薯，她不由得失笑："鼻尖有东西呢。"

沈岑伸手一摸，就将鼻尖的红薯给抹下来了，然后舔了舔自己的手指头，继续啃……

换位置的第一天，钟茵觉得都还算是风平浪静，面前的"大骚包"没有为难她，她觉得有时间可以去庙里上炷香了。甚至在这天结束后，心思单纯的她还在反思自己是不是对邵南洲有偏见，从今天的表现来看，这个人似乎也没有那么坏。可就在第二天，钟茵明白了，有些人的劣根性是完全没有办法拔除的！

换位的第二天，钟茵进门刚坐到自己位置上，就发现课桌里出现了一个崭新的水杯，不过比之前的430ML的小了很多，还附带了一张卡片，上面还有一行对于她来说已经是不太陌生的字迹。

"听说310ML是儿童杯，配你刚好。"

钟茵咬了咬牙，拿着水杯有些想要把前面的那个脑瓜子给砸个洞。邵南洲正好就在这时回头了，他好像是没有看见钟茵的刀子眼一样，还朝钟茵扬了扬自己手里的那个表面有些磨损的小粉瓶："以旧换新，喜欢不？"

喜欢你个大头鬼啊！钟茵很想大声告诉他。

她压低了声音，不难听出带着几分咬牙切齿的味道："你到底想要干什么？拿着我的杯子？"都过了这么久，她的杯子怎么会在邵南洲的手里？

邵南洲严肃了一张脸："钟茵同学，我想要郑重地告诉你，这个杯子的主人现在是我，而你早就在几周前的篮球赛中，将它抛弃，然后是我出现，成了它的主人。懂？"

懂个鬼啊！

可是,邵南洲也没有说错,那杯子是被她给扔掉的,但谁能够想得到,邵南洲有捡破烂的属性啊!

钟茴悔不当初,她应该把那个小粉瓶扔进女厕所的!

现在看着眼前这张狂的脸,钟茴在心里竖起了小爪子。她将杯子往邵南洲怀里一扔,带着几分赌气的语气:"不要!"

"别啊,礼尚往来嘛!你要是不要,我现在就把我脚上的鞋脱了给你!"邵南洲作势就要跷起自己的腿。

钟茴被他吓得一愣,反应过来后赶紧阻止:"疯子!"

邵南洲本来也是说着玩的,不过看钟茴像非洲草原上的蒙哥一样,四处张望着生怕被别人发现似的,他就忍不住起了逗弄之心。

"哎,我还有些舍不得。"他一边说一边望着钟茴,眼里闪烁的尽是狭促的光。

钟茴被他这样子气得无话可说,心里又着急邵南洲真的会胡来,反正在她的心里邵南洲就是一个有着好皮囊成绩好的浑球,她还真不敢保证这人不会做出什么出格的事儿来。

"给我给我!"最后,钟茴还是妥协了,将那个颇具有喜剧意义的"儿童杯"重新拿在了手里。

邵南洲有些得意地拧开了自己桌上的小粉瓶,喝了一口水。

钟茴见了,整个人顿时就像是被雷劈了一样,雷得外焦里嫩。她伸出手指,哆哆嗦嗦地指着前面一脸自在的人:"你……你怎么能用我的杯子?"

邵南洲瞥了她一眼,那眼神有点儿像是在看个小智障。

"你的?"他说,"是我的。"

钟茴脸色一点点变得绯红,这人怎么能这样啊!他怎么在捡了自己的杯子之后还能用得这么光明正大!太过分了啊!

相较于钟茴的局促和窘迫,邵南洲却觉得异常高兴,这些天一直憋闷的心情，在这一刻"欺负"了钟茴之后，终于舒缓。

教室里陆陆续续到了其他同学，陈海伦提着小笼包走到位置上，一眼就看见了邵南洲桌上的"粉红少女心"，他眼角抽了抽，看了看身后低着头耳根都在发红的钟茴，还有坐在自己身边双手抱臂，一脸得意扬扬的邵南洲，感慨了一声："啧，又欺负人？"

邵南洲挑眉："嗯？"

邵南洲像是没听懂，不过陈海伦也没有要解释的意思，自觉地拿着一盒牛奶带着他的小笼包走到走廊上吃早点了，留下一头雾水的邵南洲，还有坐在他身后一直懊恼和羞怯的钟茴。

这天差不多每个路过邵南洲课桌的人都会问一句"怎么用了一个这么女孩子颜色的水杯"，邵南洲的统一答复有点儿骚包。

——不允许我也有少女心啊？

钟茴听得有些想要找块豆腐撞死，她真觉得邵南洲就是她的魔星，这种问题这种回答他还能这么理直气壮，这脸大得也是没谁了。不过某个少男的少女心不到一周的时间就被收起来了，因为班主任董老师在上语文课的时候，看着自己班上这一米八五个子的大男生桌上摆了个粉嫩嫩的杯子实在是有点儿堵心，勒令他收起来换个颜色。邵南洲这才不得不收起了自己的"少女心"，不过从那之后，"洵北实验高中高一最帅的邵南洲有颗少女心"消息，传遍了整个校园。

就在大家预测邵南洲会掉粉之际，邵南洲以雷霆之势，收割了一大波学姐粉。

"上苍太爱我了吧？"这天放学，几人讨论到这问题，邵南洲很臭屁地说。

"上苍瞎了眼。"钟茴默默地说了一句。

"小学生，你说什么？"

邵南洲走到钟茴身边,钟茴这才发现,自己好像冷不丁地就把心里话给讲出来了。

钟茴:"……"怎么破!看着眼前不断朝她凑近的男孩子,她的脸迅速红了。

很燃,他的心也很燃。

1

四月中旬,洵北市的天气终于暖和了点儿。钟茴周六去培训班上课,她穿着浅灰色的呢子大衣,下面配着百褶小短裙,长长的过膝靴让她的腿看起来又直又长。

钟茴到了画室后,脱了身上的大衣,坐在画板前,等待着老师。

离九点还有十分钟。

钟茴的位置是靠着窗户的,教室里的人还很少,她有些无聊,透过窗户看着楼下。

"青少年文化拓展中心"这个教育机构并不仅仅是培训艺术生的,还有很多文化课的培训,周末的学生不少。而就在这么多往来的学生里,钟茴看到了自己的熟人。

邵南洲?他也在这里补习?

她有些不相信,不过很快她就收回了目光,因为梁薇老师进来了。

"钟茴,你过来一下。"梁薇叫了她的名字。

钟茴走了上去。

梁薇的画板上夹着一张人物素描,下面的落款正是"钟茴"两个字,这是她上周交的作业。

梁薇手指落在了素描中人物的眼睛处,道:"还记得过一段时间有个比赛吧?想要用这画去参加?"

钟茴点头。

"你先听我把这幅画的理解讲一遍,最后要不要修改就看你自己了。"梁薇示意钟茴搬一条凳子来自己旁边坐着听,"这幅画的整体布局没有太大的问题,空间分配利用得很合理,没有太大的视觉上的逼仄感。但是,就我看了而言,我没看明白这幅画想要表达的感情是什么。"

梁薇看着身旁坐着的女孩子很认真,继续说:"你看五官,少女的脸庞轮廓勾勒得很好,线条也处理得挺好,但是五官组合在一起的表情呢?究竟是想要表达什么,我没明白。这双眼睛很平静,但是配上这样又好像是兴奋的表情,是想要表达什么?"

梁薇看着钟茴,没有让她第一时间就给出解释,只是慢慢地等待女孩子自己反应过来。

梁薇站了起来,走到了教室门口,把大门关上,刚好,上课铃声在这一刻响了起来。

"继续上节课的肖像描写,有准备好的作业现在可以交上来了。"梁薇对着教室里的学生说完,又转身走到了钟茴跟前坐下,继续讨论这幅肖像素描的问题,"怎么样?找到问题了吗?"

梁薇也是这学期才接触到钟茴这个学生,总的来说,这小姑娘是挺有天赋的,基本功很扎实,唯独在创新这一点上有些欠缺,作品缺少了那么一点儿真情实感,看起来有些太过注重手法技巧,反倒显得刻板,很难打动人了。

"嗯。"钟茴捏着自己喇叭袖的兔毛毛衣,点了点头,"必须要注入感情的吗?老师?"

"当然,这就像是你在读小故事的时候,是不是有血有肉的故事才能打动你?咱们的绘画也是一样,身为作品的主人都没有投入真情实感的话,那你是要用什么去打动观赏你画的人呢?"梁薇温和地看着钟茴。对于聪慧的学生,老师都是愿意多花费一点儿耐心来引导的。

钟茴拿着画回到座位上,五月初"向日葵画展"就要来了,她原本就打算用手里这幅画去参赛的,可是经过今天梁薇跟她的探讨,她迷茫了。

望着窗外,钟茴轻轻地拧着眉头,她需要注入什么样的情绪?

创作都是需要灵感的,而她现在好像是陷入了一个困顿的境地,有些不知道怎么发力。一节课很快就过去了,可是钟茴还是没有半点儿头绪,她抱着自己的水杯走出教室。

走廊上放着两台直饮机,她走过去接了一杯热水。刚转过身,走廊拐角处突然就飞奔来了两个打闹的学生,钟茴整个人都还是处于放空的状态,被这一变故吓得愣住了,像是一只呆头鹅一样站在原地没点儿反应。

抱着水杯的手臂被人用力一拉,有人钳住了她的手臂,将她带离了一场撞人事故。

幸好拧紧了盖子,不然……

"喂,还好吧?"一道男音从她的头顶传来。

钟茴还有些不敢相信,愣愣地抬头,结果她在对方的眼里也同样看见了错愕。

"哎?小学生?"邵南洲给一帮熊孩子补了课后,出来透透气,教室里的暖气让他觉得背心都在冒汗,结果出来就看见一个像是稻草人一样站在直饮机旁边不动的女生。拐角跑来跑去嬉笑打闹的熊孩子好像就是隔壁班的,眼见着就要撞上那道纤细的身影,他想也没想,就出手将那人给拽了过来。

钟茴脸色有些白,她今天枯坐在教室都是这样的脸色,充足的暖气并没有让她的脸蛋变得红润一点儿,出来后吹了冷风,就变得更白了。现在看着邵南洲,脑子里一下就变得清明了。她抱着自己手里薄荷色的水杯,"唔"了一声,然后反问:"你怎么在这里?"她明明早上都看见邵南洲了。

站在她跟前的男孩子嘴角咧开了一个大大的笑容,像是天上的暖阳:"你觉得呢?"

钟茴没兴趣跟他玩这种你猜我猜的游戏,她舔了舔自己有些发干的嘴唇:"不知道。今天的事谢谢了,我先走了。"她还记挂着参赛的事,转身要回教室。

"哎!"邵南洲拦下了她,单手撑在了栏杆上,阻断了她的去路,脸上带着几分认真,"既然你也在这里,要不要下午跟着咱们一起去外面玩玩?"

钟茴正想要摇头拒绝,背后就插来了一道声音:"喂,邵南洲,你又要干什么?"

钟茴回头,就看见了顾长青,还有站在顾长青身边瞪大了眼睛的沈岑和陈海伦。她转过头,就对上了邵南洲带笑的眼睛,男孩子在她的眼前打了个响指:"怎么样,跟着我们去?"

钟茴最后还是没能拒绝,有沈岑在的地方,她就算是拒绝也会被后者"强迫"拉着去的。

2

一下课,沈岑就在画室门口等着她了。

钟茴一出来,就被沈岑挽住了手臂:"哇!小茴,你这么厉害啊!还在学画画？"

钟茴背着大包，里面装着画纸和工具。

"嗯。"她点头，"但是不厉害。"

想到今天第二节课梁薇说的那些话，钟茴眼神就有些暗淡。梁薇说她的画里缺乏年轻人应有的朝气，匮乏感情，这样的作品不能称为优秀，哪怕是她现在已经掌握了绘画技巧。

"怎么不厉害！你会的我都不会，那就已经很厉害了！"沈岑笑嘻嘻地说，"不过，你在这里补习多久啦？我怎么从来都没有见过你？"

"你们一直都在这里补课吗？"钟茴是真的不知道，"我没来太久，快一个月了，之前找过来的时候学校都已经开课了，插班就耽误了一点儿时间。"

沈岑嘿嘿一笑，看见身边女孩子白里透红的脸还是没忍住捏了一把："没呢！你看我像是想要学习的人吗？陈海伦那一群妖孽像是需要补习的人吗？"

"那……"钟茴疑惑了。

沈岑说："前几年教育局的文件不是下来了吗？不允许在职的公立学校的老师来赚外快，但是低年级的补习课费用太低，就算是这些培训机构的老师也是更喜欢教高年级的，邵南洲不知道哪里知道了这边招聘老师，就联系了一下，过来试讲了一次，就接了活儿。"

钟茴微微挑眉："那你呢？"

沈岑笑了两声，两人已经走到了校门口，那里站着三个高个子的男孩子，她伸手指了指站在最外面的顾长青："喏，陪他呀！"

她们走近，邵南洲打了个响指："走吧，现在去租车？"

五个人租了四辆自行车。

钟茴不会骑车,她跟沈岑两人就租了一辆两人座的。

"去哪里呀?"她坐上车才想起来这群人都没有告知她目的地。

沈岑坐在前面爽朗一笑:"当然是好地方啦!跟着我们走,有肉吃!"

五个人只有钟茴一人背着的包里装的是补课的资料,等到了目的地后,钟茴看着其余四人分别从包里掏出各种各样的食材,顿时目瞪口呆。

这里靠近郊野,周围都是山丘,目的地在一个湖泊边上。才来洵北市的钟茴当然不知道还有这么好的一个地方,看着眼前广阔的湖光景色,她的嘴角不由得扬起了一个浅浅的好看的弧度。

"好看吧?"在她静静地站在鹅卵石上看着风景的时候,邵南洲走了过来。

钟茴点点头,入目一片绿意,树梢抽芽,浅草探头,湖水解冰,在阳光的照射下,波光粼粼,不时还有一尾鱼在水中跳跃,湖面上荡漾开来一圈一圈的涟漪。

"很美,还缺一点儿袅袅炊烟。"

"已经有了。"邵南洲一笑。

钟茴这才发现大家都在原地整理食材,陈海伦已架好柴火点燃,一缕青烟飘散在空中。

"这……你们是要做什么?烧烤?"钟茴瞪大眼睛,看着沈岑还在不断地从包里掏出食材,还有烧烤签。

猝不及防,一只大手轻轻地刮了刮她的鼻梁。

"是啊!今天我们野炊!"邵南洲也不知道自己怎么就下意识做了这样的动作,等他反应过来的时候,钟茴都已经捂着鼻子跳开了,甚至还用一种看变态的目光看着他。

邵南洲:"……"

钟茴跑掉了,她不知道要怎么面对邵南洲,就跑到了沈岑身边,主动整理食材。

"你们经常这样吗?"钟茴一边将韭菜和豆腐皮卷在一起,一边开口问着身边的沈岑。

"嗯?"沈岑抬头,"你说出来烧烤啊?没呢!今天还是第一次,邵南洲提出来的。原本昨天那家伙就说要跟你讲的,可是昨天你不是跑了吗?他说晚上联系你,不过现在看来估计昨晚他自个儿都忘了。"沈岑一边说还一边问她吃不吃辣。

钟茴有些晃神,她怎么告诉沈岑,其实昨晚上不是邵南洲忘记了,而是她看见邵南洲的名字,直接把他给拉黑了?谁让那个人发短信第一句话就是"约吗?",吓得她差点儿摔了手机,约什么约!然后就直接拉黑了"邵南洲"这个联系人,还不忘悄悄地骂了他一句道貌岸然的坏坏。

烧烤很快开始了。

钟茴没有野炊经验,就看着跟前的几个人拿着小刷子,然后在带过来的瓶瓶罐罐里面蘸调料,刷在肉串和蔬菜上。

烧烤签是在超市买来的不锈钢材质的,有个木头把手,钟茴坐在沈岑和邵南洲的旁边,视线落在了这两人的手上。

邵南洲显然不是第一次做这种事情了,很是熟练。他烤着鸡翅,问她:"吃辣吗?"

这是钟茴今天第二次听见有人问自己这个问题了,她点点头。

"就一点点,不能太辣。"她小声说。

邵南洲嘿嘿一笑,鸡翅上蘸上辣椒油,然后撒上孜然粉,加了模样有些惨不忍睹的被钟茴用指甲掐断的一点儿也不匀称的葱花……

"这个时候应该有点儿蜂蜜,刷上去,那味道……"邵南洲说着分了一串给钟茴,"简直就是人间绝味!"自己咬了一口鸡翅,"烫!"

钟茴笑了,闻了闻邵南洲递给她的鸡翅,很香,张嘴咬了一口,当即

就咳嗽了出来。

"咳咳……"钟茵涨红了脸,"好……好辣……"她伸手使劲儿在嘴边扇风,吐舌头的模样实在是有点儿狼狈。

沈岑赶紧给钟茵递了一杯饮品,钟茵接过,仰头一饮而尽,后知后觉地打了个啤酒嗝儿,眼里带着震惊:"这……这不是饮料?"

她呆呆傻傻的样子把沈岑看得大笑不止。

"对啊!"沈岑眼泪都快要笑出来了,"我就只带了啤酒。"

钟茵一脸无措,像是做了错事的小孩儿,不知道该怎么面对了。

沈岑一掌就拍在了钟茵的肩头:"哎呀,没事的,就只有一小杯,没人知道的。"

钟茵还想要说点儿什么,就听见身边邵南洲含笑的声音传过来:"醉了的话我载你回去,放心,保证让你安全到家!别担心!"这样的保证,每一个字都掷地有声,好像在宣誓一样。

钟茵大囧,舌头好像也都变得不灵活了,结结巴巴地反驳了一句:"谁……谁要你送了?"

3

邵南洲笑着不说话,只是从她的手里接过那一串被她咬过的鸡翅,然后将手里已经烤熟的另两串没有放辣椒的烤肉塞到她手里:"喏,吃不了辣就不要吃好了,还逞什么强!"

钟茵张嘴想要反驳她能吃辣,就看见邵南洲毫不介意地咬下她啃过一口的鸡翅,她整个人都呆了!

"邵……邵南洲,你……你怎么可以……"钟茵一边说一边红了脸,结结巴巴的,也不知道是羞的还是因为酒精麻痹了神经,让她变成一个小结巴。

邵南洲大笑，露出了一排明晃晃的大白牙，也学着她的口吻，磕磕绊绊地假装大舌头："我……我怎么了？你……你想要……要表达……什么啊？"

钟茵在心里又暗骂了一声，每次都这样欺负她有意思吗？她羞得耳朵红得都快滴血了，真是恨不得现在就找一个地缝给钻进去。

钟茵指着邵南洲手里的鸡翅，脸蛋红彤彤的。

邵南洲终于明白了她的意思，不介意地甩了甩头："我不嫌弃你的口水！"

钟茵"啊"地叫了一声，把头埋进了自己的膝盖间，她不想要跟眼前的人说话了。他怎么可以那么"大义凛然"地说出来？周围还坐着别人啊！他怎么可以啊！

有那么一瞬间，钟茵恨不得用烤熟的玉米棒将邵南洲的嘴给堵上。

没一会儿，带来的食材就吃光了，可是沈岑都还有些意犹未尽。

"还没饱啊！"沈岑摸着自己的肚子，"小茵，你呢？"

被问到的钟茵一头汗，她都看见沈岑那已经变得圆滚滚的肚皮了，不由得扯了扯嘴角："还好。"她吃得并不多，七八串烤肉和素菜，大多数都是出自邵南洲之手。

"我也还没饱。"邵南洲站了起来，拍了拍身上的灰尘，朝对面的顾长青扬手，"走，抓鱼？"说着，他脱了鞋袜，挽着裤脚，往湖边走去。

"哎，危险呀！"钟茵看着顾长青也起身了，而沈岑没有半点儿反应。她心里有些愧疚，那个人还要照顾她这个不会烤肉的，烤熟的食材都进了她的肚子里，所以他才没有吃饱的吧？

邵南洲听见她的话，回头摆手："没事，我们都会水！"

沈岑还没心没肺地啃着顾长青留给她的最后一根玉米棒："小茵，等

我吃完我们也一起去啊！"

钟茴差点儿吓掉了下巴，连忙摆手："不不不……我不会游泳。"

"哈哈哈！"沈岑笑了两声，"不会也可以去踩水啊！岸边的水都很浅，就淹没小腿，别害怕。"

钟茴："……"这么冷，她也不想要下水啊！还有，踩水什么的，难道不是小学生才玩的吗？

最后，钟茴还是留在岸上。原因是所有人都下水了，那谁在岸上捡鱼啊！

沈岑、顾长青几人都是不怎么怕冷的，钟茴觉得自己站在湖水边，感受着吹来的风，都觉得凉飕飕的。可是水里弯着腰抓鱼的少男少女好像丝毫都没有感受到初春的凉意一样，嘻嘻哈哈地说笑着。最后不知道是谁先开始的水仗，四个人在湖里闹腾开了。

顾长青自然是要护着沈岑的，他将沈岑藏在身后，然后就跟距离最近的邵南洲开始"对泼"了，中间还夹杂着沈岑传来的阵阵尖叫：

"邵南洲，你够了啊！啊啊啊啊！邵南洲，我要杀了你！"

"啊啊啊，邵南洲，你给老娘住手！我跟你没完！"

"喂！沈岑，你能不要像个男人一样用吼的吗？"邵南洲终于听不下去了，开始言语反击。

陈海伦在一边大笑，他已经退出了这一场战役，在听见邵南洲的话之后，好心提醒："你完了，南洲，沈岑要唆使长青找你报仇了！"

果然，沈岑在顾长青耳边说了什么，后者就开始大步朝邵南洲的方向"挺进"。

"哎哎哎！二打一，你们懂不懂规则啊！这样是犯规的啊！"邵南洲一边大叫，一边往岸边逃去。

邵南洲一脚踏上岸站在钟茴身边，还在湖水里的顾长青猛地从水里掬起一捧水，笑着朝岸上的人泼来。

钟茴还没有反应过来,就被身边的男孩子一把抱住,然后转了个方向……

4

"哗啦"一声,钟茴这才感觉到好像有水滴从她的头上滴进了她的衣领。

冰凉的温度,让钟茴不由得打了个冷战,她感觉到背后那滚烫的胸膛很快就离开了她,那双环在她腰间的大手也松开了她,之前被包围的温热而陌生的气息也烟消云散。随即,她听见了邵南洲在她背后大吼:"顾长青,你浑蛋!没看见岸上还有人啊你!"语气里,半是玩笑,半是认真的怒火。

钟茴没有回头,只觉得耳根发热。

沈岑也很快就跑上岸,连鞋子都顾不得穿,赤着脚踩着鹅卵石一路跑到了钟茴跟前:"小茴,没事吧?"

她知道钟茴畏寒,牵着钟茴的手时,发现钟茴掌心都带着凉意,不由得也随着邵南洲嗤了一声顾长青,而后又转头安抚钟茴:"对不起啊,小茴,这事儿都怪顾长青,他就光想要捉弄邵南洲了,结果没想到连累了你。"

钟茴回神,咬了咬下唇,最开始的那一滴冰凉的湖水已经被她的体温给焐热了,早就浸在了衣服里,消失不见。

"我没事。"她回答,刚才邵南洲抱着她转了过去,那水其实都被邵南洲给挡住了,她真的没事。

其余几人也走了过来,邵南洲挠着脑袋跟她道歉,说连累她了。

钟茴浅笑,她真没放在心上。

大家呼了一口气,鱼其实没抓几条,几个人玩水倒是玩嗨了,邵南洲衣服和裤子都湿了不少。

钟茴和陈海伦是几人中衣服最干燥的,五人又围成刚才的样子坐成一团,邵南洲一边烤着自己的衣服,一边烤着两尾鱼,一条刷着辣椒,一条

就放了些孜然等调味。钟茴见他两手都不方便,主动将他手里的衣服接了过来,搭在自己的腿上烘烤着。

"谢谢你。"她小声对着身边的男孩子开口。

干枯的树枝燃烧起来发出了噼里啪啦的声音,邵南洲偏头看着她,像是没有听明白一样:"嗯?"

钟茴抖开了他的外套,上面还有一大摊水渍。那被邵南洲抱在怀里的场景又不可遏制地出现在了她的脑海里。

钟茴咬着下唇:"刚才帮我挡水,谢谢。"她用只有两人能听见的声音,加上她说话太细声细气,这样刻意压低了嗓音,让邵南洲都不得不凑近了些。

两人靠得很近,钟茴觉得自己好像都闻到了邵南洲身上带着几分清冽还有几分……烧烤的味道,她的脸有些发红,不动声色地就往后靠了靠。

邵南洲眼睛一直都看着烤鱼,没有发现钟茴的这点儿小动作,听见钟茴的话,咧嘴一笑:"这还用得着感谢?不是应该的吗?喏。"他将手里那一条没有放辣椒的鱼递到钟茴跟前,"吃吧,算我的赔礼。"

男孩子转头看着她,那双眼睛里闪烁着明亮的光芒,像是湖面的波光,粼粼耀眼。

"你吃吧,我吃饱了。"她知道之前邵南洲手里的烧烤都给了她,他自己都还没吃饱呢!

"你们还客气上了?小茴,你不知道邵南洲的手艺在我们几人中可是一绝,你不吃给我!"沈岑发现了他们这边的美味,伸手就欲从邵南洲手里夺过来。可是后者却巧妙一躲,避开了沈岑的"犯罪之手"。

邵南洲眼里带着极度的鄙夷看着沈岑:"有顾长青在你还吃不饱?沈岑你可真是个大胃王!跟小学生抢东西吃你还要脸吗?"

沈岑都还没有反驳,顾长青就跟邵南洲怼上了:"邵南洲,吃东西都堵不上你那张嘴!"

邵南洲："……"

沈岑笑了。

最后，那条烤鱼还是落入了沈岑手里，谁叫顾长青一再强调沈岑还在长身体呢？到时候沈岑个头不高，邵南洲保证顾长青能把这大帽子给扣在他头上！他可不想有一天他在家中坐，祸从天上来！

这次烧烤，差不多闹到四点多才准备回去。

沈岑喝了不少酒，哪还敢搭载钟茴。最后那辆双人自行车被邵南洲接手了，钟茴仍旧坐在后面，这里就她一人不会骑自行车……

得知要跟邵南洲共乘一骑，钟茴在原地犹豫了那么一下，才坐上去。

"坐稳咯！"迎面吹来的风将男孩子的声音带进了她的耳朵里，耳朵像是被一根狗尾巴草给扫了两下一样，带着酥麻的痒意。

钟茴"嗯"了一声，算是给了邵南洲一个讯号。

回去的时候先上坡后下坡。邵南洲骑得很稳，也很用力，反倒是坐在后面的钟茴觉得自己像个累赘，邵南洲将脚踏板蹬得飞快，她都快要跟不上节奏了。

"哎，你慢一点儿呀！"

邵南洲转头朝着她嘿嘿一笑："你把脚抬起来，我一个人都能载着你！"

钟茴有些犹豫，最后还是照着邵南洲的话做了。

果然，邵南洲没有骗她，就算只有前面一个人踩着脚踏板也跟两个人蹬车的速度差不多。

"抓稳咯！"

钟茴猛地感觉到车速加快了！

她不由得伸手捶打着邵南洲的后背："疯子！"

钟茴吓得手心都出汗了，邵南洲居然在下坡的时候都还在蹬着脚踏板加速，他们这一辆小小的自行车就像是火箭一样"咻"地飞了出去。

这样的刺激，让钟茴瞬间就白了脸。

"别怕啊！我不是在你前面嘛！"这么快的速度，邵南洲还在打趣她。

钟茴已经不想说话了，只是拽紧了自己手里的车头，但好像拽紧了也没什么用，听着呼啦啦的风声，她还是怕得要死。

邵南洲心情很好，大笑着，是想到什么一样，原本走着直线的自行车突然之间就走成了"8"字形。

钟茴是真的吓坏了，伸手猛地就将前面的人抱住了。

"你个神经病！还不停下来！啊啊啊啊啊啊……"怒骂之后，她还是忍不住大叫了起来。

邵南洲原本只是想要吓一吓身后的小姑娘的，顺便找点儿刺激。可是他没有想到钟茴这么胆小，这么不禁吓，那两只像是泥鳅一样的手臂缠绕在了他腰间，好像还在不断发热，烫着他的皮肤。

有那么一瞬间，邵南洲觉得全身好像因为缠绕在自己腰间的手而燃烧起来。

很燃，他的心也很燃。

啧啧,你这是主动投怀送抱的意思?

1

双人自行车停下了,那双手也在停下的一刻松开了。邵南洲想要回头,却被身后的钟茴大声制止了。

"不许看!"

钟茴命令他不许看,可他还是回头了,因为他听见她的声音带着哭腔。

他看见钟茴红了眼睛。

"你,还好吧?"邵南洲试探着问。突然,他心里有些愧疚。他从兜里摸出一张皱巴巴的卫生纸,递给钟茴。

那张卫生纸上还沾染着之前的烧烤味,钟茴嫌弃地拍开了他的手。

邵南洲:"……"

在两人僵持时,跟在他们身后的三人也到了。几人是亲眼看见了邵南洲的疯狂速度。

沈岑见钟茴红了眼睛,就抡起了拳头:"邵南洲,你神经病啊!你又

欺负人!你脑子用来干吗的!下坡加速,你以为就一个人啊!这下可好了,惹哭了人家吧!还不道歉,杵着干吗!"

邵南洲知道这事儿是他做得太过了:"钟茴,对不起啊!"

钟茴没吭声,她是觉得有点儿丢脸。

沈岑看着邵南洲那傻样儿,一手推开他:"回去还是我载小茴,邵南洲,你站边儿去!"

钟茴没出声反驳,就是接受了沈岑载着自己的意思。

邵南洲有些着急,他抓住了钟茴的手腕,带着点儿蛮力,眼神恳切地看着她:"钟茴,还是我载你吧。"

沈岑打断他:"谁要你载?"她将邵南洲的手拍掉,自顾自拉着钟茴上了车。

邵南洲:"……"

他低头踢了一脚脚边的石子。

回去的路上,沈岑问钟茴是不是吓坏了。

钟茴摇摇头:"现在好了,不过当时是真的有些吓人……"她说着就停住了,抿着唇,脑子里回放着刚才下坡的那一段,她害怕得伸手抱住了前面男孩子的腰。

精瘦的窄腰,敞开的大衣,她环抱住他的时候,隔着一层薄薄的针织衫都能够感觉到他腹部坚实的肌肉。

脸上顿时发烫,钟茴不由得甩了甩脑袋,像是想要将这旖旎甩出去一样。

等五人都到了租车地的时候,已是下午五六点了。沈岑玩心大,还想要去闹腾,钟茴表示自己没有力气了,她明天还要去画室交一幅作品。

"我明天还要打篮球,下周要跟市一中的人打比赛,今天就到这里吧,我送钟茴回去,你们仨就看着办?"邵南洲付了款,走到他们身边。

陈海伦瞥了站在身旁的两人一眼:"我也回去,三人行,单身狗表示不想要'被观众'。"

沈岑："……"

顾长青点头："这样挺好，海子挺有自知之明。"

陈海伦："……"

钟茵本还想说点儿什么，听见顾长青这话，也不由得笑了。

初春的傍晚，温度渐渐低了下来，钟茵双手揣在自己灰色的毛呢大衣里，跟邵南洲并肩走着。她没说话，邵南洲率先打破了僵局。

"小学生……"邵南洲抬头飞快地看了她一眼，见她没有什么抵触的情绪，这才继续说，"之前的事情，对不起啊，我以后……"

"我没事了。"钟茵截断了他的话。下坡的情景再一次浮现在她的脑海里，她忍不住皱眉。手臂的温度好像在攀升，她怕被邵南洲瞧出什么端倪。

"哦。"邵南洲声音有些低沉，"那我请你吃甜筒？"他们刚好路过一家麦当劳。

钟茵抽了抽眼角，她想要说不的，这么冷，谁想要吃甜筒啊！疯了吧！可是邵南洲已经去窗口排队了，她看着男孩子高大的背影，眉梢处不由得蕴藏着几分浅浅笑意。

邵南洲很快就回来了，将甜筒塞进钟茵手里："吃吧！"

钟茵一愣，看着自己手里的两支甜筒，有些不知道该说些什么。

"我一个人吃？"她抬头惊讶地看着邵南洲。

钟茵深深地怀疑眼前这人是不是恨她恨得要死，不然这大冷天的，塞给她两支甜筒是想要冻死她？

"对啊，第二支半价。"偏偏邵南洲还没有觉出任何不妥，"赔礼。"

"我其实不怎么吃凉的。"她打破了邵南洲的幻想，"现在还很冷。"

邵南洲蒙了，有些无措地望着钟茵："那……那还是我吃吧？"他忘了钟茴很怕冷，在开着暖气的教室里都还穿着毛衣。

钟茴很爽快地给了他一支，剩下的那一支还是握在自己手里。

对上邵南洲疑惑的表情，她笑了笑，解释道："既然是赔礼，那还是要尝尝的。"说着，她就当着邵南洲的面儿咬了一口甜筒。

不过一口，钟茴就后悔了，太冷了！门牙都快冻掉了！

邵南洲看着她不由自主地打了个哆嗦，蓦地笑了，原本愁云笼罩着的眉头，顿时舒展。

"不想吃就不要吃了，别勉强自己。"

钟茴摇头说不勉强，结果晚上就知道了什么叫自讨苦吃。

2

从前跟着钟谭文生活，家里辞退了一个阿姨后，小小年纪的钟茴便没人照顾，一日三餐不规律，在那时落下了胃病。

烧烤回来的当天晚上，钟茴胃就不舒服了，后来实在是受不了，就打算去医院。

吴湘还在客厅看电视，看见钟茴捂着肚子头上冒着冷汗从楼上下来，顿时吓了一大跳。

"怎么回事？吃坏肚子了？"

钟茴难受得直皱眉："胃痛。"她声音很小，表情看起来实在是不算怎么好。

杨正起身穿了外套，拿着车钥匙，在钟茴跟前蹲下了身。

"上来！"他沉着声音说，"愣着做什么，不是走不动吗？快点儿上来！"

钟茴最后还是趴在了杨正的背上，被背着出门了。

车里，钟茴一直被吴湘揽在怀里，吴湘不断地安慰她："别怕啊，小茴，马上就到医院了。再忍忍，马上到了……"

钟茵其实很想说她不怕，这样的情况也不是第一次遇见了，只是很久没有犯过病，现在一时间痛得有些受不了。

到了医院，杨正背着她去急诊室。等她检查完，才发现一直跟在身后跑的吴湘眼睛红红的。

钟茵微微不自在，向杨正道了谢，看了看吴湘，最后还是梗着脖子对着吴湘开口："我没事，让你担心了。"

不过是普通的胃炎，吴湘不放心，还想要让她现在做个胃镜什么的，结果急诊医生都笑了。

医生说："放心，真不用做胃镜，没太大的问题，就注意一下饮食，不要吃刺激性的食物。给她开了些药，这胃病还是要靠食疗。胃镜太伤身体了，一般没大问题我们医院都是不建议做的。"

杨正也在一旁说："你不懂就别瞎掺和，胃镜你以为不痛啊！"然后话锋一转，温和地问钟茵，"小茵，还痛吗？能走吗？不能咱就背着走！"

医生含笑看着这三人，开口道："你们一家人感情真好啊！这孩子没啥大毛病，你们家长也不用太担心了。去旁边划账一楼取药吧。"

这话一出，三个人都有些愣怔。最先反应过来的是杨正，他这大半辈子膝下无子，其实早就把钟茵当作自己的女儿，奈何钟茵在家里除了跟钟里亲近点儿，跟谁都不亲，他就算是想要学着做一个好父亲也没机会。现在猛然听见医生这么随口一说，他拍了拍钟茵的肩头，毫不介意这里还有外人，就在钟茵跟前蹲下了："上来吧，小茵。"

钟茵都还有些忸怩，她被医生的无心之语冲击了神经，看着已经蹲身在地上的杨正，她抿了抿唇，最后还是趴在了他背上。

"谢谢。"走出了急诊室的大门，她悄声说。

杨正脸上的褶子笑得快堆在一起了，他稳步朝前走着："咱们是一家人啊，傻姑娘。"

吴湘走在一大一小的身边,听见这话,都快哭了。

钟茵回到家,吃了药就躺下了。

胃痛的感觉并没有那么快就消失,尽管这一天很累了,可她脑子里却好像还在高速运转,根本停不下来。

她望着天花板。这是吴湘细心布置的,天花板上装着星空屏,只要按开床头的开关,上面就能出现一闪一闪移动的星星和月亮,就像是真的夜空那样。

开关在钟茵的手里一开一关,她眼里有些迷茫。

很累,不想睡,但是没多久,她还是睡着了。她做了个梦,梦见了小时候,一家四口的情景。

上午九点,阳光透过窗帘之间的缝隙,悄悄地爬了进来,在地板上落下斑驳的光影。

钟茵在床上翻了个身,醒来了。

周末,家里的人还在睡懒觉。她穿着拖鞋,踢踢踏踏地去了洗漱间,换好衣服下楼。

餐桌上已经有做好的早点,钟茵慢吞吞地吃了早饭,跟家里唯一醒来的阿姨道了别,就背着自己的画板朝着学校走去。

钟茵从老师那里拿了钥匙,平常没事的话,她能自由使用画室。

周末校园里的人很少,钟茵背着画板,脚步轻盈地走在学院路上,路过篮球场的时候,她听见了几道熟悉的声音。

"喂!邵南洲,传球传球!"

"好嘞!漂亮!"

"萧凉,中午跟我们一起吃饭?"

最后那一声,是邵南洲的声音。

钟茴不经意地一瞥,刚好撞上了站在篮球场里的男孩子的视线。

邵南洲本来是在跟萧凉说话的,可是当他转头看见绿色围栏外面走着的那个身影时,就顿住了,冷不丁地就跟钟茴意外转过来的视线给对上了。

"砰砰——"

篮球落地。

邵南洲朝还有些愣怔的人招招手:"早啊!小学生!"

钟茴:"……"

钟茴傲娇地走了,邵南洲肩头被顾长青给捶了一拳。

"你小子!"言语间,带着幸灾乐祸。

萧凉看着已经走远的钟茴,好像在努力回想什么一样,然后猛地想到了,转头看着邵南洲:"咦,这是不是上一次你在篮球场欺负的那小姑娘?"

欺负?邵南洲拧眉,表示自己可不喜欢这个词。

"哈哈哈……"一旁的顾长青最先笑了出来,他胳膊支在邵南洲的肩头,眼里带着浓浓的戏谑,"对啊,邵南洲现在可不是喜欢可劲儿地欺负那女生?你说是吧,南洲?"

邵南洲哼了一声:"滚!"

没多久,中场休息。

邵南洲坐在长椅上喝水。

"喂,邵南洲,被你欺负的那姑娘又走过来了。"萧凉坐在他旁边,拍了拍他肩头。

"别闹!她上午去画室,你唬谁啊!"邵南洲头也没回,还仰着脖子在咕噜咕噜地喝水。

"骗你做什么,不看别后悔。"萧凉给了他肩头一拳。

邵南洲这才抬头。

果然,走在林荫道上的人可不就是钟茴?他一下就从自己的座位上站

了起来,朝着篮球场外走去。

"喂!邵南洲,你干什么去?"顾长青在他身后大喊。

萧凉扯了扯嘴角,这就真的只是欺负的关系?

3

钟茴有些沮丧,垂着头,踩着阳光经过树梢落下的光斑走着。突然,她的胳膊被人给拽住了。

"小学生!"转头,就看见了邵南洲那张灿烂的笑脸,"你怎么垂头丧气的?"

钟茴有些头疼地揉了揉眉角:"忘记带钥匙了。"

"啊?"邵南洲一时半会儿没有反应过来。

钟茴踢着脚下的小石子:"画室的钥匙我给忘家里了,进不去了。"她有些懊恼,这周在拓展中心的作业看来只能利用晚上熬夜完成了。家里的画室还在装修,以前是一间茶房,现在杨正改装出来给她做画室,不过还没完工。

钟茴看着拦着自己的大手,挑眉:"做什么?"

邵南洲扯着钟茴的手臂就往回走,眼睛里带着几分狡黠的笑意:"跟我来,我能让你进去!"

钟茴被他死死拽着,也只好跟上他。

"这两人干啥?"另一端在篮球场里的人问着。

"谁知道?"顾长青耸耸肩,"但估计是不回来了……"

钟茴被邵南洲拉到了实验楼的背面,她望着三楼的窗户,又看了看站在墙角处摩拳擦掌的邵南洲,心里一跳。

"哎,你不会是想要翻上去吧?"钟茴望着那么高的楼,眼里带着担忧。

邵南洲给了她一个安抚的眼神："不然呢？"

看着钟茵紧锁的眉头，邵南洲拍了拍自己的胸口："你现在就可以上去在门口等着了，我保准给你开门！放心，没事！"

钟茵没有走开，她还想拉着邵南洲不让他上去，可他两三下就爬上了排水管道，踩在了一楼教室的窗台上。

钟茵靠着墙站着，从她现在的角度往上看着邵南洲，只看见了两条蕴藏着力量的肌肉小腿，以及……腿毛和……空旷而宽大的篮球服。

钟茵不敢再看了，往外站了一点儿，低垂着眼睛，她怕看见什么不该看的，长针眼就麻烦了。

等到邵南洲爬上了三楼画室的窗台时，他一低头，看见站在实验楼下的女孩子安静乖顺地垂着头，起风了，她的发丝被吹了起来，在他眼中，她似乎变成了一幅画。

邵南洲上扬着嘴角："喂，小学生，还愣着做什么！上来啊！"他蹲在窗户前，冲着下面的人大喊。

钟茵回神抬眸，之前像是一只壁虎一样贴在实验楼外面的男孩子，已经不知道什么时候窜进画室，露着一排整齐的大白牙朝着她挥手。

实验楼里很安静，钟茵走在走廊上都能听见自己的脚步声，前面的教室门已经从里面被打开了，男孩儿斜斜地倚靠在门口，一脸含笑地看着她。

邵南洲逆着光站着，钟茵的脸有些发烫。

她大步走过去，却被邵南洲给挡了门口。男生一手撑在门框上，一手揣在自己的裤兜里，模样带着三分不羁七分洒脱。

"怎么报答我？"他声音低沉，回荡在走廊里。

温热的、带着点儿潮湿的气息喷洒在钟茵的耳郭处，让她的视线已经无处安放了。

"你想要怎样？"钟茴梗着脖子，视线的焦点最终落在了跟前的人汗湿的胸口处，那里有一团灰黑色的污渍，应该是刚才翻墙的时候蹭上的。

她不敢看邵南洲的眼睛，就死死地盯着那处污渍。

邵南洲低笑一声，突然伸手刮了刮她的鼻梁，眼里带着几分戏谑："逗你玩儿的，还当真了？"

钟茴像是被踩了尾巴的兔子一样，一下就跳开了。她将画板抱在胸口，眼神带着戒备看着跟前的人："你，干什么啊？"刚才那样的动作，是不是太亲昵了点儿？

邵南洲看着炸毛了的钟茴，愣了一下后放声大笑。他觉得钟茴的表情太过有趣，不由得摩挲着自己的指尖："不干什么，你还进不进来了？"

钟茴羞赧，磨磨蹭蹭地把画板固定好。

邵南洲绕到她身后："这是沈岑？"钟茴的素描已经画了个轮廓了，他一眼就看出来这是沈岑。

钟茴浅笑："对呀，就是她。"她还没有画完，这是昨天下午在烧烤的时候，她看见在湖水中嬉闹的沈岑的时候想到的。沈岑性格很好，笑的时候好像能把周围的一切都照亮，回来后，她反反复复地想了很多遍，这才决定下笔。

邵南洲对绘画一窍不通，他觉得钟茴画得挺生动的，便随口玩笑道："改天你也给我弄一张？"

钟茴被他这话给噎住了，这不答应好像也不好，毕竟对她来说不算是什么大事。可她凭什么要给他画一张啊？

钟茴噘着嘴巴，还是答应了。

等到钟茴这头结束，已经下午三点多了，在这期间，她修改了很多次，做了很多细微的调节。

邵南洲跟沈岑已经认识很长时间，看着钟茴的画，他指了指画像上沈岑的五官："沈岑笑的时候眼睛是看着天上的，不信你下次观察，她笑得很傻。谁笑着是扬着下巴啊，你把她画得太淑女了，她看了保准要乐上天！"

钟茴原本站在画板前，支着脑袋远看近看总觉得有什么地方需要修改，她的思路被邵南洲的话这么一打断，猛然间，茅塞顿开。

梁薇说她的作品缺少灵魂，其实这只是一种委婉的说法。她的每一部作品，画里的主人翁的思想都只是她自己片面的思想，也就是说，她在作画的时候，并没有将自己代入作品里的角色，而是让角色带入她自己。先前也一样，她又用着自己的思维模式去勾勒，这让整幅画看起来就变得有点儿不协调了。

现在也一样，她虽然画出了沈岑笑起来灿烂的模样，但在很多细节的处理上，她都还是按照她本人的状态着手的。

钟茴变得有些激动，以至于她有些忘形，惊呼一声，然后猛地窜到了邵南洲跟前，结结实实地将眼前的人给抱住了……

"啧啧，你这是主动投怀送抱的意思？"他被钟茴的举动给吓了一跳，不过掩饰得很好，揶揄着开口。

钟茴刚才也是因为突然醒悟才那么冲动，现在被邵南洲这么一说，顿时反应过来，惊喜过后，接着就是尴尬了。

她松开邵南洲，脸上有些隐隐发烫，她语无伦次地开口："我……邵南洲……我，抱歉，我刚才太激动了，谢谢……谢谢你，刚才那句话，我……我好像明白了……"

她磕磕巴巴地说着，也不管对面的人究竟听懂没有，下一刻就已经坐了下去，手里的铅笔在画纸上发出了"沙沙"的声音。

画室里，很快就只剩下她的笔尖"沙沙"的声音。邵南洲在一旁很安静，他抱臂站在不远处,望着天。

钟茵收了手,呼出一口气,从画板前终于抬起了头,坐得太久,她不由得伸了伸懒腰,抬眼的时候,就看见了站在窗边的邵南洲。

后者,正回头,冲着她微笑。

第六章
哄她
HONGTA

哎哎哎，你离我远点儿！

1

可能是那时邵南洲的笑容太好看，直到晚上睡觉，钟茴脑海里的这个画面，都还久久没消散。

她躺在床上，拉了拉自己的被子，想要忘掉，手机突然"嘀"了一声，她拿起一看，是一条银行的短信。

"【××银行】您尾号6889账户于4月19日转入1600.00元人民币。"

钟茴想到下午吃饭的时候，邵南洲说借她的银行卡一看的事情，难道就在那个时候，他就记住了她的卡号？可这钱，是什么意思？

很快，一条短信又进来了。

"鞋子很舒服，可送鞋不吉利，下次送点儿别的什么吧。"

这条短信的署名，是邵南洲。

钟茴捏着手机，现在也不知道是该生气呢，还是郁闷。她什么时候要送他鞋子了？那是赔偿好不好！不过，钟茴也记得鞋子的原价是1499元，

没有这么贵啊!

她赶紧回了短信:"是我赔你的,还有,票据金额也没有这么多,明天我把钱还给你。"

她发完短信后,心里始终觉得有些不对劲儿。事情都这么久了,邵南洲怎么现在把这事儿给翻出来了?钟茴不知道这是邵南洲才拿到的上学期参加奥数竞赛的奖金,手机里的短信很快就又多了一条。

"不用,鞋子的钱是应该还给你的,剩下多余的,男人吃饭怎么可能需要女孩子付钱?"

钟茴现在躺在床上,她都能想象得到邵南洲此刻臭屁的样子。男人?她嗤笑了一声,这人也不怕说大话闪了舌头!就一未成年,他想要咋的!

钟茴最终也没能把球鞋的钱还给邵南洲,她再一次被邵南洲给威胁了。

"小学生,你要是真把钱给我,那我就不能保证别人不知道这是你送的了啊!"他吊儿郎当,但又挂着一副胜券在握的表情是最让钟茴恨得牙痒痒的,她那明明是赔偿!

"你别胡说!"钟茴咬着牙,从嘴里蹦出了几个字。

邵南洲不为所动,只是耸了耸肩,好像不在乎一样:"那你之后可以去解释啊!说只是你赔偿我。"

解释!解释会有用吗?钟茴头疼,算了,她反正斗不过邵南洲的,她懒得争辩了。

又是一个周六,洵北中学跟市一中的篮球友谊赛就要在下午开始了。

上午钟茴还是要去青少年拓展中心补课,到教室的时候,梁薇已经坐在画板前面,她在给一幅水彩画调色。

听见动静,梁薇回头,看见钟茴,朝着钟茴笑了笑:"回去琢磨得怎么样?有什么进展了吗?"她是挺看好钟茴这个学生的,不骄不躁,这不论是做哪一行，都是很难得的品质。钟茵的绘画基本功很扎实，她相信钟茵是块璞玉，经过好好打磨，能让世人惊艳。

钟茵在面对自己老师的时候，态度谦和。她浅浅一笑，拿出一张素描："嗯，老师看看吧。"

梁薇接过，打开，第一眼就震惊了。

"这周画好的？"

钟茵耳根有些发红，点点头，在梁薇带着审视意味的目光下伸手捋了捋自己脸颊边的散发："周末的时候，花了一天的时间重新画的。之前那一幅，扔掉了。"她没有说实话，之前的那一幅，其实是被邵南洲拿走了。邵南洲对她的承诺不放心，说是要让她以后用他的画像去交换。

看着梁薇，钟茵的心还是有些惴惴的，虽然邵南洲称赞她画得不错，可她心里还是没底啊！

"梁老师，是不是我哪里还没有画好？"

梁薇眯了眯眼睛："你能告诉我这幅画是在什么情况下创作出来的吗？"创作总是需要灵感的，会有源泉。

钟茵摸了摸自己变得有些发痒的耳垂："这是我的一个朋友，大约还是我来到洵北市的第一个朋友……"她短短地交代了出游的事情。

梁薇脸上的笑容越来越大。

"这就对了。"梁薇拍了拍她的手臂，示意她坐下，"以前的那些画，是你想象的，可是没有你想要塑造的人物独具的风格和灵魂。作画需要技巧，当你的技巧已经成熟的时候，你现在需要追求的就是灵魂。你需要让你的每一幅作品赋有自己的灵魂，它才会生动，才能用一种静态去向世人展现动态。这一点，是你之前没有的。"

钟茵安静地听着，时不时地点头。

最后，梁薇拍着她的肩头，笑看着她："这一次参赛就用这一幅怎么样？"

不过还有段时间,如果在这期间,还有别的作品的话,也可以一起送上去看看。"

梁薇很满意钟茴。

等到钟茴下课,沈岑早在外面等她了。

见她出来,沈岑挽了她的手臂,急匆匆朝着外面走去:"哎呀,咱们要快一点儿了,他们都在等我们啦!"

钟茴"嗯"了一声:"别急,我哥哥说来接我们。"钟茴心情好还有这个原因,她已经很久没有看见钟里了。

沈岑反应了片刻,突然一下就变得有些激动:"你哥哥?"她声音都拔高了两度,"就是开学的时候送你来上学的那个个子挺高的人?"见钟茴点头,她就更激动了,"天啊!没想到还能跟那么帅的大帅哥近距离接触啊!钟茴,你好幸福!"

钟茴:"……"

钟里早早就在培训学校门口等着钟茴了,看见跟着自己妹妹走出来的还有一个笑得分外明媚的女孩子,他礼貌地点点头,从钟茴的手里将她的书包接了过来:"小茴的朋友?"

钟茴点头:"哥哥,这是我同桌沈岑。"

"哥哥!"沈岑倒是一点儿都不怕生,自来熟。

钟茴:"……"

钟里愣了一下,笑了,对于自家妹妹的小同学他也是很照顾的。

"沈岑和小茴中午想要吃点儿什么,咱们还有时间。"钟里说着就拉开了车门,示意她们上去。

钟茴和沈岑并排坐在了后座,钟茴看见钟里上车后,这才不好意思地开口:"哥哥,我们有一大伙人一起吃饭呢!"昨晚她也不知道邵南洲他们中午是打算一起吃饭的,钟家兄妹原打算去吃自助餐的计划被打乱了。

沈岑也猜想到了可能是他们没有及时通知钟茴,导致了现在这个局面,本来这件事情也是临时决定的:"嘿嘿,那哥哥你也跟着我们一起去吃吧!中午吃中餐,可以的吧?"

钟里一边开车一边从后视镜里看着后座的两人,他笑了笑:"行啊!我不挑食的,只是我家的小茴是个挑食鬼!"

"哥哥!"钟茴捂住耳朵大喊。

钟里脸上的笑容越来越深了。

2

邵南洲他们约定吃饭的地方很容易找到,在体育中心的邻街。钟茴下车,沈岑在联系那群人。钟茴走到钟里身边,仰头露着一张小脸:"哥哥,你会不会不自在呀?"

钟里伸手揽住了她的肩头,捏了捏她的小鼻子:"我怕你不自在。"

"嗯?"钟茴不解。

钟里继续笑:"我记得我家小妹可不是喜欢热闹的人,平常在家里都不怎么出门的。现在突然说要来看篮球赛,是不是有了心上人?我跟在你身边,不自在的究竟是你还是我?"

这番话,说得钟茴脸色大红,她想要反驳,耳边却突然传来了一道男音。

"嗨,小学生!"果然,怕什么来什么。

一旁的沈岑已经嘀咕上了:"邵南洲,我让顾长青出来接我们,你出来干吗?"

邵南洲走近,发现钟茴的肩头搭着一只男人的手,顺着那只手看去,就看见一眉目清朗的男子。而后者,则笑盈盈地看着他,只是那眼里的笑意究竟有几分他就不清楚了。

邵南洲没理会沈岑的话，直直地看着钟茴："这位？"

"是小茴今天要打篮球的同学吧？"钟里在钟茴开口介绍前，就已经主动开口了。钟里眼里带着审视，看着站在跟前跟自己差不多一般高的男孩子，"小茴的外号是'小学生'吗？"他说完后，还笑了两声。

邵南洲看得出来两人关系匪浅，但他没有见过钟里，听见钟里的问话，他摸不准钟里的身份，也就不知道该怎么回答了。

好在这时候，钟茴炸毛了："哥哥，你别听他胡说！"她拉着身边人的大手，语气里带着依赖和几分刚冒出来的羞恼。

钟里哈哈大笑，按着她的脑袋："不过你看着是挺像小学生啊！"

钟茴不想说话了，邵南洲跟钟里在沈岑的介绍下互相打过招呼后，她这才闷闷地跟在了邵南洲后面去了包间。

原以为钟里的突然到来，会让饭桌上的气氛有点儿尴尬，但是很快钟茴就发现，这一桌子的人都很能聊，尤其是……钟里和邵南洲？

钟里大学学的是工科，而邵南洲在很早之前就立有目标，借此机会，正好向钟里讨教一番。

要结束的时候，邵南洲去结账，结果一脸复杂地回来了。等到落了座，他这才偏向了钟里这边，低声说："钟哥，你怎么把钱给了？该是我们请客啊！"

钟里低笑，宠溺地看了眼坐在一旁还鼓着腮帮子，小嘴巴一动一动的钟茴，眼里带着纵容："没事，你们都是小茴的朋友，这顿饭就当谢谢你们在学校对她的照顾了。我这还是头一次看见小茴出来跟同学聚会呢！"他心里很高兴。

邵南洲一愣，又想到了钟茴的性格，带着几分恍然："她很文静，女孩儿这样，挺好的。"

钟里闻言，又笑了，不过有些意味深长地看了看身边的男孩子一眼，缓缓说:"小茴没什么朋友,性格内向,但是个挺好挺善良的姑娘。希望你们也能跟她好好相处,这个年纪,正是朝气蓬勃的时候,闹一闹,也就熟悉了。"

邵南洲应了一声,他刚才那话,可不是客套。

他是真心觉得钟茴怪招人疼爱的。

饭后去体育馆,钟茴被沈岑带着走到了一处视野极好的看台坐下,沈岑特别激动:"这一次,看我们怎么打爆一中的头!"

"咳咳……"钟茴望着这个半扎着头发,后脑勺儿还为了喜欢的人别了个乖巧的蝴蝶发卡的女孩子,无奈地笑了。

这样吵闹不休的场面其实不是她喜欢的。

手臂突然被碰了碰,钟茴抬头,就看见了钟里灿若星辰的眼睛:"小茴希望谁赢?"

钟茴瘪瘪嘴,基于对母校的荣誉感,当然是希望洵北中学赢啊。

不料,钟里追问:"是因为刚才的男孩子吗?"

正在喝水的钟茴顿时被呛住了,她瞪着眼道:"哥哥,你不要乱说!我跟他没关系!"

钟里又笑了,他看着自家小妹都已经涨红的脸,目光移向赛场:"我说了你们有什么关系吗?别紧张,小茴。"

钟里看见站在赛场的那个男孩儿,目光正朝着他们这边看来。

钟茴低头,没注意到,她还在怀疑钟里是不是误会了什么,想着怎么才能证明自己的"清白"。

"吁——"的一声尖锐的口哨,预示比赛开始。

钟茴对运动不感兴趣,不过身边的钟里倒是有些研究:"你那位同学的水平不错啊!"

"这个传球漂亮!"

"弹跳力不错,很好,哎,差一点儿就进球了……"

钟茴终于抬头,不过没望着赛场,而是看着坐在自己身边的人:"哥哥,你那么激动做什么?"

钟里冲着她眨了眨眼睛:"你来看比赛,我给你讲解啊!"

钟茴:"……"这算哪门子的讲解?单单对邵南洲关注?有必要吗?

中场休息的时候,顾长青照旧朝着沈岑这边走来,后者笑嘻嘻地拿着毛巾和水瓶递给他。顾长青身后还跟着邵南洲和萧凉,钟茴心跳有些加快,这人不会那么没有眼力见儿,这时候还跑来她身边吧?

钟茴握紧拳头,她今天穿着百褶裙,双手放在膝头,殊不知这样紧抿着下唇的模样早就落在了一旁的钟里眼中。让钟茴觉得舒了一口气的是,邵南洲的步调跟萧凉一致,走到陈海伦跟前。

没几分钟,下半场就开始了。

钟里这一次没作声,安静地当着一名观众,心里思量着别的事。

比赛最终还是遂了沈岑的愿,淘北中学赢了。

沈岑激动得手舞足蹈,转身就抱住了钟茴:"上一次要不是长青他们不在,哼,他们一中肯定会被我们打得落花流水!这一次,哼!这叫作什么,这是实力!"

沈岑的女侠姿态又拿出来了,神气得很。

钟茴暗暗无奈,看着走来的顾长青等人,开口道:"沈岑,你现在可以松开我去拥抱顾长青了。"

话音都还没落下,原本抱着她的人就已经利落地翻越了看台的栏杆,冲下去了。

钟茴:"……"这叛变不要来得太快啊!

"钟茴,晚上庆功宴去吗?带上钟哥一起啊!"那头的陈海伦已经在招呼人了，赢了比赛肯定要庆祝，他现在在确定人数，准备订位置了。

钟茴有些为难，看了看坐在身边的钟里："哥哥，你怎么看？"

钟里也是从这个年纪过来的，他揉了揉钟茴的软发："去吧，不过哥哥就不跟你一块儿去了，都是你的好朋友，我要是去了也跟你们合不来啊。不过，门禁的时间可不能忘了，晚上十点前我得在家里见到你的人。不能喝酒，不能吸烟，知道吧？"

钟茴露出一个大大的笑容，抱着钟里的胳膊，嘿嘿笑了两声："嗯！"

钟里见状，说道："我们家的小茴也长大了，变得开朗了，以前都不怎么喜欢这样的聚会是吧？"

钟茴有些羞赧，钟里不提，她可能都要忘了从前自己的腼腆了。不过，幸而在这里交到了一群不错的朋友，让她单调的生活有了些斑斓的色彩。

3

等到大部队集合，十几人就朝着体育馆门口呼啦啦地走去了。这里面有好几个女孩子，不过钟茴一个都不熟悉。沈岑很讲义气，抛开顾长青，牵着钟茴走在后面，嘀嘀咕咕地在说着什么。

"我真没想到邱婷这么穷追不舍！"沈岑揪了揪钟茴的小拇指，语气带着嗤笑，"邵南洲对她没意思，这人脸皮太厚了！"

钟茴因为她的话，不由得也抬头朝着前面看去。邱婷个子不算高挑，走在一米八几的邵南洲身边，倒有几分小鸟依人的感觉。虽然大家都穿的是裙子，但是……钟茴低头看了看自己都还穿着黑色加绒的打底裤，又看了看邱婷那雪白纤细的小腿，她不由得打了个哆嗦。这个时候的水晶丝袜，落在钟茴的眼里就像是结冰了一样。

"哎，小茴，你怎么都不说话？"

钟茴抿嘴："晚上我们吃火锅吗？"

沈岑："……"

晚上没有吃火锅，都是一群半大的学生，奔着去吃自助餐了。不过不是钟茴心心念念的海鲜自助，而是烧烤。他们人数太多，只有拼桌坐在了最里面。

钟茴挨着沈岑坐着，刚坐下，头顶就传来一道男音："小学生，朝里面挪一个位置。"

钟茴被邵南洲挤到了靠墙壁的角落。

"哎，这是沈岑的位置！"钟茴见状，赶紧给自己的好姐妹占位。

邵南洲根本就不吃她这套，他挑眉，模样得意张狂："今天是我们赢了比赛，我们是英雄！你居然让我给沈岑让位置？"

钟茴想了想，好像是这个理儿，没法儿辩驳。

"那我坐外面去吧。"她开口说。

邵南洲："……"

钟茴还是没能出去，就在她说话的时候，邱婷已经端着两杯鲜榨果汁过来了，坐在了邵南洲的身边。出去的路已经被堵住了，钟茴站了起来，反倒是有些不知道该怎么办。

"钟茴，你能跟我换一下位置吗？"邱婷望着她，开口询问。

钟茴当然是一万个愿意了，当即点头，只不过那声"好"最后哽在了嗓子眼儿里，因为邵南洲抢答了。

"不行！"

邱婷眼神不满地朝邵南洲扫了一眼："为什么啊？"

这一次邵南洲给出的答案就更加直接了："钟茴除了沈岑之外，跟那些女生都不熟，她坐在这里，让人放心一点儿。"像是觉得这话有些不妥一样，又补充了一句，"同班同学，就应该互帮互助。"

邱婷："……"难道我就不是你的同班同学了？

顾长青坐在邵南洲的另一边，沈岑想要把钟茴解救出来，可邵南洲岿然不动地坐在那里，钟茴想要出去，他也不拦着："随你啊，想走就从我身上跨过去。"

他们这个位置，身后就是墙壁，这一排都是沙发，就像是邵南洲说的那样，想要出去，就只有从外面的人身上跨过去。这样的事情钟茴当然是不肯做，她羞红了一张脸，讷讷地坐下了。

"喏，给你喝，你们女孩子不是挺喜欢的吗？"邵南洲将自己面前的那一杯没有动过的鲜榨推到钟茴跟前，语气里带着几分漫不经心。

钟茴还没有接，坐在对面的邱婷就不服气了："南洲，那是我特意给你端过来的。这果汁等的时间比这里的牛排都还久呢！你就尝尝吧，钟茴要是想要喝的话，她会自己去拿的。"

像是担心钟茴真的会接下邵南洲的果汁一样，邱婷转身还补充了一句："是吧，钟茴？"

钟茴脸上没太多的表情："嗯，沈岑给我拿了豆奶。"她有些嫌弃地将自己手边的果汁直接推向邵南洲。

邵南洲无所谓地笑笑，然后将那果汁又推给了眼巴巴望着自己的邱婷："你既然很喜欢，那就喝两杯吧。我跟钟茴一样，喝豆奶。"

正巧，沈岑这时候回来了，手里拿着一瓶豆奶，这是她专门给她可口的小同桌准备的。听见邵南洲的话，她不由得翻了个大白眼："邵南洲，你要不要脸？"她一边说一边将玻璃瓶装着的豆奶递给钟茴。

邵南洲中途拦截下来，沈岑正要发怒，就看见邵南洲拿起了桌上的调羹，一手拿着玻璃瓶，状似轻松地一撬，就将金属瓶盖给撬开了。打开后，他这才递给了身边的女孩子，顺带着挑衅地看了沈岑一眼："你就这么拿给她，她怎么喝？蠢！"

沈岑："……"

顾长青拿着两小盘烤牛排走了过来,看见沈岑怒视着邵南洲,而后者则是一副云淡风轻的模样,就知道沈岑又在邵南洲手里吃亏了。顾长青想要扶额,沈岑根本就不是邵南洲的对手,尤其是在"吵架"的时候,邵南洲那嘴多毒啊,说话就像是暴雨梨花针一样,沈岑就算是再厉害,也会被射成刺猬。

顾长青叹气,将手里的一份牛排放在沈岑的位置上,一份交给钟茴:"又怎么了?"

沈岑找到了靠山,眼睛一亮,就开始控诉邵南洲的恶行。

顾长青眼角抽了抽,他虽然很想平息这场没有硝烟的战争,可是沈岑好像并不是很乐意。他硬着头皮,权衡利弊,觉得自己只有牺牲一下老友了。

"没事,他比你更蠢,你看我都栽在你手上了,他不是还没有追到钟茴吗?光凭这一点,你就比他聪明多了!"顾长青斜眼笑着看着邵南洲,果然,对面的男孩子一下就炸毛了。

"顾——长——青!"邵南洲腾地站起来,眼里带着明显的警告,"你还敢不敢再乱说一点儿?"

面对邵南洲突如其来的怒火,顾长青神色未变,脸上还是似笑非笑的表情。他瞥了眼邵南洲身边的钟茴,小姑娘整张脸都已经涨得通红,像是水蜜桃。他突然想起开学的时候,陈海伦说邵南洲身上带着水蜜桃的香味儿,他眼里的笑意就更浓了:"小茴,抱歉,刚才口不择言了。"

突然被点名,钟茴讷讷着不知道怎么开口。她觉得好像不论说不说话,都很尴尬。

最后还是沈岑先反应过来,她给了顾长青后背一巴掌:"胡说什么!就算是邵南洲喜欢我家小茴,我家小茴也肯定看不上他的!小茴可是要做艺术家的人,怎么可能看上邵南洲!"

躺着中枪的邵南洲：“……"

钟茴"呵呵"了两声，现在她除了干笑，别无他法，因为这个问题好像无解。

4

可能现在最不高兴的就是邱婷了，可是，用沈岑的话来讲就是，Who care？没多久，篮球队的人都端着烤肉过来了。这是一家半自助的烤肉店，有很多熟食，比如米饭炒菜西点小吃等等，但是像五花肥牛肉什么的，都是生肉，需要自己动手。

钟茴的动手能力几乎是零，一开始就被"恶霸"逼到了角落，没怎么去拿东西，现在能吃的主食就只有开始顾长青给她的牛排。

钟茴刚准备将盘子端到自己跟前，就发现横空多出一只手，在她的眼皮子底下抢走了那盘牛排。

钟茴生气地转头看着身边的人："干什么，你？"

怕引起围观，她声音小小的，对于邵南洲就像是挠痒痒一样。

钟茴眼看着邵南洲将她那份牛排扔给了顾长青。

邵南洲三分随意七分认真地说："拿好你的牛排，不是你女朋友就不要瞎照顾！"

顾长青别有深意地看了好友一眼，轻笑了两声，也不恼，将盘子递给一旁吃得正欢的沈岑："多吃点儿，还能长高。"

沈岑："……"

钟茴又被邵南洲的话闹了个大红脸，羞愤得想要原地消失。她伸手在桌下朝着男孩子的大腿拧了一把，手劲儿可不小。

"神经病！"她用只有两人能听见的声音说道。

邵南洲其实已经疼得在心里骂娘了，可面上还一派泰然，他在钟茴的

小手"逃跑"前,顺势拉住了。

那只柔弱无骨的软绵绵的小手,就这样被他包裹在了手心里。

"乱摸什么!"邵南洲低喝道,面上却还挂着温温和和最能欺骗人的笑。

钟茴挣脱了好几次都没有摆脱他的控制,眼眶都要发红了。偏偏邵南洲就像是没有看到一样,眼里的笑意深深的:"胡来也没个限度,男人的大腿是你能随便乱摸的吗?万一你摸了不该摸的,要怎么办!"

钟茴现在哪里还听得进去他的话,急得都快要哭出来了,可是她又奈何不了身边这个人半分。

"你……你到底想要怎么样嘛?"她眼神带着几分恳求地看着身边的人,小鼻子一耸一耸的,看起来委屈得不行。

邵南洲将自己放在烤盘上的肥牛翻了个面儿,"吱吱"地又烤了一会儿,这才夹上来。注意到钟茴的小眼神,他咧了咧嘴,松开了她的手:"不怎么样,教你道理。"说完,就将自己面前的这一满盘刚烤熟的牛肉放在她面前,"吃吧!"

钟茴看着眼前这一盘香喷喷的烤肉有些犹豫,她前一刻才骂了人,还揪了人,现在对方"投喂"她,那她是要有骨气地不吃,还是"江湖一笑泯恩仇"地吃了?

就在她纠结万分的时候,同一张桌子上有眼尖的看见了他们两人的互动,年轻又热血的男孩子们可不就像是发现了新大陆一样,闹腾腾地起哄。

"噢噢噢噢!邵南洲,为什么没有我们的份儿?"

"你全给你身边的妹子了,人家也不一定吃得完啊!可不要浪费了,先给我们分点儿!"

钟茴本来就在纠结该不该吃这嗟来之食,现在这样一听,伸手就准备将盘子还给邵南洲。后者瞪了她一眼:"拿着。"

然后他转头,看着最先起哄的人,万分淡定地开口:"嗯,她吃不完剩下的给你。"

餐桌上有那么一瞬间的安静。然后,最先开口的人猛地跳起来:"邵南洲,你这么重色轻友是要遭天谴的!"

邵南洲呵呵笑了两声,不置可否。

钟茴却觉得不好意思了,她在桌下扯了扯邵南洲的衣服,后者回头,脸上已然换上了另外一副表情:"嗯,怎么了?"

钟茴耳根有些发烫,她小声开口:"我吃不完的,还是先分给他们吧。"她声音太小,吃自助餐的地方又不太安静,邵南洲凑近了她。

钟茴小脸绯红,伸手抵住了他的手臂:"哎哎哎,你离我远点儿!"

因为邵南洲的贴近,她整个人都快要被挤压在墙上了,就像是一只被欺负得可怜巴巴的仓鼠一样。对钟茴来说,现在更要命的是邵南洲贴得这么近,她的一呼一吸间都是眼前这个人的味道,她有些承受不来。

你离我远点儿!这话,就这么脱口而出……

邵南洲眼神微暗,就在钟茴都有些摸不准这人现在究竟是想要做什么的时候,他突然往后退了退,然后开口:"你吃不完我吃,不会浪费。"

很简单的一句话,却让钟茴愣住了。

邵南洲拿着洋葱圈放在油纸上,然后敲了一个鹌鹑蛋,然后拿过旁边的作料,撒了上去:"喜欢吃几成熟的?单面煎还是双面煎?"

钟茴张了张嘴:"单面。"

听见她的回答,邵南洲嘴角往上翘了翘:"正好,跟我一样。"

他很快就将那两只煎得金黄金黄的洋葱蛋放在了钟茴的碟子里:"小心烫。"

钟茴抿嘴一笑,有了好吃的,她心里那点儿对邵南洲的成见就暂时先放一放好了,她这样想着,然后对着身边的人小声说了句谢谢。

两人的互动有点儿甜,最先看不过去的就是坐在邵南洲对面一直在关注着他们两人的邱婷了。看着邵南洲给钟茴亲手烤肉，她紧咬下唇，确定自己调整好了表情，便笑盈盈地看着邵南洲，并递出了自己手里的餐盘："南洲，你也分我一个吧。"她指了指仅剩的最后一枚洋葱鹌鹑蛋。

桌上大多都是男孩子，邱婷其实长得也不赖，大家纷纷起哄。

"邵南洲，你小子艳福不浅哪！"一人笑着揶揄。

"少女收割机！"又有人附和。

而在场的跟邵南洲关系最好的陈海伦几人，都默默地在吃饭，丝毫不打算参与进来。哦，不对，沈岑是要掺和进来的。

"凭什么啊，你自己没长手啊！"

邱婷哪知道半路会杀出来个程咬金，她狠狠瞪了沈岑一眼，还击："关你什么事儿？"

"你骚扰我同学怎么就不关我的事了？我小学可是右臂三道杠的大队长！你懂吗！这种同学有难，八方支援，我看你是不懂的！"沈岑虽然常常在邵南洲的手下败走麦城，但每次跟邵南洲唇枪舌剑后，她嘴上的功力也就朝着"吐核神功"靠近几分。这种功力，她一般都拿来对付邱婷了，譬如，现在这样。

邱婷窘得说不出话来，要是眼神可以杀人，现在沈岑都不知道死了多少回了。

一桌人见气氛不对，尤其是邵南洲完全都没有理会邱婷的意思，大家心里都有了那么点点的默契。

"邱大美女，我这儿也有煎蛋，你要不要来一个？"终于有和事佬出来了，笑着给邱婷一个台阶。

不过和事佬也不是那么好当的，邱婷根本就没打算要顺着这个台阶下去，反而还一脸憧憬地看着邵南洲，语气都已经嗲得不行了："南洲，你……"

她的话还没说完，就被邵南洲打断："不好，我很饿，还没吃饭。"

很正常的理由，很平静的回答，却一击命中，让邱婷整个人都蔫了。

钟茴手一顿，她看着都已经被自己咬成半个月牙形的煎蛋，还有被吃了一小半的烤肉，怎么办，突然觉得心虚了，怎么办？

钟茴抬头环视一圈儿，发现篮球队的男孩子们面前的空盘子都已经堆成了一座小山了，反观邵南洲，他的餐盘里几乎什么食物都没有，烤熟的都在她肚子里了。

钟茴感到更愧疚了，小声地跟身边的人商量："我来吧，你先吃饭。"

后者闻言，看着她，脸上挂着似笑非笑一点儿都不正经的表情："这天底下，我就只吃四个女人给我做的饭菜。"

钟茴不明所以地看着他。

邵南洲继续开口："我奶奶，我姥姥，我妈，我媳妇儿。"

第七章
染指
RANZHI

他可能自己都没有注意到,这声音里带着一丝不易觉察的心疼。

1

邵南洲用只有两人能听见的声音说着,跟钟茴贴得很近,在外人看起来,像窃窃私语一般。沈岑拧眉看着,顺带揪了顾长青一把:"喂,顾长青,你个乌鸦嘴,不会真被你说中了吧?就凭邵南洲那熊样儿,还想要染指我家小茴?"

顾长青表示自己不想说话。

钟茴瞬间爆红了脸,她伸出自己的一根指头,戳了戳跟前男孩子的胸膛:"你……你胡说什么,你……你离我远点儿!"

邵南洲哈哈大笑,毫不客气地用自己那只已经被熏满了烤肉味的大手在钟茴的头上"蹂躏"了两把:"逗你玩儿!"

钟茴气得一双眼睛都红了,腹诽着跟前的人,想要骂人,可是翻来覆去都只有那么两三句没任何杀伤力的话,最后只好紧紧地抿着唇,不说话了。

看着钟茴敢怒不敢言、憋闷的小模样,邵南洲的心情好得可以飞上天,跟月亮肩并肩了。他嘴里哼着小曲,看着烤肉已被"滋滋"出黄灿灿的油汁,一把夹起来,投喂给身边的"小学生"。

钟茴看着盘子里丰盛的烤肉,咬着豆奶瓶里的吸管,心里哀叹,果真是吃人嘴软拿人手短啊……

"小茴,尝一尝这个田螺肉,超好吃的!"沈岑端了一盘子的凉拌田螺肉过来,想要递给钟茴。

在中途,却被邵南洲给拦住了:"寄生虫那么多,她不会吃,还有,她不吃辣。"

"对哦。"沈岑想到上一次去烧烤的时候,钟茴是吃不了辣的。

他们这群人倒是没觉得邵南洲说这话有什么问题,却惊呆了这一桌的其他人。

"哟,南哥,你这是什么意思啊?"

"居然连人家不吃辣都知道,你自己坦白说,你有何居心!哼,别想逃过老孙的火眼金睛!"

周围的人又开始起哄,打趣邵南洲,机会难得,众人自然要抓着调侃一番了。

邵南洲手里翻滚烤肉的动作没有一点儿停顿,面不改色:"怎么,你们有意见?"

"那哪能啊!"身边的人笑嘻嘻的。

邵南洲瞥了众人一眼:"那还给我胡扯什么?安静地吃你的饭,肉都堵不住你的嘴了?"

众人默然:"……"

这顿饭钟茴吃得挺憋闷的,但也真的是吃得很饱。最后实在是吃不下了,她盘子里还剩了好些生蚝、蒜蓉扇贝什么的,结果就被邵南洲一把端了去,他三两下就吃光了。

"怎么不吃扇贝?"邵南洲边吃边问她。

钟茴捏着自己的小鼻子,嫌弃地看着他:"口臭喂!"

邵南洲:"……"这丫头片子,一天说话不硌硬他是不是就不高兴?

晚餐结束,差不多就已经七八点了,但这是周六啊,明天又没有课,十六七岁的少年哪会这么安分地回家。也不知道是谁先提出来去唱歌的,得到了大家的一致认可后,一群人呼啦啦朝KTV奔去。

钟茴稍稍落后了一点儿,她晚上不喜欢在大街上晃悠,这个时间,她想要回家。邵南洲不知道什么时候走到了她身边,嗓门儿嘹亮得很:"小学生,怎么了?走快点儿啊!"说着,他就伸手抓住了钟茴后颈的衣领,想要提着人走了。

钟茴:"……"她已经羞愤得要死,长得高了不起哦?上面的空气可不一定好!"你放手!"被人像是一只小鸡一样抓着,钟茴快要炸毛了。

邵南洲非但没有放开她,甚至提着她的衣领,让她悬空了……悬空了……

钟茴尖叫一声,张牙舞爪地就要朝邵南洲的那张脸招呼去。

不过,她的手还没有接触到那拎着她的人的脸,就突然一下重心下降,然后脚踩在了地面上……

这时候,她的双手也被邵南洲给截获了,他眼里带着戏谑的笑意:"怎么,想要摸我的脸?"

钟茴气得气血翻滚,可邵南洲还是跟她没完没了地唠嗑:"大爷的脸是那么好摸的吗?这辈子,这世上就只有两个女人能摸我的脸……"

又来!钟茴没好气地看了他一眼,知道这人等会儿嘴里又要说些让她不知所措的话,干脆就先一步拦截了他:"知道!医院的女护士和女入殓师!"

邵南洲一愣,钟茴逮住了这个空隙,朝着他的小腿就是一踢,然后趁他吃痛，一溜烟儿从他的手里挣脱开了。

她小跑着逃离了邵南洲的掌控范围，走到沈岑身边，声音不自觉就带上了几分愉悦："沈岑，我先回去了，不去唱歌了，时间太晚了。"门禁时间她可没忘。

沈岑看了眼时间："还早啊！你一个人回去我多不放心啊，先去玩一会儿，我等会儿送你回家！"

女魔王一锤定音，钟茴无力反驳。沈岑伸手搭上了她的肩头，揽着她朝前走去。

顾长青被沈岑嫌弃，落后一步，正好就跟后面的邵南洲走在了一块儿。

"喜欢？"顾长青话不多，不过每一句都很有分量。

邵南洲大步走着："你想什么？"

顾长青耸肩："恋爱中的男人分为两种，一种是看好了就去拿下的，还有一种你知道是什么样子的吗？"

邵南洲睨了顾长青一眼，表示不想说话。可是今晚上，顾长青变得格外多话，邵南洲摆明了不想听，可他偏偏还要说："还有一种就是小学生心理，喜欢别人不说，还一个劲儿地想要去招惹。非要把人惹哭了才高兴，事后总要后悔的！"

"顾长青，你吃错药了？"邵南洲皱着眉，有些烦躁。

顾长青也没生气，呵呵地笑了一声，伸手拍了拍老友的肩头，没再说话。

2

到了KTV，钟茴挨着沈岑坐下。她从未来过这种地方，心里还有些忐忑。刚才她看见隔壁包间出入的都是些浓妆艳抹的年轻女子，还有好些戴着闪亮的耳钉的男子，心里有些抵触。

邵南洲和顾长青是后面进来的，不知道是不是因为路上顾长青的那番

话还是别的什么原因,看见钟茴坐在最里面他也没凑过去,而是选择坐在了距离门口最近的地方。

顾长青踢了踢邵南洲,伸手指了指沈岑身边的位置,邵南洲不耐烦地回踢了他一脚:"滚滚滚!我就坐这儿了!"

顾长青脸上带着几分别有深意的笑,什么也没说,朝着沈岑走去。

陈海伦见状,不放心地问了两句,顾长青指了指钟茴,陈海伦顿时就明白了。

两人相视一笑,心照不宣。

沈岑拿着菜单问钟茴想喝什么,身边有人起哄:"沈姐一个人都能干一箱啤酒,所以给我们来十箱!"

"滚远点儿你!"沈岑笑着回骂,"要你们多嘴!"说完又转头看着钟茴,"要不要来点儿椰汁?酒什么的你就不要喝了,万一把你灌醉了就麻烦了。"

钟茴抿嘴一笑,她也没想要喝酒啊!她依着沈岑的建议点了一瓶椰汁,然后又小声对着沈岑说:"哎,未成年人不能喝酒的……"

沈岑一愣,随后大笑出声,她钩着钟茴的后颈,在钟茴脸上亲了一口,声音听上去愉悦极了:"小茴,你怎么这么可爱!"

不过,被劝导的"沈姐"并没有听钟茴的,还是照旧叫了一箱啤酒上来。

钟茴坐在角落里,抱着她"独树一帜"的椰汁,小口小口斯文地喝着。

她有点儿想回家,可现在包间里已经嗨了起来。

"让我们红尘做伴,活得潇潇洒洒!策马奔腾!共享人世繁华!"

魔音绕耳,这群人哪里是在唱歌,完全就是在很认真地将歌词"吼"出来。

沈岑注意到钟茴一个人无聊,伸手碰了碰她,好心问道:"小茴,你想唱什么歌?"

钟茴连忙摆手拒绝,只是不知不觉中灌了一肚子的水,就想上个厕所。

她看着沈岑又跟大家拼酒去了，就自己站起来默默地朝门口走去。

邵南洲坐在门口，没多久邱婷就进来了，她惊喜地坐到邵南洲身边。邵南洲这才发现身后放着的挎包是邱婷的。邱婷还以为是邵南洲主动坐在她身边，开心得不行，拉着他天南地北地找着各种各样的话题。邵南洲真觉得身边有个聒噪的女人很要命。

正巧，他不耐烦的时候，就看见钟茴一个人慢慢朝门口走来。他假装没看见，可等钟茴出去后，他找了借口准备出去。

邱婷也想跟着邵南洲出去，可邵南洲微微挑眉，包间里五光十色的灯光倾泻在他脸上，男孩子眉宇间的清冷和躁郁让她瞬间噤了声。

邵南洲走出包间来到洗手间，脑子里有些纷乱。他站在洗手盆前，伸手掬了一捧水，拍在脸上，然后抬头，面前的镜子里清清楚楚地映出他棱角分明的脸，还带着一串一串的水珠。他脑子稍微清醒了些，刚才自己究竟是在纠结些什么？

他擦干脸，走出去，但并不想进入吵闹的包间，于是靠在走廊的墙壁上。他个子很高，皮相很好，就这么短短的一分钟时间里，已经有好几个人试图跟他搭讪了。他想，女人可真是麻烦，又吵又烦，还像是恼人的苍蝇，一直在耳边嗡嗡打转。不过，小学生好像从来不会。

想到这里，他扬起嘴角。

钟茴心不在焉地从洗手间走出来，这里太吵闹了，她一点儿都不习惯。看了看时间，她决定跟沈岑说自己要先离开了。

她正这么打算着，突然，一只手搭在她的肩头："小妹妹，一个人啊？"

钟茴吓了一大跳，转头看，是个醉醺醺的男人。

"你……你干什么？"她强作镇定，使劲儿想将男人的手拍下去。

男人嘿嘿一下，露出一口大黄牙，混合着烟酒味的口气就冲钟茴扑面而来,让钟茴几欲作呕。

"让叔叔带你玩儿啊!"男人还想牵钟茴的手。

"救命!"钟茴尖叫着,想要摆脱这个男人,可是她力气不大,根本挣脱不开。她急得眼泪都出来了,视线有些蒙眬,却还是看见从前方冲来一人,一拳就打在了她面前的男人的脸上。

"王八蛋!"邵南洲听见钟茴的尖叫就冲过来了,正好看见一个男人流里流气地摸着钟茴的手,还一个劲儿地想要将钟茴揽进怀里。他看得眼睛发红,只想揍人,打了一拳还不解气,伸手就掐住男人的脖子,一脚踢在男人的膝盖骨上,将人揍倒在地,他顺势就骑了上去,手上的拳头就像是雨点一般狠狠地朝男人的脸上砸去。

钟茴吓傻了,回过神之后,怕出什么事情,走过去拉起还在打人的邵南洲:"别打了!"

女孩子受惊的声音传进邵南洲的耳朵里,他眼里这才有了一丝清明。他就势站起来,厌恨地看着地上被打得只知抱头的男子,又飞起一脚,踹在了男人的肩窝上,这才拉着钟茴离开。

钟茴是真的吓傻了,就连邵南洲拉着她的时候都没有反抗一下。

邵南洲感觉到手里牵着的人不自觉地轻颤着,他做了一个大胆的决定,伸手将钟茴抱在怀里,一手按着她的后背,一手按着她的发顶,声音沉缓,带着安抚:"乖,没事了,别怕了。"

钟茴是真的怕了,现在靠在一个熟悉的人的怀里,终于崩溃地哭了。

眼泪滴湿了邵南洲的前襟,滚烫的温度好像透过了他的衣服直达他的心脏,心脏好像都变得有些涩涩的,像是被泡在了眼泪里一样。

"别哭了,不然我再回头打他?"

钟茴赶紧拉住他的手,从他怀里抬起头来,一张小脸已经哭花,眼睛红红的,鼻子也红红的:"你……你别去了,你都把他打成那样了,万一你回去他叫了人怎么办？"

3

邵南洲没带钟茴回KTV，直接走到安全出口。这里很安静，一门之隔，是两个世界。

看着怀里女孩儿的模样，他突然觉得身体发热，半晌，他干哑地说："好。"

钟茴没发现邵南洲的异常，她回过神来后，从邵南洲的怀里挣脱出来。

"不然，我们不回去了吧？"她试探着说，她早就想离开了。

邵南洲蓦地扯了扯嘴角："不然你以为我带你走这里来做什么？"

钟茴脸上终于露出了一个浅浅的笑容："那走吧！"语气轻快明朗了很多。

等出了KTV，钟茴才意识到一件事。虽然她已经来洵北市这么久了，可是她一直都是家里、学校两点一线，最多就是周末去离西苑不远的商场扫个货什么的。现在站在陌生的街头，她有些迷茫。

这是哪儿？她是谁？

钟茴低头，不想在邵南洲面前表现得很白痴，就随意找了个方向闷头走着。

她才走出两步，后领的衣领就被邵南洲给抓住了。

邵南洲颇无奈地看着埋头想要在地上找钱的姑娘："走这边，东南西北都分不清吗？"

钟茴："……"她忍！谁叫她不认得路？

像是一只小小的跟屁虫一样跟在大佬身后，夜色中，她悄悄地抬眼打量走在前面的少年的背影。他的后背宽厚坚实，让她微微有些失神。情

不自禁地,她就想到了下午他在赛场上挥洒汗水的样子,又想起晚餐时他给自己仔细打点食物的样子,还有刚才他为自己出头,出手伤人的凶狠样子……

"看什么呢?是不是突然觉得我是背影杀手?"

就在钟茴琢磨着是不是得认真感谢他一番时,冷不丁地,耳边再次传来让她瞬间就面红耳赤的调侃,瞬间才升起来的好感又降为了零。

这个人怎么可以这么不要脸!钟茴愤恨地想,难道他都不知道什么叫作谦逊吗!

她不说话,邵南洲就直接当作默认了。

男孩子倒退几步跟她并肩,笑嘻嘻地又道:"承认也没什么关系,最多我就收下你这个小学生小迷妹的好感就是了。"

"谁对你有好感了!"见他简直越来越不着调,她赶紧打断了他的话,那秀气得不行的小眉头紧紧地皱成了一团。

她没好气地看着跟前的人,心里再一次嘀咕,像是在说服自己那般,她怎么可能喜欢这朵"花枝招展"随时都在"招蜂引蝶"的水仙花!

丝毫不知道自己已经被眼前的女孩儿定位成自恋的"水仙"的邵南洲,眼角都蕴着深深浅浅的笑意。

看着钟茴嘴硬的样子,他忍不住刺了一句:"哎,你这样子像是此地无银三百两啊!我有点儿怕怕的怎么办?"说着,他还夸张地抱住自己的胸部,"你可不要色眯眯地看着我,我警告你!"

钟茴气得快要爆炸,世界上怎么可以有这种人!她因为羞愤,还有被蒙上了一层"色眯眯"的薄纱的栽赃,脸色变得通红。

她想要辩解,可每次她一说话就会被邵南洲故意曲解成另外一层意思。她一点儿都不想跟眼前的人说话了,可就这么平白被冠上"登徒子"的称号,她一点儿都不甘心!

"邵南洲！"钟茵下定决心要给邵南洲一点儿颜色看看，她颇是运足了功力大吼了一声，成功地引起了身边人的注意，可是下一刻，她脑子一短路，忘记自己要说什么了。

这样一来，在大街上，头顶是明晃晃的路灯，周围是车水马龙，人来人往，少年就跟少女对立站着，隔着半臂的距离，不远不近，大眼瞪小眼，嗯，相顾无言了。

钟茵很想要发力，可动了动嘴唇，半天憋不出来一个字，她急得都快哭了，而站在她跟前的邵南洲却很努力地憋着笑，最后她突然一脚就踩在了他的脚背上。

"我忘了我要说什么了！"她冲着他大喊，喊完就一个人跑了。

那声音里包含着无奈和委屈，还带着些许的理直气壮，要不是邵南洲现在觉得脚疼，他真的都要笑哭了。跟钟茵吵架，简直就是打开了新世界的大门。

酝酿了半天，结果吵架的人忘了自己的台词，还有比这更滑稽的事情吗？

邵南洲看着已经逃远了的小人儿，不由得大笑出声。为什么她这么可爱，可爱得让他忍不住又想要去欺负她了。

沮丧不已的钟茵跟得意扬扬的邵南洲完全是两个极端，钟茵讨厌死邵南洲了，也恨死自己了，她觉得自己已经嘴笨到无可救药了，这才一次又一次地被邵南洲欺负！

望着天，钟茵很想要大喊一句，她真的好想要报仇啊！可她每一次的报仇，就像是《东成西就》里的欧阳锋去杀洪七一样，每一次下手，结果受伤的都是自己……

一阵夜风吹来，卷起街边枯叶。

钟茴被这阵妖风吹来的沙尘迷了眼,打了个哆嗦。在她闭眼的时候,肩头突然就多了一件衣服,带着阳刚的不属于她的气息。

钟茴没有挣扎,她能闻得出来那是属于谁的味道。很快,耳旁就传来了邵南洲熟悉的声音:"冷吧?平常多吃点儿,你看一阵风都能把你给卷走了……"

钟茴:"……"她是纸片人吗?

邵南洲朝前走了两步,发现身后的人还没有跟上来,回头问道:"不走?难道要我牵着你?"

钟茴大羞,跺脚恼怒道:"谁要你牵了!"然后,她的眼泪就流了出来。

4

邵南洲顿时就慌了。

从前他是把钟茴欺负得红了眼睛,但也没有像现在这样真的哭了啊!让他最有些无措的是,他根本就不知道钟茴究竟是因为他说的哪句话哭了。

"你别哭啊!"他赶紧走到钟茴身边,想伸手拍她的肩头。

钟茴无语:"谁哭了!"她揉了好几下眼睛,可是那沙子就像是在跟她躲猫猫一样,就是不出来。结果越揉眼睛越疼,眼泪哗啦啦地掉着。

看着钟茴,邵南洲很认真地反省自己是不是真的做了什么十恶不赦的坏事。他看见钟茴脸上挂着的一小颗一小颗的晶莹剔透的泪珠,也没多想,伸手就抹了去。

邵南洲的大拇指有些粗糙,干燥的手指在接触到钟茴的泪珠后,瞬间就被濡湿了。突然,他觉得心头堵得慌。

"还说没哭,这是什么?"他声音微沉。

钟茴抬脚虚踢了一下,她看不见,倒是没有想到会真的一脚踹在邵南洲腿上:"神经啊你!我眼睛进沙了了!"

邵南洲:"……"

那些担忧在一瞬间被钟茵的这句话秒杀得碎成了一块一块的,然后掉落在了地上,无声地嘲笑着他。

"你不早说!"邵南洲很是郁闷。他不动声色地将指尖上的那点儿湿意擦在钟茵身上。他觉得钟茵说得没错,他就是神经病。

"抬头。"他没好气地对着钟茵命令道。

钟茵不配合,他直接伸手抬起她的下巴,然后低头,强势地一手掰开她的眼皮,朝她的眼睛狠狠一吹!

钟茵"呀"地尖叫:"邵南洲,你口水吹我眼里了!"

被点名的人神态自若:"哪有!"怎么可能!他邵南洲是那种吹气就会飙口水的人吗!

钟茵使劲地瞪了瞪他,没好气地说:"不然呢!是天上下雨了吗?"

邵南洲似笑非笑地看着她:"眼睛不疼了?吹出来了?"

钟茵被他的话带走了,眨了眨眼睛,是没了刚才的刺痛感。

"好了?"她像是不敢相信一般。

"废话!"邵南洲嗤笑一声,大手按着她的头顶,"好了,走吧。"

钟茵"哦"了一声,跟在邵南洲身后。她身上搭着男孩子的棒球衫,一米八几的男孩子的外套穿在她身上,像穿了及膝的大衣一样,异常暖和。钟茵加快两步,伸出手,小心翼翼地扯了扯前面走着的男孩子的衣摆,小声说:"谢谢哦!"

邵南洲没回头:"谢什么!"只有他知道自己是心口不一,嘴角勾起一抹浅浅的弧度,看着就让人觉得愉悦。

将钟茵送回西苑的时候,已是九点四十五。

小区大门外,邵南洲转身看着她。

　　这一路他走在前面，这时候转身，钟茴才发现在前面像大山一样可靠的男子脸上挂着不同于往日的嬉笑。十六岁是个什么样的年纪？风华张扬，加之他头顶着学霸和男神诸多正面头衔，活得似乎比同龄人更加精彩。嘴角永远都噙着一丝耐人寻味却叫人移不开眼的笑意的男孩儿，现在眼神深深，带着几分安静的内敛，跟寻常截然不同的气质，让她微微失神。

　　直到，一只干燥的大手在她头顶揉了揉，带着微微嘶哑的嗓音被夜风带进了她的耳朵。

　　"进去了，听话。"

　　微沉，低哑，这可不像是钟茴认识的人。她意外地觉得这一刻，夜色撩人。

　　"哦。"她小声回答。性子一直都挺温吞的又容易被人命令，听了邵南洲的话，她就乖乖地朝小区里走去。

　　邵南洲没马上离开，他看着钟茴慢慢走远，直到在拐角消失不见。

　　皓月当空，他突然觉得身后少了点儿什么，身边空荡荡的。

　　他转身走了两步，突然，身后传来一阵急促的"嗒嗒嗒"的脚步声。

　　"邵南洲！"伴随着脚步声的，是女孩子的呼唤。

　　邵南洲转头，看着由远及近的少女："怎么了？"

　　钟茴的脸红扑扑的，说话都还在喘着大气，她将手里的外套往他手中一塞，眼睛弯成了头顶悬挂在苍穹的弯月："谢谢哦！还给你！"

　　邵南洲微微失神，因为手里衣服上的清香。

　　钟茴没有停留太久，她的门禁时间快到了。她朝邵南洲挥了挥手："赶紧回去吧！注意安全！我先走啦！"

　　她转身，又跑了起来。那一顺溜的乌黑长发，被夜风吹拂，飘了起来，当她回眸的那一瞬间，不安分的发丝胡乱地拍在了她脸上，露出了半张脸，却有刹那芳华的美感，窒息动人。

"快回去啦!"

邵南洲回神,原来,她转头只是为了对他说这话。

他捏着手里的外套,上面还有温热的体温,他没再穿到身上,大步离开了。

第八章
秘密
MIMI

心跳像有些失了平日里的节奏,加快了好几拍。

1

周一,钟茴起得稍微晚了些。

从桌上拿了面包,就准备跑去上课,耳边却传来吴湘的声音:"小茴,坐下吃,急什么。"

吴湘从厨房端了碗鸡蛋羹出来。

"我来不及了!"钟茴跳着脚在玄关处穿鞋。

"过来吃饭,我等会儿开车送你。"吴湘说。

钟茴动作一顿,干笑了两声:"不用了吧?"从前吴湘跟她都是"井水不犯河水",楚河汉界明显。

"怎么不用?先过来吃饭。你哥哥昨天给家里打电话,说你现在用脑的地方多,以后每天早上吃核桃花生稀饭吧?今天早上先吃蛋羹。"吴湘走过来,将她的书包拿着放在餐椅上。

钟茴愣了一下,不知道怎么面对这种情况。

见吴湘坚持,她这一次没继续推却,乖乖坐了下来。

钟茴默默吃着蛋羹,没说话。

"学校的功课重吗?"吴湘问。

"还好。"

"对学校还满意吗?"吴湘又问。

"还好。"一成不变的回答。钟茴想到了网上说有些人真的是随便什么聊天都能聊死,她想她可能就是这种人。果然,在她接连着回答了两个"还好"之后,吴湘也不说话了。

母女俩安静地吃完早餐,钟茴先出门了。

来到洵北市快两个月了,钟茴还是第一次跟吴湘单独相处这么长时间。

银灰色的奔驰停在路边,钟茴拉开副驾驶的门坐了进去。她承认自己的动作可能有些僵硬,因为她还没准备好怎么跟吴湘相处。

"安全带。"旁边的人淡淡提醒。

"哦。"

一路安静,车厢里的气氛有些压抑,钟茴干脆偏头一直看着窗外,她觉得早餐快要不消化了。

快到学校的时候,吴湘开口:"明天是你杨叔叔的生日,四十九是大生,你知道吧?"

钟茴一愣,这事她还真不知道。

"妈妈知道你对我有意见,妈妈也没想要求你明天要怎么样,但是小茴,明天你跟着一起去外面见见好吗?也可以认识一些朋友,明天你杨叔叔准备邀请几个市里有名的青年画家,到时候带你去认识认识?"

钟茴突然转过头,眼神幽幽的:"你今天对我这么好,就是因为想要让我明天跟你去参加别人的生日会?"她是想要跟吴湘好好相处的,可话一出口,就像一只小刺猬。

吴湘的脸色一下就变了:"小茴,我不是那个意思。"她对女儿好,

是因为本能啊！因为她是母亲，不由自主就想要对她好。

钟茵咬住下唇，她不想跟吴湘交谈，嗓子眼里像是梗了一根鱼刺，用力呼吸，就会感到刺痛。

见钟茵不再说话，吴湘又喊了她一声，只是这一次她没有再回头，固执地偏着头，看着窗外飞驰的景象。

不过一分钟，就已到了洵北中学的门口，钟茵抱着自己的书包，飞快地下车，连声"再见"都吝于出口，就跑远了。

吴湘想要追上去，可是钟茵就像是铆足了劲儿想要逃离一样，穿梭在人群中，眨眼就消失了。

晚上回家，钟茵接到钟里的电话。

钟里来电的目的很明确。

钟茵捏着电话，坐在床中央，盘着双腿，有些委屈："哥哥，那你回来吗？"

钟里站在宿舍的阳台上，微微一笑："当然啊，生日会上我家小茵没有护花使者，我怎么也要临时充当一下啊！"他没告诉钟茵的是，以往杨正生日他都会参加。

钟潭文跟吴湘离异的时候，他年纪也不小了，虽然叛逆，也能区分真心和假意。杨正在他少年时期，尽责地充当起了一个父亲的角色，他对母亲的这个结婚对象并不反感，甚至还很尊重。

但这些，钟里没办法直白地告诉钟茵。女孩子心思敏感脆弱，钟里知道钟茵内心深处一直觉得当初吴湘抛弃了她，他害怕讲出他对杨正的感情，钟茵会再一次觉得自己被家人抛弃。

"哦，你去我也去！"钟茵点头。

"好，那明天放学我接你。"

钟里挂了电话，转身返回宿舍。正在打游戏的舍友刚好撸完一局，侧头看着他："又跟你妹妹通话？啧啧，你妹妹可真是幸福啊！"

"她吗？"幸福？钟里心里有些酸涩，外人看来是幸福的吧，可小姑娘好像并不是那么高兴。

"对啊！"舍友敷衍了一句，转身又投入游戏。

钟里走到了自己的位置上："其实她比同龄人承受的苦难都要多啊！"这话像是自言自语。

他揉了揉眉心，想起当年吴湘跟钟谭文离婚不久，他放心不下钟茴，偷偷跑回去看她的情景。

小姑娘当时在幼儿园上学，别的小朋友都有家人接送，就她一个人孤零零的，从学校走回大院。钟里跟在她身后，叫了她两声，她都没听见。

路过便利店，小姑娘进去买了一袋面包，又孤零零地回了家。

钟里敲门的时候，钟茴是端着凳子踩在上面费力地给他开的门，一看见他，钟茴稚嫩圆润的脸就像是蒙尘的珍珠被重新擦拭干净了一样，绽放出璀璨的光芒。

"哥哥！"

听见小姑娘依恋的声音，钟里没觉得多高兴，只有满心酸涩。

他一手提着钟茴从客厅搬来的凳子，一手牵着钟茴，走到客厅。窗户的窗帘没有拉上，落日的余晖倾洒进来，金黄的夕阳铺陈在了暗色的茶几上，茶几上放着一杯凉白开，还有拆开只吃了一半的面包。

不是请不起保姆，吴湘离开的第一年，钟茴就被保姆虐待，让她吃了发霉的食物中毒住院，自此家里就不敢再请人了。

钟里眨了眨眼睛，将那抹酸楚憋回肚里。妹妹敏感脆弱，他们做家人的有着责无旁贷的关系。

第二天放学，钟茴在校门口见到钟里，脸上扬起一抹笑，匆匆地跟身

后一群人道了再见,便像一只归巢的乳燕一样,朝着那道笔挺的身影奔了过去。

钟里笑着拥住她,在她的眉心点了点:"大姑娘,还调皮。"

钟茴只是嘻嘻哈哈地笑着,不接话。

看到这一幕,陈海伦瞥了眼跟顾长青还在说着什么的邵南洲,突然叹气。

沈岑照例神经大条,配合地问:"怎么了?"

陈海伦状似苦恼,开口道:"突然觉得我兄弟选择了一条很艰难的路,有点儿感慨。"

"哈?"沈岑不解。

"喜欢的妹子有个哥哥,以后想要追人家,不仅是要搞定岳父岳母,还有未来的大舅子,啧啧,任重而道远啊!"陈海伦意味深长地说。

顾长青别有深意地看了眼身边的这"兄弟",眼里带着戏谑。

沈岑终于反应过来:"海子,你说的是小茴啊?不过,你说谁追小茴啊?"

陈海伦不太想跟沈岑说话,要不是看在跟顾长青这么多年的交情上,早在多年前,他就会选择不认识沈岑!他就搞不懂了,明明顾长青那么精明,为什么沈岑就这么……蠢呢?

"不会是邵南洲吧?"

陈海伦决定收回自己刚才的那些想法,其实沈岑只是大智若愚。

"那不可能!"沈岑又说。

陈海伦决定不收回刚才的话了。他觉得自己也有些蠢,居然还单纯地认为沈岑这种傻大妞是大智若愚,明明就只是愚。

"那邵南洲也太没有自知之明了,小茴怎么会看得上他嘛!"沈岑毫不犹豫地为了自己的"新欢"抛弃了"旧恨",还完全没有感知到这位"旧恨"对她的不爽已经到达顶峰,她还笑嘻嘻地凑上去,像是专门去找打一样有恃无恐地问,"邵南洲,你说是吧?"

邵南洲咬了咬牙，看着得意张狂的沈岑，觉得自己拳头上的每一处关节都在"咔咔"作响，是已经准备好了可以随时出击。

顾长青不动声色地将沈岑拉到自己身后，沈岑作死的时候只有她自己不知道，身边的人都知道。她要是再挑衅邵南洲，肯定会"死无全尸"。

邵南洲看着被顾长青护在身后的沈岑，挥了挥拳头："下次别让我逮住你！"

沈岑后知后觉地发现情况有点儿危险，不过仗着有顾长青在，她可不怕。她从顾长青身后探出半个脑袋，对着邵南洲做鬼脸，嘴里还"略略略"……

顾长青："……"

邵南洲："……"不是看在这么多年的交情的份儿上，他今天非弄死沈岑不可！

一路上嘻嘻哈哈的，沈岑在顾长青的有意包庇下，有惊无险地躲过了邵南洲的"明枪暗箭"。

走到岔路口的时候，邵南洲想了想，对着身边的人道："你们不会在钟茴面前也这样嘴巴没个把门的吧？"

顾长青举起双手表示投降，自证清白："我都跟你不是一个班，跟那位转学生没交集啊！"

陈海伦也举手："我像是那种人吗？"

只剩沈岑了。

沈岑很不雅地翻了个白眼："你觉得我会认为你跟我家小茴是一对？开什么玩笑！"

邵南洲觉得自己的拳头又在蠢蠢欲动了。

顾长青赶紧拉走沈岑，边走还边朝邵南洲挥手："南洲，再见啊！明早见！"

邵南洲："……"

2

邵南洲回到家，邵母朝他走来："赶紧上楼换衣服，早上忘跟你讲，今晚在外面吃饭。"

邵南洲拧眉："你们去就行了。"他一向不喜欢参加什么宴会，"我要上诉，今晚要学习！"

邵母一巴掌拍在他的后脑勺儿上："我又不让你成为科学家，你这么拼做什么！"

人家家长都是压着孩子学习，邵家没有遵循这个"定理"。

邵母道："平常也没见你多用功，上诉驳回！"

邵南洲还想要逃，这时，邵父从楼上走下来，看着还在客厅里的邵南洲，沉声道："还不去换衣服，想要迟到吗？"

家里的权威人士发话了，邵南洲知道今晚逃不过，只好灰溜溜地放下书包。

钟里开车先一步到达酒店，带钟茴去楼上换衣服。

生日会在二楼举行，钟里拉着钟茴下电梯的时候，就看见吴湘盛装而来。

"小茴。"吴湘在看见钟茴乖乖地穿上了自己准备的衣服时，脸上露出一抹笑，"真好看！"

"谢谢。"钟茴有些不自在。

吴湘主动伸手揽住钟茴的肩头，钟里识趣地将钟茴让给了自己的母亲，钟茴却是有些不自在。跟吴湘这么近距离相处，让她很不适应。

"今晚主要是带你在人前露个脸，见见两位老师，是你杨叔叔专门为你请来的。"吴湘一边揽着她朝着大厅里走去，一边说。

"谢谢。"

吴湘笑了笑："昨天早上是妈妈的说话方式不对，你杨叔叔也很想你来参加这次生日会的，带你多认识一些人，总没坏处的。"现在这社会，好多事情可不就是讲个情面？

"好。"钟茵将淡淡的不适压在心底。她不是八面玲珑的人，其实很不喜欢这种场合。

进入大厅，吴湘勾起一抹笑，多年来的社交经验让她的形态礼仪无懈可击。钟茵没坚持多久，就借口去洗手间逃离了。她实在是不喜欢别人惊奇地看着她的样子，在得知她是吴湘的女儿时，又露出那种讨好中带着几分难言的笑。或许在别人看来没什么大不了，可她却觉得烦躁，这不是她的世界，她只想离开。

从卫生间出来，钟茵犹豫了一下，转身进了电梯。

钟里给她的房卡还在她手里，她急匆匆地按下楼层，电梯门却在关闭前的最后两秒钟，被一只手拦住了。

"抱歉，请等一下！"

当电梯外的人挤进来的时候，钟茵愣在原地。

进来的那人对上钟茵的眼睛时，也同样愣住了。

两人俱是失声问道："你怎么在这儿？"

随后，都笑了。

电梯到了钟茵的那一层，邵南洲这才知她是二楼生日会主人的继女。

"你呢？"钟茵出了电梯，却冷不丁地被还在电梯里的邵南洲又拉了回去。

"先带你去个地方。"男孩子脸上的笑容溢满，他没有解释自己出现在这里的原因，伸手按下了顶楼的楼号。

钟茵的耳根有些发热，自己一只手被邵南洲拉得死死的，最后，她用另一只空闲的手，将他的手指一根一根掰开。

邵南洲："……"

最后，他轻笑一声。

钟茵抬头，听见刚才发出笑声的人开口："你固执啊！"邵南洲揉了揉她被发型师梳理得好好的头发，做了之前钟里想做的事情。

"呀！乱了！"钟茵想要躲开他的"魔爪"，可碍于空间太狭小，还是被邵南洲得逞了。

"到了。"就在两人打闹的时候，电梯"叮"的一声，顶楼到了。

一走出来，钟茵不由得打了个寒战。她的手被他牵住，她挣扎了一下，就听见他说："别动，跟着我走。"

她就真的没动了，还乖乖跟在了邵南洲身后走着。

邵南洲带着她到了一扇小门前，打开门，有风，钟茵打了个喷嚏。

邵南洲注意到她还穿着礼服，二话不说，脱下了自己的外套："穿上，别犟。"

钟茵是真觉得冷，没拒绝。

"楼梯有些窄，注意别摔着，我拉着你，你慢慢上来。"邵南洲朝她伸手。

男孩子的手掌完全不同于她的娇小纤细，而是宽大、温暖。当钟茵微凉的指尖接触到他滚烫的掌心时，他一把握住了她的手。

3

从此处可登上楼顶的天台，上面被布置成空中花园，有专门的人打理，在盆景的周边，还有地灯，让顶楼显得不那么暗。

"怎么样，这里？"邵南洲拉着钟茵走了两圈儿，有一株夜来香在墙角，所以呼吸里好像都带着香味。

"你怎么知道这里的？"钟茵喜欢这里的寂静。

邵南洲松开她的手，坐到秋千椅上，还拍了拍自己身边的位置，示意钟茴也坐上来。

"来的次数多了，觉得饭桌上大人们聊的那些不感兴趣，无意间找到了这里。"他的声音好像也混合进了花香，钟茴觉得有些醉人。

钟茴没有接话，只是安静地坐在秋千椅上，一双匀称的小腿悬在半空，荡啊荡的。

空气里好像一下子就变得安静下来，夜色里，两个人隐藏在花丛后面的秋千椅上，静悄悄的。

"你……"钟茴张了张嘴，刚想要说什么，就听见小门被撞开的声音。

她不知道自己为什么就像是做贼一样，不敢出声了，然后就看见一男人和一女人推搡着，像是发生了争吵。

"怎么办？"她屏住呼吸，看着旁边同样有些意外的邵南洲。

邵南洲刚想带着她走出去，下一刻，意外就发生了。进来的那个男人强行将女人按在了墙上，两人的身影瞬间叠在一起，像是重合了。

外面的那对男女丝毫没察觉到秋千椅上已经彻底不知所措的钟茴和犹豫不决的邵南洲，只是沉浸在他们自己的世界里，进行着以为只有他们自己知道的事。

看起来背影很高大的男子咬住被堵在墙壁上的女人的樱唇，声音带着几分愤怒："琳琳，你究竟要躲我到什么时候？"

声音听起来低沉压抑，夜风将这声音吹散，带到了隐藏在秋千椅这里的两人的耳朵里。

邵南洲微微拧眉，觉得这声音听上去有几分耳熟。他还想凑得近点儿，确认一下，不料他身子刚偏了偏，就被钟茴拧了一下。

"嘶——"他闷哼一声，因为怕被人听见，他刻意压低了嗓音，"你干吗？"

钟茴恼怒地看着他，眼睛有波光："你想干吗，离我远点儿！"

邵南洲失笑，上下打量了钟茴一番，用口型对着她说了一句话，不难懂。

钟茴握紧了拳头，而另一只手再一次结结实实地拧在邵南洲的胳膊上。

"浑蛋！"钟茴怒视着他。

回应她此刻愤怒的，是男孩子那双明亮得惊人的眼睛，还有那一排可以上黑人牙膏广告的大白牙。

——我有恋童癖吗？

这是邵南洲之前对钟茴说的话。

"嘘——"邵南洲示意她安静。

那边门口的两人显然已经开始做少儿不宜的事情了。忽低忽高的女人的呻吟和男人的闷哼，让躲在暗处"被观众"的两人尴尬了。

突然，邵南洲伸手将旁边的人揽进自己怀里，不顾钟茴的挣扎，伸手就捂住了她的耳朵。

"乖，别听。"他将钟茴摁在自己的胸口，女孩子的鼻尖撞在他胸膛上的时候，他不是没有感觉到，心跳像有些失了平日的节奏，加快了好几拍。

差不多过了二十多分钟，缠缠绵绵的一男一女才先后离去。

邵南洲松了一口气，可是突然有点儿舍不得挪开自己的双手了。掌心接触到的都是软软的，还带着跟他一年四季都火热的体温截然不同的冰凉，他觉得有些爱不释手了。

钟茴一直都被他捂着耳朵，不知道外面的人已经离开，她双手紧紧地抓着邵南洲腰间的T恤，信任又羞怯。

反正她不知道，那就多捂一会儿吧。邵南洲的嘴角勾起一抹淡淡的笑意，没有人会知道的，除了他自己。现在就当作给她暖暖耳朵好了，他还在心里给自己找借口。

终于，在穿帮前，邵南洲松开了双手，在女孩儿耳边低喃："好了，他们走了。"

钟茴的手心微微湿润,不知道究竟是因为害羞还是因为紧张出的汗。她一下就从秋千椅上跳了下来,还坐在秋千椅上的邵南洲不察,差点儿被猛然向后的摇晃给摔下来。他慌乱地挥舞着双臂想要找到平衡点,身子前俯后仰的,看起来像是不倒翁。

看见这一幕,钟茴很不厚道地笑了出来,咯咯的声音清脆动听,在夜空里回响着。

邵南洲走到她跟前,伸手不轻不重地在她的额头上弹了一下:"没心没肺的!"说不出的味道,带着点儿过分的亲昵。

这份似乎有点儿超出普通朋友的感情,让钟茴羞赧而不知所措。

见她表情有些愣怔,邵南洲顺势就牵起她的手:"走吧,时间不早了。"

钟茴"唔"了一声,跟着他下去了。

时间确实不早了,邵南洲将钟茴送到了二楼,挥手再见,自己就去了一楼的包间。

4

虽然三月中旬全城就停止供暖,不过开着适宜温度的中央空调,倒是比吹着夜风的天台要暖和多了。钟茴先去了洗手间,她觉得自己脸上烧得厉害,结果站在洗手台前的时候,看着大大的镜子里面的自己,她愣住了。

肩头那件不属于她的灰色大外套,现在要怎么解释?她"啊"的一声在心底叫着,然后赶紧脱下来。

手里捏着一看就是男孩子的外套,钟茴不知道该怎么办。她觉得自己拿的不是外套,而是烫手山芋。

想扔,可哪敢啊!她可不想报废了邵南洲一双新球鞋后,再报废他一件外套。

那,多不好意思啊!

最后,钟茴站在洗手间的隔间里,给邵南洲打电话。

邵南洲回到席间的时候,聚会也差不多结束了。官场上的陈词滥调,他从来不感兴趣。倒是邵母看见他就穿着一件白色的T恤回来还问了两句,他敷衍地哼哼了两声,这事儿也就这么揭过去了。

哪知,坐上车的时候,他电话响了。

电话是钟茴打来的。

"南洲,怎么不接电话?"邵母坐在副驾驶,扭头看着他。

"哦,马上。"他按下接听键,"怎么了?"他明知故问。

钟茴远远没有他淡定,声音听上去有些焦急不安:"你在哪儿,我来找你!"她只知道他跟父母出来跟单位领导吃饭,虽然不想去"见父母",但现在她更加迫切地希望自己能将这"山芋"还给原本拥有它的人。

听出她的郁闷和焦急,邵南洲嘴角的那抹笑意就更深了:"急什么,今晚外面风大,你就先拿着,明天给我。"

"哎哎哎!我……"钟茴很想说她有外套的,就在楼上的房间里,可她的话都还没说完,就被那头的人打断了。

"我在回家的路上,你确定你现在要追过来?"

钟茴:"……"

真郁闷啊!钟茴拿着被挂断的电话,叹着气出了门。这一回,可怎么解释啊?

而邵南洲这边,却有些得意,他现在心情好得都想要吹口哨了,要不是碍于前面还坐着自己的父母,他肯定已经吹起来了。

"怎么,这么高兴?看来外套不是丢了,是给了人吧?小姑娘?认识的?"邵母一语道破,"听说明天见,那是同学了?我猜猜,你们班的?"

前一刻心情都还高兴得可以飞起来跟月亮肩并肩的邵南洲,这一刻立马萎了下来,他无奈地从后视镜里看着邵母:"嗯。"除了坦白,没有第二条路可以走。

邵母眉毛一挑,她并不是那种柳叶眉,挑眉也不会给人刻薄的感觉,相反,倒是有几分喜感:"你喜欢的?"

"妈!您说话能不要这么犀利吗?"他有点儿想要扶墙。

邵母大笑:"这是作为一位母亲,对儿子的亲切关怀,什么犀利,哪里有?你问你爸,我犀利不?"

邵父很冷静:"不,很温和。"

邵南洲:"……"能不要昧着良心说话吗?

"谈谈,你们现在是什么进度?"邵母在工作上那可一直都是雷厉风行的,在生活上,却是一个很宽容很随和的人,她面相常被老一辈人称作有福气,珠圆玉润的。

闻言,邵南洲有些囧了,什么叫作进度啊!

"妈!"他无奈至极。

邵母转头:"咦,不会吧?难道你都还没追上人家女孩子?我儿子居然连个女孩子都追不上?"

开车的邵父一听这话,眼角都不可遏制地抽了抽,更不要说当事人邵南洲了。

"您胡说什么啊!您儿子我现在只是高一!高一!正是谈成绩的时候,不是恋爱啊!再说,人家姑娘也不乐意跟我谈!"邵南洲被自己母亲的两句话噎得要死,一不留神,就把心里某句连顾长青他们都不知道的心底话给说了出来。

"真是这样啊!"邵母完全没有意识到"祸从口出"的邵南洲现在的后悔和懊恼,"有意思!"她给出点评。

邵南洲这一刻是真的欲哭无泪,这都算是什么事啊!

"对了,我不拦你做不违反道德底线的事情,但成绩也不能下滑得太

厉害，你小子要是整天都去恋爱不学习了，那肯定就等着一顿竹编肉吧！"

邵南洲："……"要说多少次他没有早恋啊！

钟苘不知道邵南洲的窘迫，她如今在洗手间的隔间里，已经快要急得打转了。只是就算着急，她也没办法拥有哈利·波特的隐形衣，将手里的这件男装给隐形啊！

纠结了半晌，她还是抱着外套走出去了。

这个时候生日会还没有结束，二楼仍是衣香鬓影的场面，钟苘想要混迹在人群里悄悄找钟里，结果就被一直在寻找她的吴湘逮了个正着。

"小苘。"吴湘一直盯着几个门的入口，在钟苘踏进来的第一时间，就发现了女儿的身影。用去洗手间的借口遁走了一个多小时的人，在这里恐怕除了她女儿再也找不出第二个。

听见吴湘的声音，钟苘干巴巴地冲着她笑了笑，难得地带上了几分讨好的味道。

吴湘心头一热，多少年了，她也希望有一天能够跟钟苘像是最寻常的母女那样相处，每次上街看见别的小姑娘依偎在自己母亲的怀里撒娇的时候，没人知道她的羡慕。钟苘来洵北市之前，她无数次逛街的时候走到少女时装店，挑选着衣橱里的当季新品，幻想着钟苘穿上是什么模样。

千里冰封非一日之寒，想要破除千里冰封，也不是一蹴而就的。不过，面对这样细微的改变，吴湘已经满足了。

回去的时候，钟苘都还忐忑不安地抱着邵南洲的衣服，她去房间拿衣服时将邵南洲的外套藏在自己的衣服里，以为没人发现。结果，刚坐上车，钟里就发问了："谁的？"

两兄妹单独坐在一辆车上，前面坐着代驾。

面对钟里的问题，钟苘犹犹豫豫："同学的。"

"哦。"意外的是，钟里竟没有追问。

钟茴松了一口气，拍了拍自己扑通扑通狂跳的胸口。

"对了，哥哥，我们在门口遇见的跟杨叔还有妈妈打招呼的人是谁啊？"出来的时候，钟茴还大吃一惊，毕竟之前在顶楼的那一幕，让她大受冲击。不过才几个小时的时间，钟茴还不至于忘记说话人的声音。

"杨叔生意上的朋友，怎么了？"钟里也不是太清楚。

"哦，没事，随口问问，感觉有些面熟。"

她刚说完这话，钟里就笑了。他这次终于可以毫无顾忌地伸手揉她的头发："你什么时候见过人家了？都还面熟？"

俨然，钟里将她的话当作了玩笑。

钟茴也觉得自己认为一个陌生人面熟是有点儿奇怪，她也笑了笑，以为这件事情就这么翻篇了。

第九章
委屈
WEIQU

你就是红颜祸水!

1

第二天去上学的时候,钟茴特意早了不少,她书包鼓鼓的,里面藏着"作案工具"。

走进教室,看见里面空无一人,钟茴不由得舒了一口气,赶紧将自己书包里的外套塞进邵南洲的课桌里。

做完这一切,她突然觉得画面有些眼熟。以前,似乎也做过?

劳动节到来之前,洵北中学迎来了春季运动会。

班级排名前十的学生都担任了班干部,邵南洲就是班上的体育委员。

这天来到教室,趁着早自习还未开始,他就站在讲台上宣布了这事儿:"希望同学们踊跃报名,怎么说也算是我们的班级荣誉,考验我们班级凝聚力的时候到了。等会儿下课要报名的同学请来我这里填报项目,尤其是男生啊!女生有一部分要去加油当啦啦队,男生给力点儿啊!"

"好!"

"没问题!"

原本就是男多女少的班级,一群自诩大老爷们儿的十五六岁的男孩子一下就沸腾了。

下课后,钟茴站在走廊上吹风。

天气越来越暖和,她穿了一件红色的卫衣,看起来像是一颗小苹果。

"嗨,小茴!"沈岑从她的身后窜出来,跟她一起趴在阳台上,"想什么,这么入迷?"

钟茴摇头:"呼吸新鲜空气。对啦,上次我拿你的画像参加比赛,已经入围了!沈岑,你可真是我的大福星!"她想到昨晚接到的梁薇的电话,脸上露出一个深深的笑容。

她平常表情都是淡淡的,带着冷漠疏离的味道,可如今,却有些灼灼风华。

沈岑照旧没有忍住自己的"咸猪手",在钟茴的脸上捏了捏:"是吗?"她也很高兴,单纯为了钟茴高兴,"既然我是你的福星,那以后咱们就要长长久久地在一起,让我一辈子都罩着你!"

虽然听上去像是玩笑话,钟茴却觉得异常暖心。

"你想要跟谁长长久久在一起呢?"这时,一道男音在她们背后响起。沈岑的肩头出现了一只有力的手,顾长青不知何时站了过来。

"怎么,跟小茴你也要吃醋?顾长青,你的占有欲要不要这么强啊?"沈岑不满道,可是言语间,却有着满满的信赖和幸福。

"嗯,不行。"顾长青一本正经地开口。

"我……我还在这里……"钟茴声音小小的,还悄悄地举了举手,像是在课堂上要举手才能发言那样。

沈岑和顾长青一见她这动作,两人不由得都"扑哧"一声笑了。

钟茴落荒而逃。

周末,邵南洲在青少年艺术拓展中心的课程结束后,让陈海伦带着钟茴和沈岑两个女孩儿先去吃饭,自己单独跟顾长青走在一起。

"上周忙着运动会报名,本来想早点儿告诉你,结果耽误了。"邵南洲带着他走到艺拓篮球场的中央。

正午十二点多,学生们下课回家了,篮球场上没人。

"嗯?"顾长青意外,"这么神神秘秘?"他想到前几天,邵南洲居然跟着他回家,说什么要在一起做作业。

两人是一个幼儿园长大的,到彼此家里去的次数多了,他也没怎么放在心上。

邵南洲觉得这事儿有些难以启齿,可又觉得顾长青应该知道。

"长青,你说,要是哪天,我说的是万一,顾叔在外面有了别的女人……"

"邵南洲!"他的话都还没说完,就被顾长青打断了。

前一刻还在跟邵南洲开玩笑的顾长青,这一刻脸色阴沉得可怕:"有些事情,没有假如也没有万一,你说话,当心点儿!"

邵南洲就知道会是这样的情况,他叹了一口气:"你以为我为什么去你家写作业?作业早写完了。"

"你什么意思?"顾长青没了平日的漫不经心,整个人变得锋利又暴躁。对他而言,父亲是一座山,容不得任何人诋毁和污蔑,不允许任何人对父亲不敬。

邵南洲将那天在顶楼的事讲述了一遍,然后安静地等着顾长青的"判决"。最后的判决倒没有,不过一击带着风声的拳头,送给了他。

邵南洲脸上挨了一拳。

"你就仅仅凭着一道声音,就认定那是我爸?"顾长青眼神有些凶悍,这跟他平常的模样大相径庭,"邵南洲,你怎么能!"

出拳的人没客气,邵南洲颧骨上方很快就成了青红一块,看上去有些骇人。

一拳之后,是长久的沉默。

这场变故,最后以顾长青的愤然离去,惨淡收场。

到餐厅时,邵南洲推开包间的门,陈海伦抬头招呼打了一半,手里的瓜子儿都吓掉了。

"南洲,你也太慢了……你这是怎么了?"陈海伦猛地从位置上站了起来,险些将桌上免费的茶水给碰洒了。

钟茵和沈岑也相继抬头,在看见邵南洲脸上的瘀青时,两人不约而同吸了一口气。

钟茵抿唇不言,不过眼里却透着紧张和担忧。沈岑就没那么好的定力了,直接跳了出来:"谁弄的?看老娘不弄死他!"

邵南洲进门就发现顾长青没在,他微微一愣,继而听见了沈岑的话,不由得想发笑。他扯了扯脸上的肉皮,轻描淡写道:"没事没事,长青呢?一直没回来?"

"回来了,好像是有什么事情,匆匆忙忙走了。"陈海伦说话的时候都还一直注意着邵南洲的脸,"真的没事吗?"

"没事。"邵南洲坐在钟茵旁边的位置上。

沈岑一直盯着他的眼睛,像是能看出来什么一样。刚才顾长青进来的时候,脸色奇臭。饶是她再怎么心大,也知道这两个人发生了什么事情。

"邵南洲,这是顾长青弄的?"沈岑不是个憋得住话的人,还是问了出来。

邵南洲苦笑，这是自己跟顾长青之间的事，他不想让沈岑或者陈海伦任何一个人参与进来，何况，还不是什么好事。

"是我不对在先，他也不是故意的，你们别瞎猜。"

沈岑哪能听得进去，站起来朝门口走去："我去找他！"

"沈岑！"邵南洲头大，可沈岑是能叫得住的主儿吗？

邵南洲递给陈海伦一个眼神，陈海伦接收到，赶紧起身追了去。

"不要让她去找长青！"邵南洲叮嘱。

包间里只剩下邵南洲和钟茵两人了。

钟茵这时候才直视他的脸，不得不说，顾长青的一拳没省力，邵南洲的颧骨肿起，看起来有点儿吓人。

"你真的没事吗？"她担心地问。

"当然痛了！"邵南洲惨呼，可怜巴巴地看着她。

钟茵："……"装得太过了！

2

周一早自习结束，顾长青站在了邵南洲班级门口。

不久，两人去了教学楼的天台。

"你……"顾长青目光落在邵南洲因涂了药水显得滑稽的脸上，眼里有后悔和惭愧。

邵南洲勾了勾嘴角，漫不经心像是什么也没放在心上一样。他伸手指了指自己脸上的瘀青，咧嘴："没事。"

顾长青像是松了一口气："对不起。"

"我们之间还需要说这些吗？"

像是知道他会这么说一样，顾长青露出了一个极淡极淡的笑容，只是那笑容怎么看都觉得苦涩。

"你……那天看见的还有谁?"半晌,顾长青才又问了一句。

邵南洲对上说话者痛苦的双眼,他心里同样不好受。

他大步走过去,一手按在了顾长青的肩头:"长青……"两人之间安慰的话不用说出口,一个眼神一个动作就足以表明。

"告诉我!"顾长青突然拔高声音,像是在发泄一样怒吼。

这种情景,让人看了都觉得心酸。

顾父对顾长青来说,是偶像一般的存在,也是奋斗的目标,可是有一天,这偶像突然倒塌了。

"不清楚,真的,那天的情况我也跟你说明白了,我跟钟茵在暗处,根本什么都看不清楚,只是从声音上推断。长青,那也不一定是叔叔……"他只能如此安慰顾长青。

"别安慰我了。"顾长青嘴角挂着一丝冷淡的惨笑,"我回去后,向我妈打探了几句,知道了你说的那天晚上她没出门。而根据你说的钟茵应该是出现在那场生日会上,车里的记录仪显示我爸当天是去了酒店。"

邵南洲没说话,这个时候他再说什么质疑的话,无疑是对顾长青精神的摧毁。

"你是不知道,我妈虽然没管公司的事情,但跟那些阔太太的关系极好,每一次出席稍微重大一点儿的场合时,我爸都带着我妈。男人谈生意,有的时候也需要女人之间的那点儿牌友关系,可这一次……"后面的话顾长青没有再说了,他已经痛苦地皱起眉头,脸色惨白。

看着顾长青现在这样子,邵南洲觉得有些无力。他叹息一声:"那这件事情你打算怎么办?"那女子的声音,他从未听过。

被问到这个问题,顾长青脸上出现了一抹纠结。他抱着头蹲在地上:"南洲,我不知道,真的不知道。我妈,她似乎不知道我爸的事情,可是我能怎么开口?那也是我爸,怎么办?"

平常老成得像是大人一样的男孩子,这一刻还是露出了自己的脆弱。

3

不知道怎么办,可时间还是会走。转眼间,洵北中学的运动会开始了。钟茴没有报名,原本想要参加啦啦队,却被邱婷暗中使坏,成了班上的闲人。

"这样吧,小茴,到时候你就帮着运动员做一做后勤工作吧?"陈海伦发现钟茴有些没精打采,开口安排。

钟茴没有意见,她就是不想在大家都有事情的时候她一个人什么都做不了,脱离群体的感觉有点儿像是被孤立了。

下午有男子1200米长跑初赛,吸引了很多人,每次长跑有不少学生陪跑。

钟茴是注意到穿着紧身短裙手腕上戴着亮片手花扎眼的邱婷,才找到邵南洲的。

邱婷是专门来为邵南洲打气加油的。啦啦队的衣服是她挑选的,露出了一截儿小蛮腰,蓝色和白色相间的上衣和短裙,让她看起来青春又活力。

"南洲,加油哦!"邱婷朝第三跑道的人呐喊助威。

有人打趣邵南洲:"你小子倒是好运啊!这桃花朵朵开!还是大美女!"

对此,邵南洲不置一词。邱婷像是一朵艳丽的鸡冠花一样也算是大美女?还不如……他像是想到了什么,嘴角勾起一抹淡淡的笑容,还不如那朵根本就不引人注目的安静的小茉莉……

"哎哟,邵南洲,瞧把你得意的!"身边一起比赛的熟人看见了他嘴角的笑,不由得调侃。

"去你的!"邵南洲随和地笑了笑,"我……"他本来想说,就算是喜欢也是喜欢白白净净的安静的女孩子,结果一抬头,目光就捕捉到站在张扬的邱婷身后的钟茴。看见钟茴,他预备说的话就卡壳了。

"你什么啊?"熟人不满他这么吊人胃口。

邵南洲忽地咧咧嘴,露出一排大白牙,眼神重新跟熟人对上,他眼睛明亮极了。

"你不是想知道我喜欢什么样儿的吗?喏,就她那样儿的。"他朝着钟茴的方向努了努嘴,眼睛里有碎光。

比赛很快开始,裁判老师手里的发令枪射出烟雾后,邵南洲等人像离弦的箭一样从起点射了出去。

邱婷惊呼一声,像是一只蝴蝶一样晃动着手腕上的亮片,追随着邵南洲的脚步去了。

400米的标准跑道,邵南洲在奔跑的过程中微微有些走神。扫视了一圈,他发现钟茴没在陪跑的大部队里面。他不禁有些生气,只不过现在他来不及思考为什么会生气,思绪就被一旁邱婷的"尖叫式"呐喊给打散了。

魔音绕耳,倒真刺激了邵南洲,他脚步加速,只为甩脱一旁的邱婷。

跑过一圈的时候,邵南洲眼睛一亮——他看见了站在裁判旁边的钟茴。钟茴原本是蹲着的,不过她觉得这动作实在是有些像……如厕。

她在终点等我!这个念头一出现在邵南洲的脑海里,就再也挥之不去。保持着呼吸的平稳,邵南洲一步一步地渐渐超过了前面的一个,再一个……

"邵南洲,加油!"钟茴随大流给跑道上的男孩儿助威呐喊,她没想要引人注目,不过还是被人注意到了。

邱婷现在没了最开始的活力,陪着邵南洲跑了两圈,她有些上气不接下气。

发现了钟茴,邱婷不由得皱眉:"你怎么在这儿?"

"班长叫我协助参赛的同学啊,送水什么的。"钟茴感觉到对方在针对自己。

"这里有我,你走你的。"邱婷皱眉。

其实现在操场上都还同时进行着跳远等运动项目,钟茵也可以去选择帮助别人。可现在她要被邱婷"赶走",顿时也有些来了脾气。

"为什么?"她看着两手空空的邱婷,"等会儿邵南洲回来了你打算用你的小裙子给他擦汗吗?"

这里站着的人不少,好些人都听见了钟茵脆生生的话,顿时周围就响起了嗤笑声。

年轻的男孩子,正是骨子里的血液最不安分渴望躁动的年纪,起哄声此起彼伏。

"钟茵……你!"邱婷气得无话反驳,突然伸手推了一把钟茵。

钟茵根本就没注意,她瘦得很,个子又小小的,被邱婷这么大力一推,身体不受控制地朝着后面倒去。

"小心。"就在钟茵又惊又怒觉得自己可能要跟大地来一个近距离接触时,一只大手横过她的肩头,半攀着她,将她扶了起来。

钟茵转头,就看见一张有些眼熟的脸。

"谢谢……"她说。

萧凉耸了耸肩,对上钟茵眼睛的时候就知道眼前的人不记得他是谁了:"不客气。"

与此同时,邵南洲冲破了终点线。

邱婷的注意力当即从钟茵身上转移,欢呼了起来,朝邵南洲跑去,却在半途中,被令她心潮澎湃心跳加速的男孩子儿一手给"拍"开了……

邵南洲眼里就只有钟茵,可钟茵现在很不待见他。

见邵南洲赢了,钟茵将手里的毛巾和水瓶朝着他怀里一扔,掉头就走。

钟茵最后还是停下了脚步,却不是因为邵南洲在叫她,而是她走到了邱婷身后。钟茵这些年一直很乖,从不在学校惹是生非。可现在,对邱婷,她没法不让自己不生气。所以走到邱婷身边时，她停下了。在邱婷没有任何防备的情况下，她伸手推了邱婷一把，然后拔腿就跑。

邱婷就没钟茴那么幸运了，没有第二个萧凉接住她，这导致她跟带着塑胶味的跑道亲密接触了。五体投地的姿势不太雅观，周围的哄笑，让邱婷羞愤欲死，她尖叫一声，赶紧从地上爬起来，也来不及在邵南洲面前表现什么，逃也似的跑走了。

邵南洲的目光追随的是前面穿着铅笔裤和白色风衣跑得极快的女孩子。

"还看什么，人家都走了。"萧凉那带着浓浓戏谑的声音在邵南洲身后响起。

"萧凉！"邵南洲都差点儿忘记了这么一茬，他伸手揉了揉自己刚才被钟茴那么用力一掷矿泉水瓶打得有些发痛的胸口，转头眼神带着几分凶狠地看着身后人，"你刚才对钟茴做了什么？"他眼神可好着呢，刚回头就看见了萧凉揽着钟茴的情景。

萧凉说："你居然不感谢我？要不是我仗义伸手接住了她，她还能这么安然无恙地站在你跟前？"

"什么意思？"邵南洲是拐弯跑过来才看见那一幕的，所以就没看到是邱婷伸手推倒钟茴的。

看着脸色变得难看的邵南洲，萧凉笑了，他突然知道了前段时间打球，顾长青说最近想要打击邵南洲的方式有很多的原因了。可不是吗？只要有了软肋，那可不处处都是漏洞？

听完了萧凉的话，邵南洲脸色更沉，他连一句"谢谢"都没说，就朝着之前钟茴离开的那个方向追去了。

4

钟茴跑了几步就后悔了，她觉得自己不应该将水瓶扔在邵南洲身上，

人家现在是运动健儿，而她只是小小的后勤。可在推了邱婷一把后，她逃跑的脚步就停不下来了。万一邱婷打她怎么办？她理所当然地跑了，她可不喜欢被打！

跑远了，钟茜又纠结了。她觉得超丢人，砸了运动健儿，她担心会引起公愤……

就在钟茜犹豫着踢着花坛边的石子的时候，一转身，就贴上了一个滚烫的怀抱。

"呀——"她吓了一跳，腿弯处又靠在花坛边缘的陶瓷上，被跟前冒出来的人一吓，一屁股跌坐在了花坛上……

"邵南洲，你……你想干吗？"可一想到自己刚才做的事，又像个泄气的气球似的，声音低低的，"刚才，对不起啊，我不该用水瓶砸你的。"可似乎又心有不甘，说完不等邵南洲有任何反应，就又变了一个模样，愤愤不平地瞪着他，立马从一朵香软软的小茉莉变成一只火辣辣的朝天椒，"可是都怪你！要不是因为你，邱婷也不会无缘无故推我！我这是什么都没错，就被人给记恨了！都是因为你！"她说着，语气不自觉带上了一丝小委屈。

可不是，人家操场坐坐，锅从天上来？

邵南洲皱眉，钟茜甩给他的这锅他不背！

"喂，你要讲道理啊！小学生！什么叫作怪我？我做错什么了？"

钟茜翘着小嘴巴："你蓝颜祸水啊！"

对于钟茜给自己冠上的这个"皇冠"，邵南洲很不满意："你知不知道你如今的这种行为对我们班的运动选手造成了心理创伤？说不定就因为你这句话就导致我们班男子1200米的决赛跟金牌失之交臂？"

金牌？

"你可真会往自己脸上贴金啊！邵南洲！"钟茜咬牙切齿。

"难道你认为我不会夺冠？"身边的人反呛。

"……"这个问题她还能回答吗?

见钟茴不说话,邵南洲象征性地拍了拍她的头,像是在顺毛一样。

钟茴不由得红了脸,缩了缩脖子,想要从邵南洲的大手下挣脱出去。

她像是一株被人逗弄的含羞草一样,又傻又呆,却让人看了觉得满心欢喜,萌蠢蠢的模样,有些令邵南洲挪不开视线了。

"哎呀,你别弄我!"她嗔道,耳根却悄悄地变红了。

她可是真的是很害羞啊!

邵南洲发出一声轻笑:"哦,你这头发像是卡沙,卡沙一直都很喜欢我给它揉揉的。"

卡沙是谁?钟茴的眼里带着几分探究。

"哦,卡沙是我们院子门口的那只金毛。"邵南洲补充道。

"邵南洲!"她倏地站起来,两只大眼睛似乎变成两只小火球,喷发着愤怒的光芒。

邵南洲哈哈大笑,不过,下一刻他的笑声就戛然而止,钟茴抢过他手里的毛巾,趁着他仰头得意的时候,一把塞进了他那大嘴里……

邵南洲:"……"

两人刚才的举动,被掩藏在不远处灌木丛后面的人尽收眼底。对方潜藏在暗处,在没人发觉的情况下,一部小巧的女士手机就已经将刚才的好些画面"好好地"保存了下来。

5

两天的运动会很快就落下帷幕,邵南洲没有一点儿意外地替班上拿到了两个男子单人比赛的第一名,不过,比起这个荣誉,更让他兴奋的是夹在家里卧室书桌上厚厚的牛津词典里的证件照,一张被撕下来的女孩子的证件照。

那天钟茵去展览厅看自己的作品，郁闷地发现自己作品下面的证件照不知道被哪个缺德鬼抠走了……

运动会一结束，沈岑提议劳动节去瑞海市。

"瑞海市我去过几次，环境很好的，现在动车也很多，往来比较方便。不仅可以去海边玩一玩，我在瑞海市半山腰的温泉酒店有会员卡。"吴湘听说他们的安排后，端着两杯奶盖走过来坐在钟茵身边讲道。

吴湘挺高兴的，将温泉酒店的卡交给钟茵："这样吧，你让你同学把身份证号码发过来，妈妈这边帮你们把车票订好。"吴湘如今表现得比当事人还要激动几分。

"哦。"钟茵没有反驳，下意识就照着吴湘的话去执行了。等到她回过神来的时候，才发现吴湘已经给她安排好了一切。

说到底，还是吴湘不放心她。私心里，吴湘是想用这种方式让钟茵的那群朋友能照顾她一点儿。

购票成功后，吴湘对她说："行李还没有收拾吧？去海边有泳衣吗？没有的话我们现在就去商场买。"

钟茵真没这些，以前在江阳市的时候，没什么知心的朋友。平常关系看起来还不错的，也不是深交，节假日没一起去游玩的人。可到了洵北市之后，一切好像在慢慢变得不同。

从什么时候开始的呢？钟茵自己也不知道，就这么渐渐地融入了沈岑他们那个小团体里，每一次的活动都有人会提前询问她、邀请她，这种被重视的感觉，她觉得很好。

吴湘知道钟茵什么都没有的时候，直接开车载着她杀到了商场。

一路上，吴湘絮絮叨叨地给她讲着在海边的注意事项："一定要注意防晒，等会儿我们再去买点儿防晒霜，还有补水，平常你不让我管你，现在妈妈给你介绍一些护肤的总行吧？要是觉得合适的话，今天就带一套回去，这脸上用的也要换着来不是？再看看补水的面膜，多带几盒，跟你的小伙伴分着用。"

钟茵："……"

"去海边沙滩没有漂亮裙子可不成啊！等会儿买了泳装再去买些小裙子？"吴湘虽然是在询问，可是到了商场后，钟茵才知道这哪里是询问，分明就是通知！

吴湘拽着她的手，差不多把整个商场几层楼都跑遍了，手里提着大包小包的东西，其中还有很多这次出门不需要的。可是吴湘说，现在不需要，但以后总会有用的，当季的衣服买了好几套。

等离开商场的时候，钟茵看着轿车后备厢里整整齐齐的十几个大口袋，心里默默嘀咕，她不过是去瑞海市三天，这搞得像是她要去三个月一样，是不是有点儿小题大做了？

钟茵抱着这个想法上车，看见吴湘一手拧着车钥匙，一手放在方向盘上，目光注视着前方，似乎没有看她。

吴湘沉思了一会儿，开口："以前每次逛街，都看见别的妈妈带着闺女一起买东西，别提多幸福了。今天，我也血拼一把了！"语气里带着几分得意和骄傲。

钟茵觉得眼睛有些发痒，她明白刚才吴湘的话只是随口感慨，可是说者无心听者有意，她默默垂头。

分开这么多年，她有母亲却像是没有母亲，她责怪吴湘当年无情，抛弃了她。可是，她从没有想过，这么多年，她也不是吴湘的小棉袄，说她是小冰块还差不多，带给吴湘的，似乎也没什么欢愉的记忆。

吴湘没注意到钟茵的沉默，钟茵现在好像是跟她亲了不少，但话还是很少。

突然,钟茵开口:"我也很高兴。"

钟茵的声音不大,吴湘却觉得振聋发聩,顿时手脚都有些不知道怎么安放,本来开得好好的车,在大道上居然左右摇摆了起来。她的内心,正在翻腾,被一种从来没有过的情绪充斥着。

很奇妙的感觉,以至于她眼睛都湿润了。

"噢。"她回应了一声,又觉得这个单音节会稍显冷淡,又补充道,"那就好。"女儿高兴,这才是最重要的。

钟茵很敏感,刚才吴湘突然失控的情绪虽然被掩饰得很好,但那一瞬间,钟茵还是捕捉到了。

可能,是所谓的母女连心。

顾长青,是上天给我所有的灾难和磨炼后,赐予我的新生和希望。

1

五一劳动节一行人到了温泉酒店,钟茴跟沈岑一个房间。一进门,钟茴倒在了靠门的床上,早上起来太早,她想睡觉了。

沈岑想拉着她去海边,她将被子往头上一罩,声音瓮声瓮气地从里面传来:"不去,我好困……"

沈岑拗不过她,只好跟邵南洲几人讲了声,留了钟茴一人在酒店。

晚上回来时,沈岑发现自己的小同桌居然还在睡觉,便恨铁不成钢地将钟茴从床上拖起来,嘴里振振有词:"吴阿姨花了那么多钱让我们住温泉酒店,你竟然不知道泡温泉啊!这……这简直太浪费钱了!快快快,换衣服,咱们泡温泉!"

吴湘订的房间,每一间后面都带着小汤包,完全独立,很方便。

在沈岑雷厉风行的"教育"下,钟茴很快就裹着浴巾,泡在了温泉里。

"扑通"一声,沈岑也从上面跳了下来。

"呼——"沈岑发出一声舒服的长叹,"好舒服!很久很久没有泡过温泉了。"她像是回忆到什么一样,有些感慨。

钟茴翘起嘴角,没说话。

夜晚很安静,她喜欢这样的静谧。

"小茴,你经常来吗?"沈岑问。

"没有。"钟茴想了想,"这是第一次。"从前她算是一个人生活,跟谁一起去泡温泉呢?

听见了意料之外的回答,沈岑睁开眼睛,戴着小猫耳朵束发带的她,嘴巴张成了"O"形,娃娃脸上诧异的表情可爱极了。

她望着钟茴:"你妈都有会员卡,你居然说你第一次来,小可爱,你可不能骗人哦!"

"我转学过来才跟我妈妈在一起生活,之前,我不在洵北市。"

钟茴从没谈论过自己的家庭,沈岑一听,就明白了。

沈岑朝钟茴的方向靠拢,突然伸手抱了她一下,很快就松开了。

"没想到。"她低低地轻笑了两声,"我们是一样的人啊!"

钟茴还没理解到这话的含义,沈岑又絮絮叨叨地说开了:"我爸妈也离婚了,很久很久了。我爸跟一个外面的女人跑了,我一直跟着我妈,现在差不多连我爸的样子都忘了。"

"他跟那个女人跑了,一分钱都没有给我妈留下……"沈岑呵呵笑了两声,语气讽刺。

这样的沈岑,钟茴从未见过,她不擅长安慰人,现在也找不到话来宽慰沈岑。

"现在你有顾长青。"钟茴觉得自己笨笨的,掏空了心思,最后也只挤出了这一句话。

夜空下,温泉里,沈岑"噗"的一声就笑了,她揪了揪钟茴的脸:"对啊，我可是有顾长青的人！全世界最好的男人！"语气里，满是自豪，"其实在我爸妈刚离婚时，我才念小学，不懂家里突然少了父亲有什么不同，可后来，看见我妈那么辛苦地把我拉扯大，渐渐明白了世界上还有一种独立于男人和女人的第三物种，叫小三。当然，我也不是给我爸开脱，毕竟如果不是他色迷心窍，这个家也不会散得这么快。曾经我都以为自己永远不会结婚，可是，遇见了长青。"

说到自己喜欢的人的时候，沈岑的脸似乎都在发光。

"顾长青，是上天给我所有的灾难和磨炼后，赐予我的新生和希望。"一直大大咧咧的人，乍然说了这么一句文艺的话，没人会不当真的。

钟茴不知道是不是自己的错觉，她似乎在沈岑眼里看见了星光，是，泪水折射出来的星光。

"以后会更好的！"她抓住沈岑的手，微微用力，像是这样就能传递能量一样。

沈岑朝她一笑："傻了吧唧的，这就信啦？"正经不过一秒钟，她又变成从前嘻嘻哈哈的大姐头，还用力扯了扯钟茴的脸颊，"真可爱！"

钟茴不由得一头黑线，眼里却温暖得很，她没有挣脱沈岑的"魔爪"："以后你会跟顾长青永远在一起的。"因为你很好，值得被人好好珍惜，呵护珍藏当作宝贝。

她想要一个家，有一个全心全意爱护她的家。沈岑感觉自己的情绪节奏被自己的小同桌带跑了，她松开了捏着钟茴脸蛋的手："那当然。"语气肯定又自豪。

这一晚上，钟茴和沈岑交换了秘密心事，一夜好梦。

2

放假的时间总是过得很快，转眼间就到了返校的日子。钟茴从瑞海市

回去的时候，还带了好些特产，一部分带回了西苑，一部分快递到了钟谭文的部队。

她不知道的是，那晚自己回家后，主卧里的女人拿着一串不起眼的贝壳风铃哭了。

"孩子孝顺是好事，还哭什么？"杨正将吴湘搂在怀中，拿纸巾替吴湘轻轻擦去泪水。

"我以为永远都不会像别的母亲一样收到这种小礼物，我……我真没想到，我不贪心，也没想过要小茴对我这么好，我就希望她能够跟我说说话，把高兴的不高兴的都跟我讲……我……我……杨正，你明白吗？"吴湘抽泣着。

杨正深吸一口气，笑了笑，回答她："明白，小茴不是无理取闹的孩子，你对她的好，她都记在心里。你看，现在她不是在一点点改变吗？你要对自己有信心，孩子始终是世界上最善良的。"

对，被好好引导的人，永远不会走上邪路，在最初的时候，都是心善的。

只不过，有时候会被嫉妒蒙蔽了心智。

钟茴没想到，自己返校后第一天的上午，就被班主任叫去了办公室。

一封匿名举报早恋的邮件，让她请家长，跟她一起的，还有邵南洲。

重回教室已是上午最后一堂课。

是体育课，所以很多人已经离开了。他们那一团的三人倒都还在，沈岑见她回来脸色不怎么好，问："怎么了这是，老董训你了？"

钟茴趴在了桌子上，声音闷闷的："董老师说我跟邵南洲早恋……"

"噗哈哈哈哈……"钟茴这话才说了个开头，身边的人就很不给面子地大笑出来了，"怎么可能！你跟邵南洲？老董她怎么会有这种错觉啊！根本不可能啊！小茴，你能看得上邵南洲吗？他那么矬！"

邵南洲："……"

"为什么董老师突然这么确定？"陈海伦问。

钟茴微微抬了抬眼皮，想到自己居然被偷拍，心里就有些不舒服。

"运动会我不是跟邵南洲争论过嘛，那时被人给偷拍了。"她坐起来，摊手表示无奈，"不知道是谁这么无聊。"

就只剩下他们几人的教室陡然安静了片刻，沈岑跟陈海伦面面相觑，这种事情，他们有些无法理解。

"×，这是谁在上演宫心计吗！"沈岑没按捺住，爆了粗口。

陈海伦皱眉，他也觉得做这事的人有些过分了，就凭着几张亲昵一点儿的照片，就去告状？这，是小学生在玩过家家吗？

"不知道，你们中午先去吃饭吧，估计等会儿我妈就到了。"钟茴有些头疼，她还没想好等会儿见到吴湘要怎么解释。

"什么？你妈妈？老董让你请家长了？"沈岑气得哇哇大叫，那两道眉毛都要连在一起了。

陈海伦望着邵南洲："那你跟小茴两人现在怎么办？"他知道邵南洲家里是个什么情况，有些担心他。

"什么怎么办？我妈都要来了我还能怎么办？"邵南洲脸上看不出什么情绪，心里却烦着。

沈岑难得安静，没有说话。她突然站起来朝着靠近窗户的课桌走去，一下将一张桌子踢翻在地。高一的课程是最多的，教科书都九本，更不要说还有那么多的练习册和辅导书了，一时间，沈岑的脚边堆满了课本。

"沈岑？"钟茴不理解地看着蹲在地上翻找着什么的女孩儿，她认出那是邱婷的座位。

邵南洲没二话，也走了过去，踢开脚边的作业本，将凳子上的单肩包提着底部,在空中用力抖了抖。

"哐当"好几声,里面的东西全都倒出来了。

"找到了。"沈岑从刚才掉落出来的物品里找到手机。

钟茴感觉到一丝不安。

"密码是什么?"点开了屏幕,沈岑皱眉。

陈海伦一直坐在自己位置上,听见这话,从自己的抽屉里拿出了报名册,找到了邱婷的名字,后面跟着一串身份证号。

"试一试0528。"是邱婷的生日。

"开了。"沈岑嘴角微翘,投给陈海伦一个满意的眼神。

邵南洲站在一旁没说话,钟茴的目光在这两人身上来回打量,发现没一个人有收手的意思。

"呵。"沈岑点开相册,冷哼了一声,"小茴,邵南洲,老董是不是给你们看的这张照片?"她点开大图,将手机屏幕放在钟茴眼前。

邵南洲拧眉,面色带着薄愠。

钟茴则是吃惊心中的猜想被证实,在这波惊讶过后,她眼里也带着怒气了。

"确定了?"沈岑忽地一笑。

钟茴直觉沈岑要做什么的时候,还来不及阻止,就见沈岑高高抡起胳膊,下一刻,她手里的手机就朝着讲台的墙角处狠狠砸了去。

沈岑的力气并不小,这么一砸,手机屏幕瞬间四分五裂。可沈岑还觉得不解气,大步走过去,抬脚就踹在了手机上。这一下不仅仅是屏幕爆裂了,就连里面的零件也都散落出来,后板盖、电池、甚至SIM卡都被踢飞了。

钟茴担心地看着沈岑的脚,耳边冷不丁地传来一声轻笑:"别担心,她穿的是板鞋又不是凉鞋。"

钟茴:"……"有这么安慰人的吗?

沈岑还不解气，走回来，还朝邱婷位置下面的那一沓课本踹了几脚，将一沓书踹得到处都是。

像是还觉得不够，沈岑弯腰就想要捡起作业本撕掉，手腕却被邵南洲拽住了。

"行了！"邵南洲声音发冷。

沈岑张口想要说什么，手里的作业本被邵南洲夺走了。

"邵南洲，我帮小茴出气——"沈岑的话还没说完，耳边就传来了"刺啦"一声。

邵南洲随手将手中已经变成两半的练字本一扔，眉眼清隽，可说出来的话却有些让人感到胆寒："这种事嘛，我来就好了，省得到时候顾长青知道了还要来找我麻烦。"他拍了拍手，像是在拍掉手上根本就不存在的灰尘一样。

"你……"沈岑彻底没了词，不知道要怎么说了。

钟茴则是有些不安地看着将教室某个位置搅了个天翻地覆的两人。

"真的没事吗？"她担心地开口，这两人的破坏力实在是太恐怖了，她担心会被告发受处分。

"能有什么事？"沈岑无所谓地摆手，她踮脚一跳，就坐在了课桌上，"小茴你不用担心，就算是被邱婷告状，我也不怕。"

钟茴低头，眼里有些雾蒙蒙的："可我不想你因为我被教训。"朋友是拿来珍惜的，虽然沈岑是为了她出头才做这些，可要是被老师教训的话，她会感到很难受。

一只大手忽然落在了她的头顶。

"她不会。"邵南洲的声音从头顶缓缓传进了她的耳中。

钟茴抬头，愣怔地看着他。

像是被这样打量的目光看得有些不自在，邵南洲收手，大掌握成拳头，

放在自己唇边低低一咳:"都是我做的。"

"那怎么行!"钟茵一听就急了。

"去承担个罪名你们都这样争来争去的,教室的监控还不确定开没开,有这时间,还不如想想等会儿阿姨们来了要怎么解释。"坐在一旁的陈海伦淡定道。

他一说话,把三人的注意力都吸引走了。

沈岑用看外星人一样的眼神看着陈海伦,伸出手指了指:"海子,你这个时候居然还能静下心来做阅读理解?你脑子的构造是不是跟我们普通人不一样啊!"

陈海伦:"……"这种二货朋友他打心眼里想要装作不认识。

邵南洲的回答就更加直接一点儿,他嫌弃地看着沈岑:"一码事归一码事,沈岑,不要用你那类似于狗的智商贬低普通人。"

沈岑气闷:"邵南洲!"

气氛乍然突变,钟茵看着又开始互怼的几人,不由得掩嘴笑了。管那么多烦心事做什么呢,船到桥头自然直。

吴湘的电话打来的时候,钟茵正趴在桌子上看物理练习册,马上就要月考了,她心里很没底。

"好的,妈妈,我马上出来。"钟茵挂断电话,往教室外走去,邵南洲也从位置上站起来了。

"一起吧,我估摸着我妈也要到了。"他走到钟茵身边。

3
吴湘和邵母几乎同时到的学校,两人一起进了办公室。

走廊上,钟茵还不安分地想要从窗户边偷看办公室里面的情况,结果被邵南洲一手提着后衣领拉走了。

"哎哎哎，你放开我！"这时候还是上课时间，走廊上安静得很，她不敢大声喧哗。

邵南洲将她带回教室，沈岑和陈海伦不知道什么时候去了操场，现在教室里没人。

"被发现那就丢人了。"他甩下一句话，跳着就坐在了讲台上，看着还一脸愤愤不平的钟茴，出声继续说，"总要让你在我妈心里留个好印象啊！"

"为什么？"钟茴傻傻地就被他带了节奏。

"以后说不定你还就真的是她儿媳妇了，可不就需要现在留下个好印象？"坐在讲台上的少年，笑得一脸灿烂。

"邵——南——洲！"钟茴气鼓鼓地瞪着他，一张脸像是被烧红的赤铁，能烙饼了！

谁要当他的小媳妇儿啊！钟茴愤愤着，同时，心里的某块地方似乎有些不同寻常，软得厉害。

邵南洲定定地看着她，忽地正经了神色："哎，马上就要填分科志愿了，你想选什么？"

话题转变太快，钟茴花了点儿时间反应，她走到自己位置上，看着离开前摊放在自己桌上的物理练习册，旁边还有草稿本，上面是密密麻麻的计算公式，可最后也没给出一个正解。

"我吗？"她没抬头，"大约是选文吧？"

钟茴想，邵南洲一定选理，因为他的梦想是成为一名数学家啊！所以，他们在这学期结束后，就要分开了。

想到这里，她发现自己竟然还有些舍不得。这群人，是这么多年来，主动走向她的人啊！

"我们班不出意外，是理科重点班，你要是选文，就会被分出去。"

邵南洲分析道。他原想劝说钟茵留下来的，可转念一想，这话就被他压在了心底，没有谁应该左右旁人的决定。

钟茵早就猜到了这一点，洵北中学是以理科见长的学校，高一前五的重点班无一不是理科尖子生所在的班级，到时候前五的班级都会划分为理科班，而选择了文科的学生就会被划分出去。

"我知道。"她之前离开教室的时候，忘记盖上笔帽了，现在钢笔的墨水好像干涸了，在草稿本上来回画了好几笔，甚至都将纸张画破了也没出墨。"可我不想选理。"她学着太吃力了，就算是决定了考艺体，但想要上一流的美术学院，文化成绩也不能太差。

如果选文的话，她还有机会冲刺。

邵南洲心情有些不好，他坐在讲台上，低垂着头，前额的碎发投下的暗影遮挡了他的眉眼。

半晌，在钟茵以为两人无话可说的时候，她听见他缓慢而沉稳的声音响起："那就，一起加油吧。"

这一刻，她不知道的是，前方的男孩儿心里已经埋下一颗种子，等着毕业后丰收。

邵南洲正经的时间实在太短，在这话说完后，他就抬头笑了："沈岑没意外的话也会去文科，到时候你们又可以扎堆了！脑子不够用的人的狂欢！"

钟茵："……"她发誓，自己刚才听见那句温柔的加油的话才没有一点点感动！如果有，那都是幻觉！

"什么扎堆？岑岑呢？没跟你一起吗？"邵南洲话音刚落，教室外就走进来两个人，为首说话的，可不正是邵母？

乍一看自己的儿子像个蹿天猴一样坐在讲台上，邵母端庄的表情一瞬间皲裂，抡着手提包就气势恢宏地朝着邵南洲走去："好好的位置你不坐，你还坐在讲台上,你能耐了啊!"

邵南洲一个没察,就被逮住了,后果不可说……

邵母揪着自家儿子朝着外面走去,还不忘跟吴湘母女俩道别:"小茴是吧?周末有时间常来家里玩啊,带着岑岑一起!"邵母对待小姑娘很和蔼可亲,只不过说这话的时候,还伴随着某些不好的杂音,似乎是来自邵南洲的惨叫。

被人捏着耳朵拖出去,应该是有点儿疼吧?

钟茴一面礼貌地笑着跟邵母道别,一面忍不住打了个哆嗦。

等到教室里只有吴湘跟她两人,她又变得沉默了。

"走吧,今天中午回家吃饭。"吴湘开口说。

钟茴默默收拾课桌,跟在吴湘的身后:"妈,刚才董老师说什么了吗?"

母女俩走在楼梯间,说话的时候似乎还有回音。吴湘突然停住脚步,转身抿嘴笑了一下:"知道害怕了?"她其实以为钟茴是不在乎她这个做母亲的态度的。

钟茴不作声,闷闷地点了点头,像是霜打的茄子,耷拉着脑袋。

"我没早恋……"她小声辩解。

"但是有早恋的倾向。"吴湘看着钟茴瞬间变了脸色,说,"怎么,我还以为你对刚才的男生有好感呢。"

"妈……"钟茴现在真不知道要怎么接话了,以前开家长会都没家长来学校,她也不知道老师会怎么跟家长沟通,现在被吴湘这话闷头一击,她整个人都蒙了。"找、我没有……"不知为何,这话有些没底气。

钟茴的脑海里,突然闪过很多画面:第一次不小心认错了人,在湖边烧烤,坐在少年自行车后座,看他打篮球,上课的小纸团,还有很多很多,她平常没留意到,她跟邵南洲之间已经有了这么多回忆。

现在,他们仅认识不过短短的三个月不到。

吴湘面上带着柔和的笑容，突然上前两步，抬手顺了顺钟茴的头发。

这么亲密的举动，让钟茴一下就僵硬在了原地，呆呆地感受着五根温柔的手指穿过她的发丝。

"我又没反对什么。"吴湘开口，那只顺着钟茴头发的手松了下来，转而拉住了钟茴的小手，"走吧，回家吃饭。"

"为什么？"钟茴不解，愣愣地看着自己被吴湘包裹住的手。岁月不饶人，就算是吴湘保养得再好，可上了年纪，皮肤也会老去，她的手背，能感受到一双失去了柔滑不再年轻的手带来的岁月痕迹。

吴湘像是什么也没觉察到，面容平静："如果理智都能改变感情，那世上还用得着区分理性和感性吗？我不反对我女儿喜欢上谁，但是懂得克制，这才是最重要的。"

钟茴没说话，安静地跟着吴湘朝着校门外走去。

"你知道你需要克制什么吗？"

"我不喜欢他！"钟茴辩解，有种自己都不知道的小心事却被别人一眼看穿的窘迫，还想着挽救这种羞恼。

她固执的样子就像是一头倔强的小山羊，吴湘心里憋着笑："好，你不喜欢。"

似乎这个话题就这么意外地结束了，可走到校门口的时候，钟茴按捺不住，打破了这一沉静："要克制什么啊？"她严肃着一张脸，似乎是表示自己现在只不过因为好奇，没有别的意思那样，紧绷的样子，可爱极了。

"按捺住快要宣泄的喜欢，等到你有恋爱的资本再说。"吴湘没有笑话她，转身给了她答案，"至少不是现在，现在恋爱，只会让你分心，会让你在成绩下滑后，后悔当初没忍住，先去品尝了还没有成熟的爱情的果子，会觉得很酸很涩，一点儿都不美好。等待时机再采摘，会让你得到最好的。"

是这样吗？钟茴脑子里浮现出一张英俊少年的脸庞，暑假结束后就会面临分科，那，他们还有以后吗？

来不及考虑那么多，五月份的月考就如期而至了。

对待朋友,她还有一腔热血和满心信任。

1

成绩出来之前,钟茴接到美术培训班梁老师的电话,上一次参加的"向日葵画展",她的素描获得了一等奖。

钟茴参加的是青少年组,是14岁到18岁的学生们的比赛,她能够取得这么好的名次,已经是非常厉害了。

钟茴将这消息告诉了家里人。

正在用餐的吴湘差点儿将汤勺掉进了羹汤里,一脸难掩的惊喜看着自己的女儿:"真的吗?"

杨正乐呵呵地笑着:"人家孩子说了你还不相信,没想到我们小茴这么有才,一等奖!我那会儿上学的时候都没有拿过这样的奖状,值得庆贺!不如,周末的时候安排一下,请家里认识的人来吃饭?庆贺庆贺?"

钟茴在吴湘点头前,赶紧摆手:"不用不用,我月考成绩也下来了。"刚才下楼的时候,董老师就在班群里发了消息。

钟茴的成绩起色不大,她物理成绩可能只能用惨烈来形容,如果物理成绩稍微好一点儿,说不定还能挤入班级前二十。

吴湘在手机上查看了电子成绩单,眉头舒展:"不错呀,还前进了两名!"

杨正也在一旁附和:"我也觉得,术业有专攻,看小茴画画这么棒了,要是文化课的成绩都还名列前茅的话,那我可就真不敢认小茴了。"

"为什么呀?"钟茴下意识地开口问。

杨正呵呵一笑:"家里的闺女这么厉害,我太逊了,有点儿不敢认啊!"

怕是怎么想也没想到是这么个理由,钟茴没绷住,"噗"的一声,就笑了出来。

成绩出来后,意味着班上又会有一次位置的变动。第二天早上,钟茴快要走到学校门口的时候,就看见了一抹熟悉的身影。她踮着脚,正想挥舞手臂的时候,动作顿时就僵住了。她是看见了沈岑,可没想到,沈岑身边居然还站着邱婷。

自上一次告发事件发生后,邱婷整个人老实了不少。毕竟那天下午钟茴从家里返校的时候,亲眼看了一节课邱婷趴在桌上大哭的样子。

邱婷居然没有去告状,让钟茴有些惊讶。

"可能是教室的监控没有打开吧。"钟茴嘟囔着。

不过她的猜测下一刻就被沈岑用事实反驳了,那天钟茴是踩着点进来上课的,所以不知道她来之前发生了什么。

"你当时不在,简直就是错过了年度好戏啊!"沈岑兴奋得直拍桌子,"第一次觉得邵南洲还挺男人的,本来邱婷哭哭啼啼地要去找董老师,结果在门口就被邵南洲拦住了,你猜,邵南洲怎么说?"

钟茴摇头,但直觉邵南洲可能不会说什么好话。

"邵南洲说,课本是他亲手撕的,手机是他摔的……"

邵南洲的原话是这样的——"听说,不对,是我自己看手机发现的,

你偷拍我？还告诉了董老师？邱婷，以前怎么没发现你还有做狗仔的潜质？书是我撕的，手机是我摔的，我没别的意思，就觉得你很招人反感，就做了。现在要去告状吗？那要趁早了，今天反正我妈请了一天假，等会儿如果还要请家长的话，也不用再耽误时间了。我自认为我没对你做过什么过分的事情，可你今天这么做，就过分了。我跟钟茵就算是真有什么，跟你有任何关系吗？"

那时候，教室里已经有很多人了，邵南洲也没有压低自己的声音，坐在教室门口前几排的都听得清楚。

等钟茵到教室的时候，几乎全班都知道了她跟邵南洲上午被请家长了。一时间，钟茵还收到了好些同情的目光。她没想要用这种方式受瞩目啊，好在当时马上面临月考，事情的热度很快就降下去了。

钟茵再抬头，就看见沈岑跟邱婷分开了。她背着小书包，喊着沈岑的名字招手，后者停在原地等她。

"刚才你跟邱婷在聊天？"走近，钟茵忍不住问出了心底的疑惑。

"哈哈哈，你看见啦？"沈岑搭着她的肩头，朝着学校大门走去，"这不是下午要换座位嘛，我先给她洗洗脑，让她不要再做些让大家都不高兴的事嘛！"

钟茵："……"她心里直犯嘀咕，怕是你去威胁人家了吧？理由这么冠冕堂皇！

不过当事人没一点儿愧疚，兴致勃勃地问："对了，下周就要交志愿表了，咱们一起去文科班？"

"嗯。"钟茵点头，她已经跟家里人商量过了，钟里看了她的成绩也觉得选择文科可能今后的学习要轻松很多，"估计周五开家长会的时候董老师就会说这事吧。"

沈岑满不在乎:"家长会我家长也不会来,我妈忙着呢,最近好像变成个什么小组的组长,一天到晚都在加班,没时间。"

钟茴"哦"了一声,没太在意。

等到周五的时候,学校统一召开了高一年级的家长会,教学楼里沸反盈天。

钟茴把吴湘送到了自己的位置后,赶紧从教室里退了出来。她中午跟着沈岑几人吃了麻辣烫,被辣得一边哭一边猛灌了好几杯水,一下午都在跑卫生间。

走廊里的人很多,钟茴已经很努力注意不要撞到人了,可在拐角的时候,视野出现盲区,她在有意减速的奔跑中,还是撞到人了。

"哎呀——"钟茴撞上的是个成年男人,她纤细的身子后退了好几步才稳住。

"小姑娘,没事吧?"头顶传来一道低沉的男音。

钟茴捂着额头,刚想说没事,可一抬头,就愣了。

2

可以称得上俊美的中年男人看着她抬头望着自己愣愣的样子,和蔼地笑了笑:"真撞疼了?"

钟茴心中一片惊骇,赶紧低头,害怕自己的眼睛泄露了此刻的情绪:"没……没有,是我跑快了,对不起对不起!"说完,她转身就跑。

她认识这个人,上一次在杨正生日会上的时候,她出来在门口遇见过,当时还问了钟里认不认识他。

他,是酒店顶楼自己听见的那道声音的主人啊!

钟茴前脚才跟那人擦肩而过,还没走到卫生间,就再一次听见了那道声音:"南洲,听说你小子这次考得不错啊,长青跟你打了个平手?"

"顾叔,你别拿我说笑啊,长青没告诉你吗,他考英语的时候,后面几个选项的机读卡填错了……"

钟茴震惊地回头,看着邵南洲跟那人有说有笑地走过了拐角,消失在她的视线里。

钟茴惊呆了,这一刻,她终于想起了这人像谁,准确地说,是她认识的一个人,跟这男人很像!

是顾长青!从刚才邵南洲的称呼中,钟茴不难猜出,那天在顶楼的男人的身份!以前他们几个聊天的时候也说过家里的事情,顾长青家里是经商的!不会有错了!

钟茴此刻觉得自己脑子一片纷乱,她能想到的事情,邵南洲会想不到吗?她脑子有些混乱。

召开家长会的时候,学生是不允许待在教室的,三三两两待在操场上或者体育馆。钟茴、沈岑五人不用说就聚在了一起,一行人朝着食堂走去,因为沈岑说,她饿了……

钟茴心里压着事,她又不是个能藏得住的人,就只差脸上写着"我有心事"这四个大字了。

在她身旁的邵南洲挠了挠她的手心:"小学生,怎么了?"

钟茴看了他一眼,又垂下头,没说话。

她这样子,每次都最让人觉得焦心。明明是一副有事的模样,看着就像是闷葫芦一样,就是不开口。

"你究竟怎么了?从出来开始就好像有什么事,难道是考得不好怕回去被训?"邵南洲围着她转。

不知不觉,两人就落后了一步。沈岑闹着肚子饿了,顾长青走得很快,陪着她去买零食。陈海伦无意做电灯泡,也稍稍落后了一截儿。五个人现在差不多是分成了三拨,钟茴和邵南洲在最后。

"你,是不是早就知道了?"钟茴忽然抬头,眼睛紧紧地盯着邵南洲。

邵南洲被她突然变得严肃的样子弄得一愣,不知道眼前这是个什么情况。

"知道什么?"

"那天晚上在顶楼,我们听见的那个男人的声音。你,是不是早就知道了?"她凑近他,声音压得更低了。

邵南洲的神色倏地变得严肃:"你什么意思?"这是他跟另一人之间的秘密,他从未告诉过任何人。

钟茴拧眉:"那天我跟着我哥哥出门,正好就遇见了那人。但是,我只认得声音,不认识人,觉得面熟却不知道是谁。今天,我在学校碰见了。"她看着邵南洲的眼睛,"对了,我还看见你跟他有说有笑,你还叫他,顾叔。"

她难得思路这么清晰,倒是让邵南洲惊讶了一番。

"所以,那晚的人是顾长青的爸爸吧?"钟茴给出了自己的猜测。

邵南洲沉默,他是不知道要怎么回答。

"还有。"钟茴像是一下被打通了任督二脉那样,把自己的推测一股脑儿倒出来了,"运动会前,你被顾长青打得鼻青脸肿,是不是也是因为这事?"

"什么形容词?什么叫鼻青眼肿?喂!钟茴你说话可是要负责的啊!我就只是被揍了一拳,有了那么一丁点儿的瘀青而已!你不要夸大事实!"邵南洲一听这话就炸毛了,这么有损他英勇形象的修饰词他拒绝承认!

"你是傻瓜吗?"

"嗯?"

"重点呢!"钟茴叹气,还用怜悯的目光看着他,那模样,像是在看一个……智力障碍儿童……

邵南洲气得胸口发疼,他伸手戳了戳钟茴的脑门儿,恶狠狠地道:"这

事谁也不要告诉,沈岑也不行!这是长青的家事,他不想让旁人知道。"最后,他还是软和了声音,那戳着女孩子脑门儿的手指也收了起来,转而揉了揉她的软发。

"那……"钟茵沉默了一会儿,有些迟疑,"顾长青知道那女人是谁了吗?"

顾长青已经连续跟踪顾展鹏一个多月了,可仍旧没有任何进展。顾展鹏在外面的聚会很多,周末经常是一天赶赴两三个聚会,人多且杂,他根本找不到女方是谁。

唯有一点,顾长青越来越确定,顾展鹏肯定是婚内出轨了。

家里请的阿姨没有住在顾家,而是每天早晨七点钟过来做早餐和打扫卫生。在这段时间里,顾长青偷偷摸摸地去了几次洗衣房,顾展鹏的衣服上有女人的香水味,甚至有一次,他发现,顾展鹏的衬衣掉了一颗纽扣。

什么样的酒会上还有摔跤这种类型的活动?

心里想要给自己敬重了十多年的父亲找借口开脱,可借口没找到,倒是找了如山的铁证,让他再一次清楚地认识到曾经崇拜过爱戴过的男人,背叛了家庭,背叛了他的母亲!

从食堂出来后,沈岑突然接到一个电话:"喂?"

"岑岑,是我。"电话里传来了一道女声,是沈岑的母亲。

突然接到母亲的电话,沈岑很意外:"妈,你怎么给我打电话啦?"

"你不是说今天你家长会吗?我问你教室在哪边,是几班来着?"听筒那边传来的还有女人的高跟鞋踩在地上的"咔咔"脆响。

沈岑站在原地没动,瞪大了眼睛,像是不敢相信一般。

"你来学校了?"她声音都带着震惊。

3

从前家里很穷，经济负担都压在了沈母身上。沈母最开始在工厂的流水线上，三班倒，作息不规律，三十出头的女人活得像是四五十岁。从来没时间给沈岑在学校开过一次家长会，休息的时间就那么一点儿，全拿来补眠了。

初中时，她跟顾长青被举报谈恋爱，老师打电话请家长，沈母都还在工厂里，接个电话都是小跑着去接，让班主任长话短说，最后也没去学校。后来，沈岑在学校惹了大大小小的事情，沈母没一次来过，久而久之，老师大约也明白了她家的状况，再也不打电话了，也懒得去管教沈岑，任由这个混世魔王在学校里惹是生非，只要不太过分，老师们睁一只眼闭一只眼就过去了。

如今，沈母乍然来学校开家长会，沈岑在错愕之后，就是欣喜了。她这一刻忘记了自己掉尾不怎么好看的成绩，脸上露出了大大的笑容。

她嘴里嚼着里脊肉，脸上挂着有些憨傻的笑，在一旁的顾长青无奈地从包里拿卫生纸，替她擦拭了嘴角的红油。

"阿姨来了，就这么高兴？"他是听见了刚才的对话的。

沈岑用力地点头，将手里的竹签朝着食堂卷帘门旁的潲水桶一投，咧嘴笑了："对啊，要知道这是我十六年来，第一次有家长给我开家长会！能不激动吗？"在这个年纪，没有谁不渴求关注和爱护。就算是大魔头沈岑，也不例外。

等到了操场跟钟茵几人会合的时候，沈岑这股子兴奋劲儿都还没退下去。钟茵跟着沈岑一起兴奋，她也是这么多年来第一次有家长来开家长会。

家长会差不多两个多小时，各科任课老师轮流上去讲一遍，又涉及分科的事情，等到家长会结束，已是五点多了。

学生回到教学楼，拥挤在走廊外面。

钟茵、沈岑等五人在一起，顾长青对邵南洲说："南洲，等会儿你就跟我一块儿回去，阿姨今天不是没来吗？"邵母前些天被单独请来学校，趁着那天，跟班主任交流了邵南洲成绩的事，借此也告知班主任因为工作原因，周五的全体家长会就不来参加了。

"好啊！"两人家就隔着两条街，不算远。

教室门打开，家长们出来了。

钟茵在窗户边探头探脑，每次家长会，总是有一群"特别关爱"自己小孩儿的家长，结束后还将老师围住，拿着成绩单谈论很久。钟茵就在那群围聚在讲台边的人里，发现了吴湘。

不同于别人的抱怨，吴湘似乎有些开心。

"岑岑……"从教室里走出一个女人，站在了他们五人旁边。

沈岑高兴地朝女人的方向叫了声"妈"，然后乐呵呵地给沈母介绍自己的小伙伴。

"你们都是岑岑的朋友啊，岑岑调皮，平常没少惹事吧？她性子急，你们别跟她计较……"沈母还想继续说，却被沈岑打断了："哎呀，你好啰唆啊！"

母女俩的相处很温馨，在这样氛围里的沈岑没有发现，在一起的另外四个人，有三个人同时变了脸色。

钟茵紧张地看着邵南洲，一脸无措。

邵南洲伸手拉住她，那只小掌微微发凉。他用力握了握，而后用口型安抚着她，让她不要紧张。

这时候，吴湘也走出来了，一眼就发现了自家的姑娘，以及……还牵着她家姑娘的手的男孩子……

咳咳……似乎是上一次一起请家长的少年。嗯，那个生得很俊俏的少年。

"那个，小茴啊，你过来。"吴湘看不下去了。

钟茴一惊，看见吴湘，再顺着吴湘的视线低头，看见了自己还跟邵南洲握在一起的手。她忙不迭地甩开了他的大掌，像是一只受惊的小鹿一样，嗒嗒地踩着小皮鞋跑到了吴湘身边，低头，做出了一副乖巧认错的模样。

瞬间被嫌弃的邵南洲："……"很好！非常好！

"妈妈……"钟茴小声叫着吴湘，她很想告诉吴湘刚才那都是错觉，请不要相信。可是，她掌心还残留着那个人的体温，似乎连自己都不能说服。

吴湘没理会她，反倒是看着窗户边的几人："上次劳动节小茴就是跟着你们一块儿玩的吧？以后周末也可以常来家里玩哦，晚上来个'烤肉趴'什么的，听说你们年轻人就喜欢这个。"吴湘招呼着她的小伙伴。

顶着五好少年名头的邵南洲在经过了刚才的"抓包"后，不知道应该怎么面对女同学的母亲了。

"谢谢阿姨，我们会去的。"陈海伦笑着应道。

吴湘将钟茴带走了。

等到母女俩下楼，钟茴以为吴湘要教训自己的时候，耳边传来一声轻叹。

"你跟你同桌关系还不错是吧？"吴湘开口，不过表达的意思跟钟茴预想中的有些出入。

"嗯？"她一愣，没明白现在是什么情况。

吴湘伸手按了按她的脑袋，笑了笑："别紧张，我就是问问，之前来过我们家是吧？那姑娘，看起来很不错，只是没想到……"说到这里，吴湘便停止了，把后面的话都咽回了肚子里。

钟茴有短暂的沉默，突然问道："妈，你是不是知道什么？"

刚才沈岑母亲开口的那一刻，钟茴相信自己的记忆应该没错，因为她也发现了邵南洲有同样的反应。

那道声音,让他们同时回忆起了什么,所以,才会在彼此的眼中都看见震惊。

"我知道什么?"吴湘一脸疑惑。

"沈岑的母亲,是什么人。"说这话的时候,钟茴没敢抬头看吴湘的眼睛,这可真是令谈论这种事的人都感到难堪的话题啊。

吴湘明白了她此刻是在表达什么,脸色倏然暗了下去。刚才有些话她没有说完,就是觉得有些话在孩子面前说出来是不合适的,可现在,似乎就算她不说,钟茴也明白。

"小茴,谁告诉你的?"钟谭文将钟茴交给她,可不是让钟茴掉进社会的大染缸,过早见识腌臜的事情。吴湘停下脚步,严肃地看着钟茴,眼神严厉带着警告。

这是自从钟茴来到洵北市后从未见过的表情,钟茴有些紧张。

"我……我……那天在杨叔的生日会上,偶然,撞见的……"她说话都变结巴了,嗓子突然变得干干的。

吴湘眉头皱得紧紧的,拉着她的手就朝着学校外面走去。吴湘没说话,这让钟茴更紧张了。

"妈妈,是不是,你也知道?"她试探着问,原本想要跟邵南洲确认的,可她被吴湘拉走也没机会。

听见钟茴的话,吴湘眉头皱得更紧了:"小孩子不该管的事情就不要管,我回去就跟你们班主任打电话,让她给你换个座位。我没什么偏见,但你既然知道了,再跟那种人相处就不合适了。"沈岑的母亲叫沈琳,现在跟了顾展鹏,这件事在圈子里已经不是什么新闻了。大家都知道,唯一被蒙在鼓里的就是顾展鹏的妻子了。不过,这个社会也盛行"缄默原则",事不关己,没"多嘴"的人,这段时间倒也是相安无事。

吴湘跟在杨正身边,什么人没见过。但是同为女人,打心眼里瞧不上破坏别人家庭的小三。

今天家长会，身边突然出现这个女人，吴湘心里已经存了抵触。原本她是想着以钟茴的感受为主，既然钟茴那么喜欢自己的同桌，那女孩儿她也见过，不是什么有坏心肠的，也就打算就这么算了。

可是，现在情况不同了。既然钟茴什么都知道了，她就不希望钟茴成天跟那种人的女儿混迹在一起。

4

"我不！"吴湘的建议，遭到了钟茴激烈反对。

"这事没商量，要不是看在马上要重新选科分班，我就不只是让你换同桌了，班级也一块儿换了！"看着钟茴极为不满的表情，吴湘也没松口，"如果你这么抵触，我也会跟你爸爸联系，你看他同不同意让你跟那种人在一起！"吴湘直接将钟谭文搬出来了，态度很坚决。

可是，同样坚决的，还有钟茴。

"那种人？你是说沈岑吗？她是哪种人我比你更清楚！人好，比谁都热心肠，在学校要是有人露出了一点儿想要欺负我的意思，沈岑都是第一个冲在前面，还因为我被老师责骂！她就是这样的人，难道你们就没有想过，其实她是最可怜的吗？她也被蒙在鼓里！如果现在我因为这样的原因离开她，那她，不就在最无助的时候还被朋友背叛了吗？"钟茴大喊，眼睛都红了。

她平日里乖巧惯了，就算是跟人生气，都是一个人闷闷地生气、冷战，像是刺猬一样，可是，没有哪一次像现在这样，手里拿着利刃，主动攻击。

吴湘无奈地捂住额头，面对情绪不对劲儿的钟茴，她深感无奈："但是，小茴，你说她被蒙在鼓里，你怎么知道？她告诉过你吗？谁会把家丑主动告诉旁人？"

"你难道认为一个人知道自己的母亲插足了自己最好朋友的家庭还能

若无其事跟对方在一起吗？"钟茴沉沉地开口，压抑极了。她的朋友，明明也是受害者！

吴湘看着低垂着脑袋却坚信自己观点的钟茴，一时间，噤了声。这种全然的相信，很多年她都没体会过了，现在在自己女儿身上看见了，因为感慨，她竟不知道该说什么。

那个女孩儿，就有那么好吗？相处不过几个月，却能让她这么信任了？吴湘不是钟茴，不明白。

回去的路上，钟茴一直沉默。吴湘也没说话，只是锁紧的眉头始终没有松开，直到车子停到西苑的车库。

开门，下车，吴湘看见副驾驶位上的小姑娘一声不吭地朝着外面走去，出口叫住了她。

吴湘开口："好，不换座位，既然你那么相信她。"她松口了，倒不是因为相信了沈岑，而是因为她相信自己的女儿，相信女儿有识人的能力。

傍晚六点钟的太阳，已经西斜，从车库的入口投射进金黄的余晖，把钟茴的身影拉得老长。她依旧纤细，可背脊笔挺。

"谢谢，妈妈。"她回头，姣好的五官被外面落日的光线镀上了一层金光，少了晨光的柔和，多了一抹坚毅。

吴湘站在她身后，笑了。好吧，她要承认，其实这些年钟谭文将他们的女儿教育得很好，对待朋友，女儿还有一腔热血和满心信任。

在钟茴到家的时候，邵南洲也被顾家司机送到家门口。

邵南洲在机关大院门口下车，朝后座脸色难看的顾长青挥了挥手，突然，后座的人也打开了车门。

"长青？"顾展鹏在后座，看着车外的儿子，"做什么？已经是晚餐时间了，你妈妈还在家里等着我们。"他看了看腕表，开口催促。

站在车外的男孩子握紧了垂放在腿边的双手，紧紧地握成了拳头。

"我，今天就在南洲家先住一晚，暑假的时候有个竞赛，我有些问题要问他。"他背对着车里的人开口。

"最近有竞赛吗？"顾展鹏没听自家儿子提起过，有些疑惑。

"顾叔，是这样的，因为不是学校统一报名，我们也是才知道的。还没有确定要不要报名，所以就没跟家里讲。"这时候，邵南洲开口了。

顾展鹏不疑有他，笑着点头："那好那好，南洲，今晚就麻烦你爸妈了，改天叔叔亲自来道谢。"

黑色的宾利消失在了大院门口。

少年之间少了车辆的阻挡，现在面对面站着，都没说话。

这样压抑的气氛维持了差不多两分钟，被邵南洲首先打破了。

"先进屋吧，有什么事情也要填饱肚子再说吧……"他主动走过去，伸手按住了顾长青的肩头。

顾长青一言不发地跟在他身后："你，怎么不问我？"

走在前面的邵南洲扯了扯嘴角，顾长青的反常加上他自己的判断，已经猜想到顾长青也知道了答案。

"问你什么？我知道……"他跟钟茴，都知道了，"那声音，我听过，今天是第二次听见。"

话已至此，大家都明白是什么意思了。

顾长青沉默了，埋头走路，没人知道他眼睛已经发红，充满血丝，看了只会让人想到一个词，目眦尽裂，像是草原上发怒的孤狼。

"我闻到了她身上的香水味，这股味道，曾经在我爸身上闻到过多次。"顾长青冷冷地开口。这一刻，他再怎么想要表现得冷漠平静，心头的彷徨和挣扎还是被颤音出卖了。

上下的牙关都在打战，口腔里有血腥的味道。可顾长青像没有觉察一样，死劲儿地咬住了舌头。

第十二章
离别 LIBIE

顾长青离开了,背影带着孤勇。

1

邵南洲开门,意外地发现家里没人。他挑眉,有些诧异:"那个,我先去做饭……"他苦笑着,看来今天还要让好友饿肚子了。

顾长青倚靠在玄关处,没进门,垂头的他突然抬头:"出去走走?"

半小时后,邵南洲看着桌上的一排酒瓶,觉得现在应该趁着意识清醒跟家里的老佛爷打个电话做个铺垫什么的。

电话那头响了两声就被接起来了。

"邵南洲,这几点了!你还在外面晃荡?"邵母的声音从电话那头传了过来,中气十足,还伴着油锅吱吱的声音。

"我半个小时前就回来过了,发现没人,就跟长青出来吃饭了,今天估计晚点儿回来。对了,妈,长青今天也住咱们家,你收拾一下客房啊!"

"臭小子!"邵母开着扬声器,电话放在料理台上,手里的锅铲还在炒锅里翻炒着回锅肉,语气带笑。

邵父走进厨房，替她挂了电话，撸起袖子帮着盛饭："今天去医院检查怎么说？"这是邵南洲回家没见到邵母的原因。

"哦，没事，说我太累营养没跟上？"邵母状似无奈，"我又不是青少年最需要营养的时期，居然还说我营养不够？现在啊，这些医生……"她边说边起锅，端着盘子跟着邵父一起走出了厨房。

这晚上，谁都不平静。

陈海伦接到顾长青电话的时候已经准备睡觉了，那头的人大声叫着他名字，他还以为发生了什么大事，匆匆忙忙地跑去了夜市的烧烤摊。

他到的时候，邵南洲已经趴在桌上了。

某个五好学生，谁都不知道他是个"一杯倒"，顾长青就用了一杯啤酒，就把他给放倒了。

陈海伦见状大为头疼，他走过去，准备将邵南洲背在肩上，却被顾长青拦住了。

"海子，来，喝两杯！"

一杯黄灿灿的还冒着气泡的啤酒就搁在了他眼前。拿着那只杯子的，是顾长青，似乎也有些飘忽了。

"长青，你喝多了。时间不早了，咱们也早点儿回去吧？"陈海伦想劝说，"你爸妈肯定担心着！"

结果这话彻底踩到了顾长青的痛处。

"喝！我不回去，我住邵南洲家里。你现在喝酒，我们别的不说，喝酒！"他说话有些大舌头了。

陈海伦不知道他受了什么刺激，只好顺着他，怕他在大街上闹起来，他一个人可招架不住两个喝醉的人。结果，一来二去，三个人都醉了。

酒劲儿也有个缓冲期，陈海伦念着心头最后一丝清明，招了一辆出租车，将两人送到邵家，最后，他也被邵父给扶进了家里。

邵母嫌弃三人身上臭烘烘的酒味儿，让邵父将三个人都扔进邵南洲的卧室里。给两家人打了电话之后，邵父邵母才歇下。

第二天，三人醒来，不免被邵母教训了一番。

最老实的是陈海伦，连连点头保证，一行人才离开。

三个人安静地走在路上，一直沉默的顾长青突然开口："我想去留学。"

另外两人一怔。

"啊？为什么？这么突然，怎么了，出什么事了吗？"陈海伦惊讶。

顾家是经商的，顾长青曾经也表示过他以后会继承家里的生意，考国内一流大学的金融专业。但他的人生计划里，没有出国的打算，因为贯穿了他整个人生计划里的，还有一个叫作沈岑的女生。

邵南洲安静地看着顾长青，没说话。

顾长青的视线跟邵南洲对上，又飞快移开了。

"没什么事。"他回答着陈海伦的问题，"只是突然想明白了，自己的人生还是应该掌控在自己手里。"

邵南洲拧眉："长青，你现在先冷静一下……"

顾长青失笑："我很冷静。"他朝两人挥了挥手，"我先回家了，就是提前告知你们一声，怕事到临头，把你们吓坏了……"

顾长青离开了，背影带着孤勇。

2

第二周上学，顾长青表现得没有任何异常，平静到让邵南洲和陈海伦以为他在周六那天说的话只是说说而已。

可这种平静，很快结束了。

顾母被老师叫来学校，因为顾长青在学校不仅不听课，也不配合老师完成作业。

"长青妈妈,不是我们苛责孩子,只是你看看现在顾长青的学习状态,没花一点儿心思,就只知道恋爱。"班主任在给顾母打电话之前就已经跟顾长青谈过了,很显然效果非常不好,不得已,只有通知家长了。

"抱歉了,徐老师,我能知道我们家长青跟什么女孩子恋爱吗?"顾母是知道有这么一个女孩儿的,依她看来,自家的儿子这么优秀,没有女孩子喜欢那才是不正常。可现在影响到顾长青的正常学习了,她就不能袖手旁观了。

徐老师脸色有些不好看,她看了眼不远处的董老师,这一对学生高调到整个年级估计没人不知道了。

"哦,是另一个班的女孩子,跟顾长青不是一个类型的学生……"徐老师已经说得很委婉了,没直接说沈岑喜欢逃课打架,算是给了同一办公室董老师的面子。

"叫什么,能带我先去见见吗?"顾母拧眉。

"这……"徐老师感到为难。第一,沈岑不是她班上的学生;第二,明显顾长青的母亲是要去找那女学生麻烦。虽然沈岑是老师眼里的问题学生,但也是她们学校的学生。

这时候,在一旁备课的董老师站起来了:"这位家长,不介意的话,就由我带你过去吧。跟顾长青恋爱的是我们班的学生。"她给了徐老师一个安抚的眼神,示意没事。

现在不仅仅是医患关系紧张,教师和家长的关系也紧张。可她是老师,有义务守护她班上的学生。

顾母站起来,面无表情地点了点头:"那就麻烦这位老师了。"

现在是下午最后一节自习课,整栋教学楼都很安静。董老师走进教室,看了眼还趴在桌上睡觉的第二排的沈岑,心头一声叹气。她快步走到沈岑跟前,一掌拍在了课桌上,沉声道:"起来,跟我出来!"

对沈岑,她有点儿怒其不争。

揉着眼睛跟在董老师身后走出去,沈岑还在回想最近自己是不是又犯了什么事儿,结果把回忆翻找了一番,还是一头雾水。

直到,她看见了顾长青的母亲。

沈岑张了张嘴,极度震惊下,她发现自己居然还能保持在说话的时候没有一丝颤音:"阿姨,您好。"

顾长青的母亲,她不是头一次见到。

顾母仔细打量着沈岑。

沈岑的模样有些英气,看上去也不是什么好相处的性子。光是这一点,顾母心里就不太喜欢。

"老师,我想要跟这孩子单独谈一谈,你看行吗?"顾母见董老师一直没有离开的意思,不由得开口。

"恐怕不太合适。"令顾母意外的是,她的要求被拒绝了。"学生在学校的一切,都是我们老师负责。现在虽然你也是其中一个学生的家长,但不是沈岑的家长,我不能把她交给你。"

沈岑抿着唇,没说话。同是单亲家庭的孩子,她跟钟茴一样敏感。不过两个性格截然不同的人,沈岑表面没有钟茴那么容易被看穿。顾长青的母亲对她有敌意,她能感觉到。

"那好吧。"顾母最终妥协。

下一刻,顾母话锋一转,对准一旁的沈岑:"你是那个跟长青交往的女孩子?"

沈岑点头:"是的,阿姨。"

"看来也是个聪明的,还知道我是谁。"顾母双手交叉抱臂,言语间冷冷的,"既然你们老师在这里,我也不多说了。长青最近状态很不好,你跟他分手吧,你不能再这样拖累他了。"

没有温度的话,让沈岑苍白了脸色。

她的肩头,突然被人环住了。她抬头,是董老师。

"长青妈妈,这话你说得就有失偏颇了。我的学生拖累了你儿子?这早恋是双方的过错,并不存在某个人单方面的错误。你现在的措辞很不恰当,请你注意分寸。"董老师的声音也冷冷的,同样没什么感情。

顾母噎住,目光不善地看着董老师:"难道我儿子成绩不是被她拖垮的吗?我们长青多优秀,他从小学开始,所有老师都能做证的。可你班上学生是什么品行?要是刚才我没看错的话,这女生还在睡觉吧?自习课不是睡觉课吧?听说,成绩似乎也不怎么好,常年掉尾?难道我们长青还能将她的成绩影响得更差吗?本来就在底层的人,还能怎么差?"

底层,这两个字,刺激了沈岑敏感的内心。

谁能知道在她心底也是自卑的?知道顾长青的优秀,她时时刻刻都担心他会离开她。毕竟,他们之间相差的不是成绩,还有家世。她家还住在从前她爸爸在工厂分来的已经有二十多年历史的老房子里,但顾长青家住着小洋房……这些,都是眼睛能看见的差距。这些,一直都被她悄悄藏在心里,这种恐惧,就连对顾长青她都不曾吐露过。而现在,被顾母犀利的两个字,戳穿了,戳破了她的幻想,幻想着其实他们也是能走在一起的。

沈岑脸上的血色渐渐褪了下去,一张脸变得惨白:"阿姨,我……"她不知道要怎么解释,就算是再贫穷,可在所有人面前都有底气的沈岑,这一刻,在顾母面前,变得怯懦卑微。

"底层?你就是这么看待我的学生?"董老师站在沈岑身前,替她挡住了顾母咄咄逼人的目光,"难道在学生里还会被成绩分为三六九等吗?学校都没这个说法,学生的家长,也没有权利这么对待我的学生!"

"董老师……"沈岑失声低呼。这一刻,她想掉眼泪。前面一身布衣、

个子不高的班主任，用她那并不宽阔也并不坚实的肩膀，为她挡住了外面的风雨。

董老师微微转头，似乎感受到了身后女孩子的心情："别怕，我不会让任何人欺负你的。"谁叫你还是我的学生呢？

顾母冷哼一声，不赞同董老师的观点："不仅仅是学校的学生会因为成绩有等级之分，社会上也一样。现在做老师的还这么单纯吗？这可不是什么好事，你的不恰当观点会误导学生。"

听着这话，沈岑不由得伸手紧紧地握住了董老师的手，她心里越来越不安。

相比于沈岑感受到的自卑，她跟前的老师感受到的则是愤怒。

"这位母亲，我只有一句话送给你。"董老师回头看了沈岑一眼，眼里带着深意，"莫欺少年穷。"说完，她不再看顾母一眼，转身揽着沈岑的肩，朝教室走去。

短短的距离，两个人似乎都走得很压抑。到了门口，董老师就站住了，她松了手，又拍了拍沈岑的肩，一声轻叹从她的嘴角边滑了出来："沈岑，振作起来，进去吧，自习课还没结束。"

没结束的何止是自习课，还有很多不甘和痛苦。

3

顾长青的母亲来学校找沈岑谈话这事，不知道被谁传了出去。当初两人好的时候有多让人眼红，现在的舆论反弹就有多么猛烈。甚至，还有好事者专门来教室门口瞧热闹，好像这样会让他们觉得生活更美好一样。

可是，这么大的动静，作为当事人之一的顾长青，却没有任何反应，或者说，对这样的舆论，没有任何反应。

"分手吧。"唯一的，不为人知的，这是他单独给沈岑的反应。

就在那天放学后，顾长青一如既往来了隔壁班门口，五个人一起下课。回去的路上，顾长青提出了跟沈岑单独走。

他说："沈岑，分手吧。"

快六月了，天气很热了，夕阳下，梧桐树上还有不少的知了在"吱吱吱"地叽哇乱叫，如果是平常，沈岑恨不得这些声音全部消失，可这一刻，她多希望这些声音大一点儿，再大一点儿，让她听不见那句让人心死的话。

"为什么？"她曾经鄙夷过分手后还死缠烂打的女孩子，现在她觉得自己似乎也要成为那样的人了。

顾长青啊，她曾经坚定地认为有他在的地方就是她的家的人啊！曾经以为，一辈子都不会抛弃她，点燃了她冰冷的人生中最后一根蜡烛的人啊，现在，他似乎要将从前送给她的温暖，收回去了。

少年的身影被夕阳拉得老长："突然不想在一起了，我最近准备出国，所以，分手吧。"

"你看着我的眼睛！"沈岑不相信。

顾长青低头，目光清亮地望进她的眼底，没有一点儿躲闪。

沈岑输了，她看见了，他的眼里，对她不再有一点儿宠溺和迷恋，甚至连一丝爱护都找不到了。

"你也觉得是我耽误了你学习吗？"她低头，声音很小。

"没有。"顾长青皱眉，虽然这是他达到目的的一环，但被母亲做出来他自己也感到挺厌恶的，是对自己的厌恶，这种算计自己最亲近的人，让他觉得疲惫。"突然觉得没意思了，想要出国看看。"

"我能等你。"沈岑脱口而出。这话连她自己都意外。

顾长青眼里没一丝波澜："沈岑，不是你等我我们就能继续，重点是我突然觉得没意思了，想分手，想要去外面寻找新鲜感，这些，不是你能给我的。"

这话他已经说得很直白了,顾长青相信,沈岑不会不明白。

"这么突然……"沈岑当然明白,她在顾长青提出分手的那一刻就明白了。相处这么多年,她清楚地了解顾长青的喜好、习惯乃至脾性,他决定的事很少有改变的时候。现在她知道了缘由,在经过被分手的巨大痛苦中,如今她感受到更多的是深深的无奈。

因为不爱了,所以分手了。没有什么理由比这个更残忍了。这意味着,她再也追不回他的心了。

第二天,沈岑没来上课,钟茵也从邵南洲嘴里得知了她平常看着比谁都坚强的同桌跟顾长青分手了。

放学后,钟茵从陈海伦的花名册里要来了沈岑的家庭地址。

钟茵拿着地址,爬上了楼梯。

沈岑家在三楼,309的门牌在中间,每个门都一样,还真不怎么好一眼辨别。她站在门口有些犹豫,担心沈琳也在家里。她咬着下唇,最终敲响了门。

"咚咚——"

没有人回应,再敲,还是很安静。钟茵将耳朵贴在门上,也没任何声响。

"沈岑,你在吗?"她只好站在外面喊,不过那扇门后依旧没有任何动静。

"小姑娘,找小岑呢?"309的门没开,倒是旁边310的门开了,从里面走出来一个老太太,和善地对着钟茵笑着。

钟茵礼貌地点头:"奶奶,您知道她在哪儿吗?"

"哦,这个时间她家没人的,去附近的公园看看吧,她刚出去。"310的老太太给了她提示。

钟茵道谢,转身走下楼。

筒子楼的后面就是一公园,里面娱乐设施很多,是小朋友的天堂。钟茵看了看时间,闷头朝里面走去。

钟茴是在一处画糖人的小摊贩前找到沈岑的。

"沈岑！"她跑过去，拍了拍沈岑的肩。

当沈岑转头，钟茴惊呼："你怎么啦？"

看着沈岑脸上大大的墨镜，钟茴感到心疼，她跟身边的人一样跷着脚坐在人工湖边，手里还拿着两包饲料。

刚才沈岑摘了墨镜，钟茴看见了两颗又红又大的"桃子"。

"哭了一晚吗？"她嘎嘣一声咬断了小糖人的脑袋，单手支着脑袋。

沈岑手里的糖人还被那层糯米纸包裹着，她拿着竹签还没吃，只是在手里不停地旋转着，上面跳舞的小糖人似乎真的就跳起来了。

"哎，这么丢人的事你还要刨根究底啊！"沈岑捏了捏钟茴的小脸，笑得如从前一样嚣张。

虽然如此，但钟茴感受不到她的快乐。

"担心你。"钟茴又咬掉了糖人的身子，嘎嘣嘎嘣，两口吃完了。

沈岑目瞪口呆地看着她，无视了那句担心："你就这么吃完了？不觉得甜得发腻吗？"这小糖人在她小时候就有老伯在卖了，十多年了，味道似乎没一丝改变。

钟茴点头，模样老实极了："就是太甜了，可这是你送我的啊，总要吃完呀！"她嘿嘿笑着，伸手从一旁的饲料小袋子里倒出一小把，撒在湖面上，瞬间，她们两人的脚下就被锦鲤包围了。

"傻子！"沈岑愣了一下。

钟茴从前没吃过小糖人，今天还真是第一次吃。可对于沈岑来说，这糖人的意义，很不一般。

"小时候很穷，每天都路过老伯的小摊子，可每一次都只能眼巴巴地看着别的小朋友买糖吃。一年三百六十五天，我几乎每天都会在糖人面前站一会儿，可在这几百天里，只有一天能吃到别的小朋友也有的糖人，就是过年。可有一年，我吃到了在新年外的糖人，喏，它就是长这样。"沈岑一边说，一边把自己手里的糖人朝钟茴晃了晃，"顾长青，送我的。"

蓦地，她的声音变得哽咽。

钟茴默默地从自己的书包里翻出一包小手帕纸，递给她。

"我每天都会来公园捡塑料瓶，我没有告诉我妈，其实每一次过来我都很难过，因为看见别的小朋友手里都有糖人，可我只有空空的塑料瓶。可遇见顾长青后，我就再也不会这样想了。每次来公园，都很高兴。到了后来，家里的情况稍微好了点儿，我妈也终于从工厂的一线流水作业工人变成小领导，坐在工厂的办公室里统计数据，终于不用我再来捡塑料瓶了。可我还是每天都习惯在这里走两圈，这里有太多太美好的回忆了，就算是每天来走一遍，感受一遍，都不会腻。"

听着沈岑从前的故事，钟茴不由得入了神，手里的饲料被她一不留神，全部倒进了湖里。一时间，温顺的锦鲤似乎也变得凶残了，一条条的像是要飞跃龙门那般，从水下跃了出来，嘴张得大大的，将漂浮在湖水上的彩色饲料一口吞噬。

"呀！"无数拥挤过来的锦鲤，不约而同地拍打着鱼尾，溅起了阵阵水花，落在了钟茴的脚腕上，让她不由得惊呼出声。

沈岑见状，哈哈地笑了出来，虽然还带着鼻音，可似乎还挺高兴。

"你傻啊，你这样会把它们给撑死的，以前我也不懂，还是顾长青……"她声音突然一顿，这话题戛然而止。

沈岑脸上露出了一个苦笑："好多年，好多事，都跟他有关啊！"她讷讷着，目光不知道落在了哪里。

钟茴看着这样的沈岑，有些心疼。她伸手揽过沈岑的肩："都会过去的，以后都会好的。"

沈岑摘掉墨镜，趴在了她肩膀上，不一会儿，她的肩头就湿了……

抽抽噎噎的声音，在耳边响起。

"其实，你也从心里觉得我跟他不配吧？"女孩儿难得一闻的脆弱声音传出来，带着心酸和难受。

钟茴拍着她的肩，三指朝天起誓："怎么会？你这么可爱，为什么会觉得自己不配呢？"她说的是真的，沈岑这样的性格在她看来，真的很讨喜。

虽然有时候大大咧咧的，却总能在第一时间拿出真心待人。就像是，当初她才来洵北市的时候一样，也是沈岑先对着她伸出手，带着她走进他们的小圈子。

"可他们很多人都说我配不上顾长青，虽然是背……背着我讲的，可我都知道，全都知道！顾长青那么优秀，可是他的女朋友，却是这么普通，也不可爱，不漂亮，成绩也不好，家里也没钱，他……可他那个时候还是喜欢我啊！"为什么现在他就不要我了呢？这话，憋在沈岑心里，没能问出来。

你要是喜欢我，那就一直喜欢啊！为什么要这样，在我也沉迷再也走不出来的时候，你要转身说离开呢？为什么在我已经习惯了你对我的好，当作理所当然之后，又要抽身呢？我习惯你的存在花了十多年的时间，可是，想要忘记，却要花费比这十多年更长的时间啊！

钟茴听着沈岑絮絮叨叨，觉得心酸，却找不到多余的话来安慰她，只好将她抱得更紧。

"小学的时候，你知道吗？我小学的时候就注意他了。每周的升旗仪式，他可神气了，穿着小西装站在舞台上。所有人都看着他，可是在台上的他，就看着我！"说到这里，沈岑突然笑了一下，又因为哭的时间太久，有些上气不接下气地扯嗝儿。

钟茴轻轻地拍着她的后背，有些难过："如果不想说了那就不要说了吧。"曾经的甜蜜现在回忆起来，是不是也成了砒霜？

"不,我想说。"沈岑用手背抹了把眼泪,"我跟他的事,还没跟人炫耀过,小茴,你听听好吗?"她怕以后再也没有机会说出口了,怕别人觉得她没脸没皮,明明顾长青都已经不要她了,可她还死守着这段已经陈旧发霉的回忆。

"顾长青他成绩一直很好……"

好到什么样子呢?就是从小作为"别人家的小孩儿"和"隔壁小明"这样在家长口中声声称赞的小孩儿,在老师口中作为学习标兵在每一次表扬大会上都能站在舞台上受到全校师生目光洗礼的学生。

在公园的相遇,成了两个孩子之间的秘密。

沈岑知道他在所有闪耀光环下的恶作剧,穿着考究的小西装的小男孩儿,偷偷地买糖,结果把牙给吃坏了。买鱼料,结果"专宠"一条鱼,让锦鲤翻起了白肚皮。在金秋,把公园里桂花树上的桂花全给摇下来了,至今公园管理人员还不知道是哪家的兔崽子弄的。

这些都是后来顾长青遇见沈岑后,当作炫耀一样讲出来的。

不过,男孩儿很快就体会到小小炫耀带来的后果了。

第一次收到班上别的小姑娘的情书时,不出意外,他在放学后去小公园,一脸得意扬扬地对沈岑炫耀。

他那时候还有些婴儿肥,手里拿着小小的粉色信封,眼神傲娇得不行:"看,今天有女孩子给我的!"

沈岑心里还惦记着小糖人,冷不丁听见他这么一说,注意力立刻集中在他手里:"这是什么?"

"情书!"他一边说,一边拿着小眼神偷偷观察着她的表情。

哪知下一刻,沈岑就朝他扑了过来,趁他不注意,一把就夺过他手中的信封,然后"吧唧"一口,在他脸上戳了个口水章……

人前五好少年的顾长青,蒙了……

"你是我的！"刚才猛地非礼了他的"女流氓"现在气咻咻地看着他，"我可告诉你哦！除了我之外，你可不能给别的女孩子买糖！你是我的！"她笃定的模样，小小的身子里却有大大的勇气。

顾长青："……"

"不然，哼，我就把你以前做的那些事情告诉老师去！你其实可坏了！"沈岑挥了挥自己的小拳头，威胁他。

可能品学兼优的五好学生从来没有想过自己有天竟然会被一个女孩子威胁，有一天身上就这么突然被贴上"沈岑所有物"的标签，也不会想到，这个标签，竟然一贴就是这么多年……

4

顾长青真的出国了，在所有人都没有料到的情况下，真的出国了。

得到这个消息的时候，钟茵还在上课，为了即将到来的期末考试奋斗着。

顾长青没有跟任何人说，就连邵南洲、陈海伦都只知道他有这个打算，可没想到竟然会这么快。一个月的时间，似乎一切都变了样。

顾长青是在机场登机前给他们四个人群发的短信，正在上课的沈岑，几乎是不顾一切就冲出了课堂。

钟茵不放心，在数学老师的咆哮声中，也冲了出去。

快七月了，洵北市已经进入一年内降水最多的时节。钟茵看着外面的瓢泼大雨，还有快要消失在雨帘中的那抹身影，咬了咬牙，正要冲出去，手臂却被人拽住了。

钟茵回头，就看见班主任沉沉的脸。

"回去上课，沈岑交给我来处理。"董老师说完，就往雨中跑去。

这一个月里，沈岑有多消沉，他们所有人都看在眼里，作为班主任，董老师也看得明白。现在是上课时间，依照洵北中学的要求，这期间是不

能有学生离校的。董老师赶到的时候,沈岑正好被保安拦下,还没离开校门。

她心里松了一口气,大步走过去。

"沈岑!"她严厉呵斥着沈岑,"这个时候不上课,还扰乱课堂纪律,你是不想上学了是吧?"

沈岑白着脸,她没打伞就跑了出来,现在脸上也分不清究竟是雨水还是泪水:"董老师,我求你了,就让我出去吧,就这么一次,回来后我保证好好读书!"

原本她以为一切都会过去,可现在,在收到了那条道别的短信后,她发现自己依旧不能冷静镇定,顾长青的一切,随时都牵动着她的神经。

保安见状,不以为然,没有老师会因为学生的两句恳求的话就同意放行的。

"好。"可出乎意料的是,董老师同意了,"不过,我要跟着你一起去。"

沈岑浑浑噩噩的,有些不明白:"董老师?"

"总不能让我的学生哭哭啼啼地去机场吧?状态这么不好,万一在外面出事了我怎么向你家里人交代?"董老师解释。

是邵南洲去办公室找董老师过来拦截沈岑的,她知道了事情起因。只要有一天沈岑还是她的学生,她就不会放任不管。这话,不是说着玩的。

两个人都没带伞,坐进出租车的时候,才觉得身上都被大雨打湿了。

到了机场,顾长青已经飞走了,他没有给任何人来送别的机会,沈岑望着显示屏上的航班,一下瘫坐在地,哭得像个迷路的旅人。

最后,沈岑被董老师拖进了机场的甜品店。店里的人不多,放着舒缓的轻音乐。点了两杯热饮,董老师折身回到位置上,坐在沈岑的对面。

"甘心吗?"她开口问道。

被问的人怔住了。

"董老师……"沈岑不明白是什么意思,但还是点了点头,"很难受的感觉。"所以,怎么会甘心?这种被抛弃的感觉,很差劲。

"那就让自己变得优秀吧,让从前低看过你的人都后悔。"董老师说,"学校为什么禁止早恋?就是担心你们现在这样的年纪,一旦沉入感情,别的就变得不重要了,恋爱也是盲目的。从前他能给你爱情,但如今,他也有权利收回去……你看看你变成什么样子了……你要是选择一直这样浑浑噩噩地过下去,我也没办法阻止你。可你如果愿意在将来被人高看一眼,我就帮你。"董老师目光深沉地看着她。

沈岑似乎寻找到一丝光芒,不过很快又熄灭了。

"那又怎样,他已经走了。"她觉得人生中必不可少的人已经走了,离开了她。

"你是为了顾长青而存在的吗?还是你就已经认为自己是菟丝花,永远都只能依附于他?"董老师的声音微微提高了两分,看着这么不争气的学生,似乎有些生气,"我大学的男朋友家里很有钱,在毕业之前,他妈妈就找到了我,说,董华,你要认清现实,我们这样的家庭是不会接受你的!"因为自己的过去,她对自己的这个学生多了一分包容,"难道我就因为别人对我的两句打击,就自暴自弃吗?我承认我不是有钱人家的孩子,出身不是我能决定的,我唯一能决定的,是我孩子的出身变得更好,为了自己,也为了争一口气,让从前瞧不起你的人对你刮目相看。所以,你现在究竟是要继续做可能随时干枯的凌霄花,还是做舒婷那样的木棉?"

沈岑没有立刻给出回答,她的脸庞朦胧在一团热气里,表情带着迷茫,又带着几分思索。

这天结束,沈岑也没有告诉董老师答案,她只是默默地跟在董老师身后,被送回了家里,洗澡更衣,闭眼睡过去了。

人会在打击中成长,变得更加强大。

其实她一直被爱着。

1

第二天,沈岑似乎变了一个人。

钟茴昨天担心了她一天,早上来到教室的时候,发现沈岑不仅没在教室吃早饭,甚至还拿着英语书在朗读。这个时间,距离早自习还有十多分钟,她惊呆了。

"沈岑,你……还好吧?"昨天那样的情况,大家都知道沈岑肯定见不到顾长青出国前最后一面了,可她的执着,让人无法阻止。

朗读的声音停了下来。

"挺好,没什么不好。"沈岑扭头,冲钟茴笑了笑。

这笑容没让钟茴放心,反而让她的小心脏紧了紧。

"我还好奇为什么有的人说最悲伤的时间也不超过七天,而我一个月了都很难受。昨天突然顿悟了,不是我太特殊,那都是我自己作的。现在想来,似乎也没那么伤心。顾长青走了,可我还要继续生活。"

她猛地又吐出了一句哲理性的话,让钟茴觉得更加不寻常了。

正好,这时候邵南洲跟陈海伦两人并肩走进教室,听见这话,邵南洲抬头,嘿嘿一笑:"看来以后你是想要朝着有文化的女流氓的方向发展了!"

"邵南洲!"沈岑好不容易酝酿出的一句正经的台词,被邵南洲破坏了,她手上的英语课本结结实实地拍在了邵南洲的脸上。

他们俩一闹,气氛似乎又回到了从前。

"哦,我的口误,应该是力气大的有文化的女狒狒!"邵南洲继续点火,反正沈岑在跟他"斗"的这么多年里,没讨过任何好处。

坐在旁边的钟茴见到这一幕,终于笑了。

沈岑似乎还是那个沈岑,可又好像变了不少。上课睡觉已经跟她没有关系了,老师批改作业发现多了一本的时候,也渐渐变得不那么惊讶了。叛逆过桀骜过的少女,似乎在一夜间换了个芯儿,变成另一个人一般。

暑假在蝉鸣声中到来了,文理分班结果也出来了,钟茴和沈岑依旧在一起,四个人约在一起吃了顿饭。

钟茴参加"向日葵画展"的奖状终于寄到她手里,学校拉起横幅,这件事还被邵南洲吐槽,说什么放假了谁看得见啊!

钟茴笑了笑,没放在心上。获奖对她而言只是证明自己的能力,可不是为了拿去炫耀的。

自分班后,钟茴跟沈岑来了新班级,前排没了时不时耍宝的邵南洲,学习似乎变成一件严肃的事情。沈岑适应得很快,她像是收起了从前张扬的性格,变得安静极了。早自习有时候虽然还是会偷偷地塞给钟茴香甜的红薯,不过更多的时候,沈岑都在背书。

这一年,全国发生了一件大事。

钟茴周一做课间操的时候,看着头顶明晃晃的朝阳,原本觉得最近天气骤然变冷而有些不舒服,现在阳光刺着眼睛,她更是觉得头昏眼花。她

勉强做着跳跃动作，却在最后关头，还是一头栽了下去。

"小茴！"沈岑站在她身后，眼看着她朝着前面栽倒，赶紧上前一大步，抱住了她。

"喂，怎么了！"沈岑抱住钟茴，才发现怀里的人脸色红红的，她伸手摸摸钟茴的额头，手背感受到的温度有些不同寻常。

钟茴面朝着天空，更觉得睁不开眼睛了，脑子里昏昏沉沉的，像是被一把铁锤敲击后的感受，晕沉极了。

"我……"她张了张嘴，想说自己可能需要休息一会儿，不过这话没说完，她就已经软倒在了沈岑怀中，不省人事。

"怎么回事？"沈岑头顶的阳光被人遮挡住了，再抬头，看见邵南洲已经站在了她跟前。

两个班距离不算远，邵南洲看见这边的动静，立马就赶了过来。

"不知道，就一下站不稳了……"沈岑无措地看着跟前的人。

邵南洲拧紧了眉头，一把将钟茴抱在自己怀里："先去医务室！"说话间，他已经迈出大步。

这几天医务室的学生明显增多，季节交替的时候最是容易引发流感，而现在全国上下都在因为H1N1病毒处于紧张状态。抱着钟茴的邵南洲心里焦急不安，他将钟茴放在病床上，看着医生给她测量体温，眼里出现一抹烦躁。

"这是发烧了啊，这……这不行，要留下来隔离观察，你们俩现在出去，跟她是一个班的吧，让班主任通知她家长，现在学校这边的病人都要转交给市医院。"戴着口罩的医生看着床边愣愣的俩学生，严厉开口道。

见两人还没任何动作，他不由得伸手推了推最近的邵南洲："还愣着做什么，赶紧去，难道上周你们老师没有讲过最近流感泛滥，会死人的！"

现在可不仅仅是学校对这件事情很重视，整个国家乃至全球都对甲型

H1N1流感病毒处于高度警惕中。

"她会不会有事?"邵南洲像是没有听见医生的警告一样,问道。

"这要看后面几天的情况了,赶紧出去出去!难道你们想要被传染吗?"医生开始动手赶人。

邵南洲和沈岑同时被赶了出去,站在医务室门口,两人都沉默了。

"她今天早上来的时候就不舒服吗?"邵南洲开口问。

沈岑有些自责,她今天还没怎么跟钟茴说话,不然早就应该留意到她的状况。

"抱歉,我没注意到。"她低头说。

"这没什么抱歉的,还是先告诉老师吧,肯定是要让吴阿姨把钟茴送去医院了。"课间操已经结束了,现在路上全是人,道路很拥挤。邵南洲看着前方阻挡了道路的人流,退回了远处。

"你有吴阿姨电话吧?你给我号码,我来打电话,你去告诉你们老师,等会儿我在校门口接应,你去上课。"他安排道。

吴湘接到陌生的电话时有些心绪不宁,当她听邵南洲说钟茴出事的时候,差点儿就腿软了:"什么,小茴她……她现在怎么样了?"

电话那头的人再重复了一遍,吴湘抓起桌上的车钥匙,转身跑出门。

吴湘到学校的时候,钟茴已经醒过来了。她躺在病床上,还有些搞不明白状况。看着突然出现在学校的吴湘,还有这个时候应该坐在教室上课的邵南洲,她眨了眨眼睛:"你们怎么都在这里?"

"傻姑娘,发烧了怎么不说一声?还晕倒了,你真的是要吓死我啊!"吴湘抬手摸了摸她的额头,眼里带着明显的心疼。

钟茴视线落在她身上:"没事。"

"你现在需要去市医院隔离治疗,还是先不要说话了,发烧的人不都容易脱水吗?不然一会儿又感到口渴了。"邵南洲开口,"我背你去阿姨车上。"

"隔离治疗?"钟茴捕捉到了这个关键词,眼里有些不解,"为什么?"

吴湘看着她这一副什么也不知道的傻样子,快哭了,刚才校医解释了关于流感的危害和传染力。

"傻姑娘,因为现在全国都在跟H1N1做抗争啊,所有高烧病人都要留院观察。但你别怕,妈妈会陪着你。"她握紧钟茴的手,安抚道。

听了这话,钟茴沉默了。最开始她没怎么把这次流感放在心上,从前也是经历过"非典"的,没觉得是什么大事。可现在被吴湘这么一提醒,才明白自己将这件事情看得太轻了。

"哦。"她回答的声音有些闷闷的。

"上来吧,我背你。"邵南洲已经半蹲在病床前了。

吴湘看了开口阻止:"南洲,不用了,你还是去上课……"

吴湘是怕如果自家女儿真的一不小心感染上了流感,万一又传染给了邵南洲,那就糟糕了。她虽然心疼女儿,但也从来没有想过自己不好也要让别人不好。

吴湘的话还没说完,邵南洲就已经转身,在另外两人猝不及防的情况下,伸手就将病床上的钟茴抱了起来。女孩子的体重很轻,他一米八几的大块头抱着一点儿都没觉得吃力。

"南洲……"

看着吴湘震惊的样子,邵南洲笑了笑:"吴阿姨,走吧,你车在校门口,离医务室还有点儿距离呢!"高烧的人头重脚轻,就靠着她一个人,还不知道能不能走到停车场。

事已至此,除了收下少年的好意,吴湘不知道能说什么了。

钟茴被邵南洲抱着,一时间心里也是五味杂陈。

"你个疯子!"她用力戳了戳邵南洲的胸口,"不怕被传染吗?"之前听了那句要被隔离,她心里也不是不害怕的。强忍着对有可能到来的死亡的恐惧,这一刻,终于表现出来了,"那真的会死人的!"

像是感觉到怀里人的害怕,邵南洲低头冲她笑了笑:"怕什么,我身体好着呢,从小到大就没感冒过!不怕被你传染!"

他朗朗的声音,似乎驱逐了钟茴心头的恐惧。

2

连着两三天,钟茴都没有出现在学校。H1N1的潜伏期有一周,在完全排除她不是H1N1患者后,医院才可能放人。

这天放学,邵南洲跟陈海伦像是往常一样在门口等着沈岑。

见沈岑的身影出现在门口时,邵南洲打了个响指吸引了对方的注意:"喂,沈岑,我们要去医院,你要不要一起?"

原本背着书包无精打采的沈岑一听见这话,瞬间抬头,眼里带着振奋:"看小茴?"她模样已经有些跃跃欲试了。见邵南洲点头,她大步走过去,伸手就攀着后者肩头,"那还等什么!"这一刻,她像是变回了从前的样子,十足的张扬。

三人对视一眼,在彼此的眼里都看见兴奋,提议一拍即合,出校门打车直奔目的地。

整个隔离区戒严,一般也没有不要命的人来这里晃悠,可今天偏偏出现了三个特例,邵南洲推开了门。

医院这边设立的隔离区都是单独病房,以免出现交叉感染。沈岑走到钟茴身边时,钟茴还没发觉,她闭着眼睛,模样了无生气。

这三天钟茴没见到什么人,被隔离就像被软禁了一样,身边连个说话的人都没有,一两天下来,她也没了朝气。

沈岑伸手拍了拍病床上的人的肩,钟茴以为是巡逻的护士过来了,刚

睁开眼,结果一下就看见了一双水汪汪的大眼睛。

"呀!"完全没有防备的她顿时惊呼出来,后半声被眼明手快的沈岑伸手给捂住了。

"嘘,小茴,你想要把医生们都引来吗?"沈岑的那双眼睛已经变得弯弯的了,笑得一脸灿烂。

钟茴花了好半天才接受眼前站着的真是她的好友,不过当她意识到之后,下一个动作就是赶人了:"你们来这里做什么!快出去!知不知道很危险啊!"

对朋友来这里看望自己她很感动,可同时想到自己还是危险人物,不由得捂住了自己的嘴巴,模样紧张兮兮地开口:"你们出去,不能在这里,快走快走!"说着,她伸手去推眼前的三个人。

"怕什么,那以前朋友不都要结拜的吗?什么不求同生,但求共死。你要是真带着病毒,那我们就一起啊!"沈岑嘻嘻哈哈没个正经。

钟茴刚想说什么,结果看见一旁的邵南洲和陈海伦竟然一致点头。她感到又是欢喜又是无奈:"你们这群疯子!"她此刻真不知道说什么,但心里的感动,却是满满的。

沈岑看她眼睛都红了,还以为她要哭了,赶紧解释:"哎呀,小茴你别担心啊!邵南洲已经推测过了,如果你真的是病毒携带者,那在周一做早操的时候我们就该被你感染了。现在可是一点儿事都没有呢,你就别担心了!"

陈海伦也跟着开口:"周末我们见面的时候你都还好好的,吴阿姨说星期天晚上小区突然停气,没热水,估计你就是在那个时候感冒的。说明不是接触了病原体被传染,就是普通的发烧,别担心,我们都会没事。"

钟茴心里五味杂陈:"可……可你们这样也很危险啊,如果我真的……"

"没有如果!"邵南洲飞快地打断了她,"我们肯定都会好好的,以后的路还很长。"他突然摘下了口罩，双手撑在病床两边，低头，目光专注地看着半卧着的女孩子。

这一刻，病房变得很安静，似乎连四个人呼吸的声音都没有了。

可能是邵南洲说这话的模样太笃定，以至于让钟茴失了神。当她反应过来时，才猛地警觉两人之间的距离实在是太危险了。

"邵南洲！"她低喝，耳根已经可疑地发红了，"你……你离我远点儿！"

又是这句话，钟茴忽然想到，似乎从最开始遇见眼前这人开始，自己对他说得最多的话就是这一句。

离我远点儿。女孩子总是口是心非，这一次她也承认了，其实在心里，她是希望他能够离自己近点儿的。

病房渐渐变得热闹起来。

沈岑其实老早就担心她了，现在过来看着自己的小同桌似乎还不错，开始讲起这几天班上发生的有趣事。她原本就不拘小节，在自己好友跟前更是如此，生动的语气和夸张的表情，引得病房里的其余几个人哈哈大笑。可能是乐极生悲，四个人差点儿把病房当作生日趴了，恨不得把天花板都闹穿孔。

就在沈岑讲到数学老师如何腆着肚子说"论证步骤要向夏天的女孩儿的迷你裙一样越短越好"的时候，病房门口蓦地传来一声大吼。

"你们是谁？干什么？知不知道这里是隔离区！喂喂喂……给我站住！"穿着白大褂戴着口罩的医生不知道什么时候出现在门口，把房间里的几个人都吓住了。

沈岑反应最快，她扭头对着钟茴飞快地说了一句"改天再来"，猛地就拉住了身边两人的手，像火箭一样，朝着门口横冲直撞，就像是一头驯鹿，直接无视了站在门口的人。

"冲啊！皮卡丘们！"她搞怪的声音似乎还回荡在病房里，可人已经

消失在楼梯拐角了。

兵荒马乱了一阵子,钟茴发现沈岑还把值班医生给撞在了墙上,她不由得掩嘴轻笑了出来。

这几天的阴郁似乎在这一瞬间一扫而空,心跳扑通扑通的,有什么东西似乎更坚固了。

也不知道真的是沈岑他们运气好,还是那双腿跑得够快,医院的人最后也没抓到他们,三个人成功"出逃"。

3

在沈岑几人在医院"胡闹"的两天后,钟茴出院了。她以前生活习惯不太好,体质差,病情反复,这才花了接近一周时间才痊愈。

钟茴是出院了,可家里却多了另一位病人。

吴湘病了,这几天她是在病房外面不眠不休地守着钟茴,现在突然一下放松下来,就累倒了。

看着睡在卧房里的吴湘,钟茴坐在床边,陷入了深思。

在钟茴的记忆中,吴湘一直是个漂亮的女人,可眼下钟茴只看见了她的憔悴。

是因为她而变得憔悴,看着吴湘眼底的黑眼圈,她心里一酸。她不想理会从前为什么父母离婚的时候吴湘带走了钟里放弃了她,也不想再背负自以为理所当然的怨怼,现在只想抱一抱眼前的女人,吴湘让她明白,其实自己一直被爱着。

吴湘是太疲倦了,这一觉从上午睡到了晚上。当她醒来的时候,就发现挨着自己的还有一颗小脑袋,而自己的手,也被这小脑袋的主人紧紧地拽着。

这颗小脑袋的主人就是钟茴,她平常没照顾过人,今天在吴湘床边守了一天,现在坚持不住了,没留神,就睡着了。

吴湘静静地看着身边自家姑娘安静的睡颜,这个时候,她不想说话,不想惊扰了钟茴,就只想安安静静地看着她,好像是要把从前遗失掉的时光都看回来一样。

卧室的门被悄悄打开了。在学校听闻消息的钟里赶了回来,虽然在经过楼下时已经被杨正提示过了,可当亲眼看见小妹依偎着自己母亲的时候,他心头还是很触动的。这一刻,他想,他的妹妹终于长大了。

钟里走了过去,跟吴湘对视了一眼,小声说:"我先抱她回去。"说着,就弯了腰,轻轻地伸手穿过了钟茴的腰间,温柔地将趴在床边的女孩儿抱了起来,然后走到她的房间,又用同样小心翼翼的动作将她放在床上,盖好了被子。

钟里走到主卧门口:"妈,先下楼吃饭吧,我听杨叔说你一天没吃东西了。小茴已经睡下了,我们下去聊。"

聊什么?当然是钟茴了。

坐在餐桌旁,吴湘没动几筷子,眼睛却是不断看着楼上。这动作,落在钟里眼里,他不由得觉得好笑。

"妈,你再这样下去,我都要吃醋了啊!你儿子好不容易回来一次,你不看儿子居然还惦记着每天都能见到的小茴,这太偏心了啊!"钟里笑着说。

吴湘放下筷子,擦了擦嘴:"你妹妹今天照顾我了。"她语气里带着得意,像是得到了什么了不起的奖励一样。

吴湘发现自己似乎变得越来越贪心,从最开始钟茴能来淘北市跟自己一起生活,到后来想要她跟自己主动说话,然后到希望能跟钟茴像是寻常母女一样相处,到现在这样,想要跟她变得亲昵。

"人果然是越来越贪心啊,突然希望以后小茴也能这样。"能这样将

她放在心上。

钟里不由得失笑:"她照顾你是应该的,小茴也是你姑娘,以后你跟杨叔老了,小茴肯定是要照顾你们的,她会很孝顺的。"

"真的吗?"吴湘眼里带着憧憬。

"是啊,每次我回江阳市,大院的人都这么说小茴的。"钟里回想到听人夸奖他妹妹的场景,不由得笑了。就算是从小缺少关爱,可他妹妹依旧是个百分之百的五好少女。

杨正也乐呵呵地附和:"我看着小茴也懂事,跟我就像是亲闺女一样,是小棉袄!"说着,他还露出手腕,上面戴着上次钟茴去海边买回来的纪念品。

三个人在客厅讨论着,楼上某个已经进入梦乡的小姑娘嘴角也不知道什么时候翘了起来。

因为这次流感事件,钟茴跟吴湘的关系在不知不觉中似乎又亲近了一点儿。

周六中午,钟茴下课回家吃了午饭,吴湘提出带她去店里看看。

吴湘自己经营的咖啡店,在钟茴才来洵北市的时候她就想带自己姑娘来看看了,只不过一直没有时机开口。现在一提出来,钟茴欣然应允。

不过母女俩才走到咖啡店门口,吴湘就接到钟里打来的电话,后者在火车站准备回学校。

"你哥哥刚才把钱包落在车上了,我现在要先去车站一趟,小茴你是要坐在这里等我呢,还是跟着我一起去车站?"吴湘笑看着钟茴开口问。

钟茴留了下来,吴湘带着她坐在最里面靠窗户的位置,让店员给她拿了平板电脑,省得她一个人在这里等着无聊。

钟茴是第一次来到吴湘工作的地方。当初吴湘带着钟里来洵北市的时候就开了这家咖啡馆,一晃已经十多年了。期间翻修过,这完全属于吴湘自己的事业。

人人都说吴湘会嫁人,不论是从前的钟谭文还是现在的杨正,似乎都是权贵人家。可吴湘却不是靠男人生活的女人,即便是离婚那几年,她一个人带着钟茴依旧生活得很好,努力经营着自己的事业,生活跟从前无二。今天钟茴来店里一看,突然发现可能她对自己母亲的了解真的太少了。

下午一点多的时候,这里的人还不少。钟茴结束了自己的"东张西望",戴上耳机,随意点开了一部综艺,靠在柔软的沙发上,盯着屏幕打发时间。就在她对这档真人秀有了点儿兴趣的时候,突然一双大手就捂住了她的眼睛。

"小学生,一个人啊?"那双手并没有要蒙住她叫她猜测大手的主人是谁的意思,很快她的视线就恢复了光明。再次睁眼,钟茴就看见大大咧咧坐在对面的邵南洲,还有陈海伦。

"你们?"钟茴惊讶。

陈海伦解释:"路过,去书店买参考书,正好走过橱窗就看见你了。"他指了指街对面的新华文轩,"不过,你是在这里等沈岑吗?"

钟茴摇头:"我等我妈妈,这家店是我妈妈开的。"说话间,她没留意到自己带着一股隐隐的骄傲。

邵南洲不由得竖起了大拇指,他张嘴,刚想说什么,余光却扫到了朝着他们这一桌走来的两人,瞬间噤了声,神情一下变得紧张,还伸手推了推坐在里面的陈海伦。

"低头!快!"他压着声音低低道。

4

事后钟茴回想起这天遇见的事,总觉得似乎很多事情在冥冥之中自有定数。就在她纠结要不要将顾长青离开的真相告诉沈岑的时候，上天就帮她做了决定。

"我今天约你出来，是想说分手的，我们就这样了吧，以后不要再见面了。"这声音，钟茴是第三次听见。

"我不同意！现在不挺好的吗？现在你是总助了，我已经按照你的意愿让你离开我秘书的位置，琳琳，你还要怎样？"沈琳对面坐着的是顾展鹏，如今这个男人眼里仍旧带着痴迷。

沈琳痛苦地摇头："顾总，我很感谢你曾经在视察工厂的时候将我从底层带到了另一个社会阶层，我也承认曾经自己对你一度迷恋，甚至希望自己能取代你太太的位置。可不是我的终究不是我的，我做过小偷，偷走了你太太的丈夫。做了坏事是有报应的，所以现在我也尝到了。"她语气带着沉痛，让顾展鹏一惊。

"怎么了？是遇到什么困难了吗？还是说，被她知道了？"顾展鹏指的是自己的妻子。

沈琳摇头："如果是报应在我身上我就认了，可为什么报应在我女儿身上？岑岑从小跟着我吃了不少苦，我对不起她，可没想到她现在承受的痛苦都是因为我！我不知道她在学校交往的男朋友就是长青啊！我……这都是我的错……"

"什……什么？"顾展鹏也被这消息吓了一跳，不敢相信地看着对面的人，"怎么会？"他喃喃开口，像是听见了什么可怕的消息一样。

在这两人身后，三个年少的学生低着头，大气都不敢出。在三人里，陈海伦眼里的震惊最明显，他今天是第一次知道这事，整个人像是被雷劈了一样，仿佛现在张口叶一口气，都会冒着黑烟。

沈琳也是这两天才知道的，见沈岑像是变了个人，她平常就疏于跟孩子沟通，现在就算是想要问什么，沈岑也没给出回答。不得已，她只能联系班主任，现在的班主任知道的事情不太多，就给了她董老师的电话，沈琳这才知道了内幕。

她不确定两个孩子是不是知道了什么，她也不敢去证实，她只知道就算是沈岑不知道自己跟顾展鹏之间的关系，只要他们一天不断干净，自己就一天没办法面对孩子。

说到这里，沈琳擦了擦眼泪，抬头："顾总，现在你明白了吗？我们这样，最后只会毁了孩子。辞职信我已经发你邮箱了，不管怎么说，我还是很感谢你，真的。"

对面的男人久久没有说话，他沉默着，面上纠结，放在桌上的双拳，已经紧紧地握了起来。

"周一的时候我会去银行汇款，这些年你送我的我都还给你。"说完，沈琳站了起来，转身朝门口走去。

坐在后面一排的三人小心翼翼地抬头，在看见两个人的身影都消失后，这才坐直身子。

陈海伦的眼里犹带着震惊："你们……你们是不是知道？"他脑子转得快，"在运动会前，南洲你跟长青的那一架，是不是那个时候你就知道了？"

这件事情已经不算是秘密，邵南洲点了点头："海子，抱歉，这事瞒了你这么久……"

陈海伦突然一下子想明白那天在大排档上喝得烂醉的事情。

"这种事，长青怕是谁都不想说吧。"他微微叹气，作为朋友，他很理解，这种事情不值得分享。"不过，小茴是怎么知道的？"他用一种诡异的目光在邵南洲和对面女孩子身上逡巡着，似乎能用火眼金睛看出来这两人之间有什么猫腻一样。

那晚吗？钟茴轻咳了一声，她心跳似乎有些加快。

殊不知这一声掩饰性的咳嗽声倒是更加吸引了陈海伦的目光，他眼里

带上了几分探究。

"好了,没什么不能说的。"邵南洲瞪了身边的人一眼,"那天晚上吃饭,我跟着我爸妈他们,恰好就遇见了钟茴,偶遇!"说到最后,他还加重了两个字。

"哦……"陈海伦拖得老长一声,不过在看见钟茴很实诚地点头后,他想也没什么料可扒了,"那沈岑呢,现在知道吗?"

"不知道。"钟茴摇摇头,"我们都不要告诉她吧,既然沈……沈阿姨已经跟那个人分手了……"她有点儿说不出口,牙关都要咬紧了。

这话对面两人都没意见,陈海伦还在叹息:"当时长青说要跟沈岑分手,我就纳闷呢,本来是想要问问什么情况的,结果那厮不接我电话就算了,还在消失了一个月后,彻底跑到了国外!现在我心里憋着气还准备等过年他回国跟他好好算账,现在看来,还是自己放个屁吧!"

"过年他也不一定回来。"一旁的邵南洲突然开口。依照顾长青的性格,这还真的是有可能。

"他……"陈海伦张了张嘴,想到一个可能。其实,他们三个人里,顾长青才是最骄傲的那一个,过刚者易折。

坐在外座的少年垂下眼帘,点头:"是你想的那样。"那个人认死理,说不定这辈子,都不回来了。

"浑蛋!他怎么能这样!"永远的老好人发了脾气,像是胀气的河豚,要爆开了。

第十四章
新年 XINNIAN

时至今日,你好吗?

1

时间似乎像坐上了火箭一样,转眼间,就到了年末。

钟茴期末考试结束就准备回江阳市,这段时间有邵南洲帮她补习,成绩似乎有了突飞猛进的变化。而他们几人中,变化最大的就是沈岑。

这半年时间里,沈岑就像是被打通了任督二脉一样,发了疯一样学习。知道了邵南洲在周末帮钟茴补习的事儿,她也让陈海伦指点一下自己,上一次月考,沈岑的名次在钟茴前面。

因为钟茴要回老家,沈岑要学习,邵南洲提出来的伏龙山之行在提议之初就"夭折"了。

洵北市到江阳市有两三个小时的飞行时间,钟谭文亲自来机场接她。一年不见,钟茴也很想念他。所以在见到穿着一身笔挺军装的父亲时,钟茴直接扑进了他怀里。

中年人的大掌顺势就按在了她的小脑瓜上,钟谭文的声音很浑厚,带

着长者的威严:"都是大姑娘了,怎么还这么毛毛躁躁的?"

钟茴嘻嘻笑着,任由钟谭文接过她的行李箱:"太激动了呗!"暑假她是想回来的,可那个时候钟谭文在外地,家里没人。算来,她已经有一年的时间没有见过父亲了。

对自己的孩子,钟谭文心里一直怀有愧疚:"那今天爸爸给你做好吃的!这个寒假都在家里吧?咱们父女俩还有一个月的时间,让我看看我家的小棉袄长胖了没?"

"没!"怎么可能长胖!不可能!她不要长胖!

钟谭文呵呵大笑,根本没有 get 到钟茴的意思:"嗯,那也没关系,今年过年这一个月,爸爸保证让你白白胖胖地回洵北市!"

钟茴:"……"她真的不是这个意思啊!

可说了要在家陪着钟茴一起过年的钟谭文,今年又失约了。

这种事情钟茴从小到大经历过很多次了,可每一次经历,还是会觉得难受。守着家里空空大大的房子,冷冷清清地听着外面热热闹闹的爆竹声,看着从窗户上倒映着别人家团团圆圆的年夜饭的情景,对比自己在家一个人凄凄惨惨的模样,钟茴还是觉得难受,有些想哭,在家,却想家人。

十二点多的时候,钟谭文的电话打了进来,钟茴一个人缩在沙发上,她不知道自己什么时候看春节联欢晚会看得睡着了,现在被电话声吵醒,迷迷糊糊地接了起来。

"喂?"她揉了揉眼睛。

"小茴,新年快乐。爸爸给你准备了过年钱,就藏在你枕头里。"钟谭文那边还有些嘈杂,在部队里有很多兵都跟他一样,身处异乡,远离家人。这个时间,是一年之中难得可以狂欢的时间,军歌嘹亮,似乎能传得很远很远。

钟茴眼睛一热，她其实不想要什么过年钱："爸爸，你也新年快乐。"她想要一个新年愿望，希望来年，能跟家里人一起过年。

钟茴走到自己卧室，从枕头下面真找到了一个大大的红包。

"谢谢爸爸。"她在电话这头轻声说。

钟谭文站在小树林边，不远处的空地还在举行着部队里特有的跨年活动，他点了根烟，吐出了一口烟圈，看着头顶的苍穹，心情微微沉重，像是思考了很久，才开口道："小茴，不然你明天就回你妈妈那边吧。"不然，这个年，又是孤零零的一个人了。

"很晚了，我要去睡了，爸爸你也早点儿休息，不要跟人拼酒，再见……"钟茴急急忙忙地挂了电话，她怕自己控制不住要哭出来。

她知道钟谭文的好意，可她不愿离开。如果这期间钟谭文回来了，那就真的是形单影只了。她很难想象父亲从沙场上回来后，家里连个倒热水的人都没有。那才是真的凄凉，她不忍心。

钟茴走回客厅，关了电视，准备爬上床睡觉。电话却意外地在这时响了起来，她接起电话，那头就传来了专属于邵南洲的兴奋声音。

"小学生！新年快乐！"

钟茴将手机拿得离耳朵稍微远了些，邵南洲的分贝大得似乎能穿透她的耳膜。

"新年快乐，邵南洲。"她心头微暖。

"你声音听起来怎么好像不太高兴？"电话那边的男孩子出声问，"不是跟你家人在一起过午吗？怎么这么安静？"邵家每次过年，虽然家里人不多，但气氛却是足足的，很热闹，吵得他都只有走到房子外面顶着雪给钟茴打电话才能听见对方的声音。

"没呢，现在时间都多晚了啊，就算是过年也是要睡觉的吧？"钟茴的手指无意识地在被褥上抠了抠，指甲陷进了被子里。

其实,可以的话,她也想要大半夜被吵得睡不着,而不是像现在这样感到冷清。

电话那头猝不及防地传来了一奶声奶气的小孩儿声:"堂叔,泥(你)在干什么?姑婆在找泥,泥不冷吗?"

邵南洲低头看着死死地抱着自己腿的小胖墩,伸手比了一个悄悄的手势,结果小胖墩理解错了,那被小胖脸上的嘟嘟肉挤得都快要看不见的眼睛一亮,大呼道:"啊!窝粑粑(我爸爸)说你肯定是在跟我的小堂姊偷偷打电话!是不是呀?"

小胖墩的肺活量可真不小,连着说了一段话还这么大声都不带喘气儿的,邵南洲跟他站在原地大眼瞪小眼,想伸手捏住他的小嘴巴。

"你知道什么是小堂姊吗你!邵景彦,赶紧给我回去!"邵南洲扯了扯脚边小胖墩的小老虎帽子,后面还有一软绵绵的尾巴,他差点儿给扯掉了。

邵景彦在原地急得直转悠,眼巴巴地看着他,像是在对他的"暴行"进行控诉。

最后,小胖墩在邵南洲威胁的目光中捂着自己的小老虎帽子不甘不愿地溜回了客厅里,在出门的时候还颇幽怨地回看了他一眼。

只是那眼神,被邵南洲直接无视了。

打发了小鬼,邵南洲这才有机会应对钟茴这边:"刚才……"

"你在外面?"

两人的声音同时响起,落入对方的耳朵。

邵南洲嘴角微挑:"嗯,在外面,客厅太吵了,你刚才也听见了,小胖子的声音就像是喇叭一样,客厅里还不止这一个小喇叭呢!"邵南洲有两个堂兄,都婚生子了,刚才的邵景彦就是其中之一。两三岁正是闹腾的年纪,人嫌狗厌得恨不得把家里天花板都闹个洞出来。

钟茴在电话里听着来自另一头的抱怨,脸上带了笑:"那也挺好的啊!"

至少很热闹,像是在过年。

"嗯,刚才叫你那声挺好的,终于没感觉那么讨厌了。"在夜空下,邵南洲的眉毛上已经结冰了,天空飘着鹅毛大雪,可这一刻,他的心跳得很快,扑通扑通,热血沸腾。

刚才那声……

小堂婶……

钟茴脑子里一转弯,顿时血色一下就涌到了脸上,让她的一张脸都变得通红通红:"你不要胡说!"

"哎?你刚才都听见了?那为什么没有反驳,难道……"邵南洲在坏笑,不过下一刻,他脸上的表情就僵硬了,像是被眼前的大雪冰封住了一样,也不贫嘴了,因为耳边只传来了"嘟嘟"的忙音。嗯,他被小仙女挂了电话。

看了看通话时间,想到钟茴最后那声似娇似嗔的话,邵南洲满意地收起了手机,站在门口抖了抖身上的积雪,回到屋里。

2

一进门,他的双腿就被一左一右俩胖墩给抱住了,邵家的最小辈分的两兄弟傻乐傻乐地看着他,异口同声道:"小堂叔刚才偷偷给小堂婶打……打电话哟!羞羞!羞羞!"

奶声奶气的童音,让全家除了某个立于门口黑着脸的人,都笑了。

而结束了电话的钟茴,在一阵脸红后,"扑哧"一声也笑了。她差点儿还当真了,可那种混账话,她怎么能当真?不过心情似乎变得好了一点儿。

她爬上床,卷着被子,一个人在安静的夜晚微笑着睡着了。

初一大院里上午很热闹,窗户外面都是鞭炮声,空气里弥漫着一股火药味。钟茴在回看春节联欢晚会的时候,接到了门卫室的电话,她有些意外。

钟茴第一反应是快递员，可没有哪个快递员这么逊，连手机都没有。

抱着疑惑，钟茴走向了门口。

钟茴转过弯，视野中出现门卫室的时候，她惊呆了。哨兵旁边立着一大坨比人还高的轻松熊，毛茸茸的爪子在朝着她挥舞……

"嗨，小学生！"那只熊挥舞着手臂，冲着她打招呼。

虽看不见人，但声音却是钟茴万分熟悉的，相处了一年，她怎么会分辨不出来？

可她没有立即确认，毕竟这个时间这个地方，都不是应该有邵南洲出现的可能。谁大年初一不跟家里人在一起，而千里迢迢来到这么个陌生的城市……给她看一只熊？

当邵南洲那张脸真正出现在她眼前的时候，她就不得不确认了。

她惊讶地看着像是凭空冒出来的人，吃惊道："你？邵南洲？你怎么在这里？"她将人带进了大院。

邵南洲第一件事就是将手里的玩具熊塞给钟茴："你不是一个人吗？过年总不能一个人吧？只是没想到手机在机场的时候被人给偷了，这就很倒霉了……"他笑着说，语气里的理所当然，差点儿让钟茴落泪。

过年嘛！总不能让你一个人啊！

"你就因为这个原因过来找我？"这人是不是太傻了？

"不然呢？这个原因难道不重要？"从小在热闹而和谐的家庭里长大的邵南洲不能理解一个人过年的钟茴，他昨晚听见电话那头可怕的安静，只觉得心疼。明明大年三十，是国人都感到幸福快乐的时刻，可有那么一个姑娘，守着只有她一个人的家。不过，邵南洲没意识到自己的举动一点儿也不合常理。

钟茴低着头，咬紧下唇。

"疯子。"她轻声说，眼里聚集了雾气，"这熊又是怎么回事啊？"

她个子娇小，现在抱着比她还高的玩偶，虽觉得有些累，可心里很高兴。

"这个啊——"邵南洲拉长了尾音，"昨天带着我那俩侄子，在路边看见有投球中奖的，然后花了五块钱，结果哪知就中了个特等奖……"他一个男孩子哪里会喜欢这种毛绒玩具，可想着从洵北市抱着这东西来江阳市，怎么看也觉得有些傻缺，这个人居然还带上了飞机！

"我想把福气和好运传给你。"邵南洲忽然说道。

因为他觉得很好运，所以想要传递给眼前的女孩子。

"谢谢……"钟茴这一刻也不知道自己该说什么了，满心感动，似乎说什么都是多余。"不过，你就这么来了江阳市，你爸妈不说什么吗？"

邵南洲咧嘴嘿嘿了两声："我爸妈出门旅游了，没带我。"

钟茴："……"这是什么家长啊？

现在，正在她心里猜测的是什么样的家长却是一脸严肃。

邵父看着检验结果，耳边听着医生的阐述，眉皱得越来越紧，身边的邵母伸手握住了他的手，小声说："这没事的，你别瞎紧张。"不过就是胃出了点儿问题，她自己都习惯了。

可，要是真的很严重的问题呢？邵父的眉头没有因为她的话而舒展开，两人听完了医生的话，出来后皆是沉默。

初一这天来医院的人很少，走廊上显得空荡荡的，仿佛透着些萧条。

"先把工作辞了吧，家里有我。"邵父开口。这种时候，就算是心里再怎么觉得沉重，可家里的担子他必须担起来。这些年他跟邵母在官场上并肩作战，感情是比一般的夫妻还要深厚。突然之间得知妻子的时间可能所剩不多，就算心里再悲痛，作为丈夫，作为男人，他也必须挺住。

邵母的表情看上去比邵父轻松很多，她呵呵一笑："知道知道，你也别拧着个眉头了。以后的事情谁都说不准呢，没准儿哪天我就好了！现在电视新闻上不是经常报道奇迹吗？别担心！"

越是说不要担心,就越是出现了让人担心的事,似乎这成了墨菲定律。

"对了,这事就先不要告诉南洲了,让他知道,除了多让一个人担心之外,不会有任何作用。"邵母又道。

并排坐着的邵父发出了一声叹息,点了点头。他也很清楚,如果在最后的时间再告知邵南洲,那更是毁灭性的打击。可眼下没有多余的选择,他尊重妻子的选择。

邵家的父母给邵南洲讲的是出游三天,现在邵南洲既然来了江阳市,就没打算那么快离开。

可到了晚上,钟茵就犯了难。要让邵南洲去住酒店吗?那是不是太可怜了?可如果让邵南洲留宿在家里,孤男寡女那啥的,她……

见钟茵纠结万分的模样,邵南洲主动提出要去住酒店。

他这么一说,钟茵就更不好意思了,当即开口:"你睡我哥哥的房间吧,我带你上去!"她急急忙忙转身,像是身后有张血盆大口的怪物一样。

跟在她身后的邵南洲闷笑,他就知道这姑娘心软,根本经不住他一诈,果然这计谋奏效了。

对邵南洲心里那点儿花花肠子毫不知情的钟茵,心里还带着几分愧疚地将邵南洲引到了从前钟里的房间。

"喏,就是这儿。洗漱用品在洗漱台下面,都是没拆封的,床单是过年前两天,家政阿姨提前换好的,我房间就在隔壁,你有什么事叫我。"

这间房布置得很简洁,柜子里没几本书,倒是放着好些模型。走近一看,发现做工很精致。

"这纸膜也是你哥哥做的?"邵南洲不由得啧啧称赞。以前教过钟里的董老师现在还经常在班级里夸赞钟里,邵南洲在没有认识钟里前可能还会觉得不服气,可自从上一次跟着钟里一起吃过饭、交流过,才知道这个世界上有很多优秀的人,他自己并不是特例。

"对啊！这是我哥哥高中的时候做的，我生日的时候送给我的。不过，我对这不太懂，就放在他房间了。"钟茵也走过去，看着房间里的物品，这上面都有时间的印记。

邵南洲微笑，大约真的是一个很宠爱自己妹妹的大哥吧，这种承载了荣誉的东西，都能大方地送给眼前的人，即便这个人什么都不懂。

这一晚，钟茵以为自己会睡不着，可在跟邵南洲聊天结束后回到房间，小脑袋沾上枕头，就沉沉睡去了。

似乎，这注定了是让每个人都有个好梦的夜晚。

3

清晨，钟茵在闹钟声中醒来。她躺在床上，揉了揉眼睛，余光似乎被床边巨大的毛绒玩具占据了，她想起了昨天，以及现在还躺在她隔壁房间的邵南洲！

一个鲤鱼打挺，钟茵从床上跃了起来，她踩着小拖鞋，像是一阵风一样刮过了洗漱室，又冲下楼。

等到邵南洲醒来的时候，时钟已经指向了八点，他一脸困倦地从楼上下来，看见在厨房里忙活的钟茵。钟茵穿着碎花围裙，脚上踩着一双毛茸茸的棉拖鞋，看起来像是田螺姑娘。厨房里已经有阵阵香甜的味道飘散出来，邵南洲猛吸了一口，感叹了一句"好香"。

钟茵温言，转身冲着他笑了笑："早啊！稍等一下，马上就好。"她自己做了酒糟小汤圆，加了红枣枸杞红糖，可以驱寒。

昨天两人约好了，今天去历史古迹。

用过早饭，钟茵上楼换衣服，她刚下楼，手机就响了。拿出来一看，是钟里打来的。

想着可能又是催促自己回洵北市的电话，钟茵心里叹着气接了起来："哥

哥……"

"起来没?"

"嗯,怎么了?"钟茴心里突然有种不祥的预感。

钟里的声音从听筒里传出来,带着兴奋:"快来开门,我跟妈已经在门口了!"

钟茴当场愣住了,她就差吃惊到咬手指头了:"什么?你跟妈妈来江阳市了?"

钟里就是想要证明什么一样,钟茴在听见这话后,大门的门铃就被人按响了。

两个站在客厅的人面面相觑,手机那头的钟里还在催促着:"怎么回事,惊喜变惊傻了?还不来开门?"

钟茴咬牙,这算是什么惊喜?分明是惊吓!

"马上!"她心虚极了。

把男同学带回家就算了,还让这个男同学在家里住了一晚,住了一晚就算了,还是孤男寡女的。这些也都算了,可现在要被家长抓包了,怎么办?钟茴彻底慌了,她挂了电话,拉着邵南洲的手就朝着楼上跑去。

"你别出声,一出声我们俩都完了!"钟茴一边上楼,一边喘着粗气道。

其实邵南洲很想问问,完了是什么样子。可眼下看着像是惊弓之鸟的钟茴,他忍住了到嘴边的话,陪着她一起严肃。

钟茴把邵南洲塞进了钟里房间的窗帘后,急匆匆地下楼开门。

"怎么这么喘?"钟里温和地看着妹妹,换了鞋走进来,伸手摸了摸她的脑袋,"还一头的汗水,是不是惊呆了?"钟里笑了两声,"想要给你一个惊喜,杨叔也来了,不过现在在酒店,我跟妈过来接你过去。"

钟茴惊讶,看着跟在钟里身后一直站在门口没有进来的吴湘:"你们怎么都来了?"

吴湘像是嗔怪一样看了她一眼："既然你不愿意回洵北市，那只好我们找过来了。总不能过年让你一个人在这里吧？"说着，她看着钟茴已经换好的衣服，"看来都已经准备好出门了，那赶紧穿好衣服走吧，你哥哥丢三落四的，他上楼去拿他的U盘。"

"上楼？"钟茴抓住了这两个字，震惊地回头，钟里已经走在楼梯上了，她有些绝望地闭上了眼睛。

钟茴穿着大衣站在吴湘身边，她双手紧紧地拽紧了胸前的包带，因为紧张，她脸色有些泛白。

二楼，钟里推开门。一进来，就发觉不对劲儿了。钟家这么多年来，一直没有换过家政阿姨，阿姨知道钟谭文的习惯，每次是将床上的被子叠起来的，四四方方。可现在，他床上的被子像寻常人家一样平铺在床上。

钟里走到床边，伸手掀开了被子，枕头上有个小小的凹陷痕迹，他微微抿唇。

家里还有别人。

现在钟里还不好下结论那个人究竟是在钟茴的允许下入住，还是……第二个想法太危险，他不由得正了神色。

晨风从阳台上打开的窗户吹了进来，这是邵南洲起来后特意打开通风的。可现在，似乎成了暴露他的出口。风将窗帘扬起，露出了他半个身影。邵南洲已经感觉到有道目光落在自己身上了。

"出来吧，窗帘后的。"下一刻，他听见了钟里的声音。

还是被发现了……

邵南洲微窘，莫名有种做贼的感觉在心头挥之不去。再一次见到钟里，就算是再聪明的他也从未想到会是以这样的方式。

邵南洲抬手冲着不远处的人打招呼："好久不见，钟哥。"

如果说邵南洲现在的感受是尴尬，那钟里就是震惊了。他虽然料想过可能是钟茵认识的人，可怎么也没想到是眼前这个。

"那个，邵……邵南洲？"钟里现在的表情很精彩，"你不是小茵的同学吗？那个，在洵北市的？你怎么在这儿？"

一连串的问话，已经完全表达了钟里此刻的内心，简直就是意料之外的惊吓啊！

邵南洲不好意思地揉了揉脑袋："昨天来找小茵玩的，没想到你们也从洵北市过来了。"

想到上楼时某个小学生拉着自己手指头惊慌的模样，邵南洲心软了，继续说："钟茵她也不知道我会过来，手机不小心在机场掉了。所以，她才让我在这里借宿了一晚。钟哥，你别怪她。"

钟里眼神古怪地看着说话的人，他像是会责备自己妹妹的人吗？

"那，这样啊……"钟里觉得自己可能需要花点儿时间来消化眼前的事。看着面色显得窘迫的少年，他还是软和了口气，提议，"不然等会儿跟我们一起吧，你不也是来玩的吗？我们正好也是要逛逛古城墙那边的景区。"总不能把从千里迢迢过来的小伙伴扔在一旁吧？

"不用了，钟哥。昨天我已经去过了，其实我也就是在江阳这边中转一下，我买了下午一点去华城的机票，现在也准备去机场了。"有那么一瞬间，邵南洲就要答应了，指不定下面还有他未来的丈母娘呢，现在可是好好表现的时机，可最后他还是婉拒了，"钟哥，还能麻烦你个事吗？这件事情你知道就行了，可以吗？"

他在钟家留宿这事，只他们三人知道就行了，邵南洲不想给钟茵带来什么麻烦。

这话正中钟里下怀。

钟里眼里掠过一丝赞赏，这种事情讲出去就算没什么，但也不怎么光彩。

在家门口快要把秋水望穿的钟茵终于看见了从楼梯上走下来的钟里，

她紧张地看了看他身后，蓦地松了口气。

"U盘找到了？"吴湘随口一问。

钟里摸了摸脑袋，后知后觉地发现自己又忘记了……

跟杨正会合后，钟里走到钟茴身边，伸手替妹妹压了压帽子，又将那双冰凉的小手放进了自己手心里。

"下不为例啊！"他轻轻开口，"你一个人在家，就算是认识的人，我也会很担心。"

钟茴一愣，猛地理解到钟里在说什么，脸上瞬间像是充了血一样。

她呆呆地看着钟里，小心翼翼地将心头的疑问抛了出来："哥哥，你都看见了？"

她傻乎乎地望着钟里，钟里忍不住发笑："不然呢？别担心，爸妈都不会知道的，毕竟，未来的事情咱们谁也说不准是吧？"

这话似乎说得有些深意了，钟茴反应了两分钟，而后耳朵变得通红通红，半是嗔怒半是撒娇地瞪了钟里一眼。

"你们两兄妹在后面嘀嘀咕咕什么呢，赶紧走快点儿，别跟丢了！"吴湘招呼着。

钟茴和钟里对视一眼，在彼此眼中都看见了一抹无奈。这从小生活的地方，怎么会丢呢！

这一年，是钟茴这些年来过的最热闹的一个新年了。吴湘、钟里、杨正三人是在正月初七离开江阳市的，因为钟谭文打电话过来说自己初七晚上就能回家了，正好第二天也到了正常工作的时间，三个人就回了洵北市。

钟谭文即将回来，钟茴高兴极了。以往，钟谭文都不会在元宵节之前回家，虽然只要家人在一起就是团年，可这总感觉好像少了点儿什么。如今，能在新年的尾巴上跟钟谭文一起过年，钟茴很开心。

元宵节一过，就意味着新的一年新的工作正式开始了，街上路灯上挂着的红灯笼也一一取了下来，在火车站最前面的"迎新春"的标语也被拆除了，一切回归了正常，而钟茴也要离开江阳市，回学校上学了。

4

高二下学期，时间似乎过得更快了。

钟茴一面努力消化在学校文化课上学到的知识，一面专攻油画。开了春，距离下一届"向日葵画展"的时间又不远了，这一次她想要拿出比去年更好的成绩。

在作画之前，钟茴的美术老师梁薇跟她讨论过要表达什么主旨，一幅画也是需要立意的，不然就是一幅没有灵魂的空壳。钟茴给出的回答很快，去年获奖的那幅作品，她是以沈岑为原型的，刻画了一个豆蔻年华少女的青春张扬。这一次，她也想要将自己的作品送给自己的好友。

"老师，你看，'奋斗'好不好？"

这是一个很空乏的主题，表现不具体，梁薇听后，微微皱眉。

"我想要画一幅拼命奋斗的油画，带着绝处逢生。"其实在她的脑海中，已经有了构思。

想要画一幅在荆棘中狂奔的少女，即便是丢失了鞋子，身上被划得遍体鳞伤，可依旧在朝着远处泛着白光的地方奔跑。这是钟茴的初步构思框架，她表达给了梁薇听。

作为专业指导老师，梁薇很认可钟茴的这个想法："小茴，能问问原因吗？怎么突然想要这种作品？这可跟你从前的风格不太一样。"

原因？钟茴有些愣怔，她想了想，徐徐开口："只是想要用这幅画告诉我的好朋友，她现在走的路，都是正确的，她的努力，是会得到掌声的，仅此而已。"

关于在沈岑身上发生的一切，钟茴不想多说。

改变只是需要一个契机，现在这个契机正好出现了，朋友之间也会互相影响的，至少现在在奋斗这条路上，四个人带给彼此的都是正能量。

因为这一次钟茴的参赛作品是油画，她付出的心血比去年多了很多。花了一个多月的时间，终于，在画展的前一周，她将作品交到了梁薇手里。这时候的钟茴，看上去似乎憔悴了不少，她花了很多精力。这幅画对她而言，承载的不仅仅是荣耀，还是一段岁月。

梁薇打开画板后，怔怔地看了很久。

穿着已经看不出原本是什么颜色衣服的少女，一只鞋在脚上，一只鞋远远地落在身后。她头顶是一轮弯月，周围全是灌木荆棘，即便有清辉的月光，还是显得阴森恐怖。可在奔跑的少女遥远的前方，却有一团白光，很耀眼。少女望着那个方向，眼里甚至没有一丝退缩和胆怯，她竭尽全力奔跑的样子定格在了画板上，唯有一双眼睛，比白光更亮。

"精湛！"这是梁薇最后给出的评价，她微笑看着自己的学生，眼里带着赞叹，"小茴，你是一个很用心的画手，相信你以后一定会变得更加优秀。只有用心体会生活的人，想要表达生活的人，她的作品，才会富有血肉和情感。"

作品上报后，接着就是劳动节了。

过年之前邵南洲提出过去伏龙山，结果因为种种原因被搁置了，劳动节的时候，四个人准备去爬山野营。

到山顶的时候，四个人都累得直接躺在了地上。钟茴裹紧了冲锋衣，山上的风很大，她都没觉得多热。山风吹来，她甚至还觉得凉飕飕的。不知道是不是因为站在了这个最高点的位置上，她想要大喊。

"喂，听得见吗！"她猛地坐起来，真就朝着对面的山谷喊出来了，结果把躺在地上的三人吓了一跳。

邵南洲还以为她出事了。

不等身边的小伙伴问她怎么了,钟茵第二声喊话就传了出来,继而回荡在山谷里。

"我是钟茵!我想要考央美!我一定能考上的!我一定要上全国最好的美术学院!"带着几分嘶哑的尤显稚嫩的声音不断在山谷间回荡着,带着满满的朝气还有……热血。

这种热血是会传染的,刚才被钟茵的喊叫吓了一跳而陆续坐起来的三人,邵南洲率先站了起来:"喂!我是邵南洲!我要进全球一流的大学!我要成为科学家!我一定行!"

"我是陈海伦!我今后一定能成为优秀的律师,我要考上最好的政法大学!"

断断续续的喊话都结束了,只剩下一脸深思的沈岑。

"沈岑,该你了!"邵南洲走到她身边,顺手给她递了一瓶矿泉水。

沈岑眨了眨眼:"那你让让,我怕我的河东狮吼一不小心把你给震下去了。"

邵南洲:"……"

钟茵和陈海伦哈哈大笑,在笑声中,沈岑站了起来。她走到崖边,双手做成了小喇叭的模样,看着对面还带着雾气的山谷,深吸一口气:"沈岑!你一定要变成最好的沈岑!加油!为了自己!"

为了自己,在最好的青春奋斗,为了遇见未来更好的自己。沈岑坐了下来,大口大口地灌着水。风,似乎把她的眼睛吹红了。

静默了半晌,席地而坐的女孩儿突然又开口了:"喂,那浑蛋,联系过你们吗?"

顾长青已经离开快一年了。在这一年的时间里,这是沈岑第一次提起他。

邵南洲跟陈海伦对视一眼,皆摇头。

"就收到过一封邮件,不过是很早之前了,他刚离开那会儿,报了个平安而已。"陈海伦开口,当然,信件里还有一句话他没说出来。

——哥们,帮我好好照顾她,谢了。

就算没有这话,他们也会好好看着沈岑的,因为是朋友啊。

又是一阵山风吹来了,真的,很凉。

劳动节过去已有些时日了,钟茴像往常一样放学回家,她低着头走路,没注意到前面站着人,结果直直地就撞上了。

"呀,对不起对不起……"她赶紧道歉,然后猛地就感觉到自己被人给抱起来了。

"钟茴!"一声大喊,从被她撞上的人的嘴里喊了出来。

在钟茴的印象里,她的美术老师一直都是特别有涵养的人,在英国留学八年,学习绘画二十多年了,似乎整个人都浸泡在了艺术中。可眼下,这个浸泡在艺术中的人向她展示了前所未有的"蛮力",直接将她从地上给抱起来转圈圈。

直到将这位疯狂的艺术人请到西苑,钟茴才知道梁薇疯狂的原因。钟茴上个月提交的作品,力压群雄,获得了这一届向日葵画展的特等奖。

这是什么样的奖项呢?如果说去年的那幅画是能放在画廊上出售的,那今年这幅画,就能拿去拍卖行进行拍卖了。这是对作品本身的认可,并且很可能会有杂志社来采访她。

"怎么样?是不是很激动?"梁薇看着自己的学生。

西苑,还没有离开的家政阿姨躲在厨房门口,跟里面的女主人小声交谈着:"其实吧,夫人,我怎么看也觉得那位老师比小姐更……激动啊?"

吴湘弯了弯嘴角,可能是她家那傻姑娘现在还没完全接受这个事实吧?钟茴的反射弧一向比较长。

没错,是真的比较长。在梁薇离开后,钟茴的表现都跟平常无二,可

到睡觉时，在一楼的吴湘觉得二楼的地板都快要被跳塌了！反射弧很长的某人，现在终于反应过来，在家里激动得睡不着觉了！

对学绘画的人来说，获得这样的荣誉，代表着专家和权威机构的认可。钟茵的激动不难理解，就连学校也早早挂起了横幅，庆贺她的成功。

钟茵获奖这件事，家里就数杨正最激动了，他询问了钟茵好几次是不是真的不需要办宴会。用吴湘的话来讲，如今杨正跟人谈生意的时候恨不得都用"画家钟茵的爸爸"这种自我介绍了。

钟茵对于他这样的热情，有些哭笑不得。她能够感受到杨正对她的疼爱，这个男人做到了一切父亲能做的事情，将她照顾得很好。

之前梁薇预估的没错，最近钟茵家里已经接到了很多陌生的电话，都是想要对她进行采访的。可这些，不是钟茵需要的，她全给推了。

"小茵，为什么不愿意呢？"吴湘问她原因。

钟茵的答案很简单："我不想做明星，我只想做一个画家。"所以，我不需要那么多曝光，也不想去炒什么人设，就一心好好画画就行了。

杨正当时也在一旁，听了她的话，再也没有提过要为此举办什么宴会来庆贺的事。吴湘也沉默了，他们都尊重钟茵的选择。只有在夜深人静的时候，主卧里会不时传来两声感慨。

"没想到小茵这么年轻，就已经有了这么明确的目标啊。难得，这么小的孩子，还能在这么浮躁的社会沉得住气，知道自己最后需要的是什么。"这是杨正的声音，"夫人，我想，钟将军一定是个很了不起的人。不然，也不会有小茵这样优秀的孩子。"

不过，这些都是钟茵不知道的。

第十五章
毕业
BIYE

我喜欢你!他说,这一刻,他眼里灿若星河。

1

这个夏天,似乎格外长。

往年的七月,学校已经放暑假了,可今年,钟茵还坐在教室里。

期末考试结束,等来的不是放暑假,而是漫长而又难挨的补习。

每个学校高二升高三的暑假,都只有一个月不到的时间。比别的年级晚放了两三个星期不说,就连开学都比其他年级早。等到新一届的高中学生入学军训的时候,准高三生们已经开始了一周多的补习时间。学校似乎在跟时间竞赛,老师都恨不得把一堂课当作两堂课来上,学生似乎有了怎么也做不完的作业。一进入高三,仿佛就已经上了战场,随时戒备,高度紧张。

"好累!"钟茵周末从自家画室出来后瘫倒在沙发上。因为要准备下半年联考,她最近很拼命。来到西苑这么久了,钟茵改变了不少,至少她已经彻底融进了这个家庭。

钟里顺手将桌上准备好的柠檬水递给她:"提前开胃,喝点儿。很累的话,

就休息一会儿吧,不要把自己逼得那么紧。"

钟里回想到妹妹以前的状况,他记得钟茴不是这么拼命的人啊!

"谢谢。"钟茴从他手里接过水杯,坐起来猛地灌了一口,双手一摊,"没办法,我身边的那几个人才像是疯了一样学习,我说什么也不能比他们差太多不是?"

钟茴笑了笑,沈岑现在都能考入班上十多名了,她也要更加努力才行。至于邵南洲和陈海伦,她觉得自己还是不要找打击了,可心里像是有一口气一样,想要让自己跟他们的差距缩小一点儿,所以想要狠狠地奋斗这一年。

"我也不想辜负自己呀!"她补充了一句,回头,对着沙发上另外三人笑得灿烂。

我不想辜负自己呀!这句话,让她在高三复习的这条路上,走得越发扎实。

很快,在十二月的联考中,钟茴笑着从考场出来。洵北市已经下雪了,可这一刻,她似乎没有感觉到寒冷一样,走出大门的一瞬间,她觉得全身都变得轻松了。

吴湘早早买好了热饮倚靠在车门口等着她。

看见混在人群中的钟茴,她大步走了上去,将热乎乎的热可可塞进了钟茴手中。

"累坏了吧?"她问。这一天都在考试,上午素描速写,下午又考了连续三个小时的色彩,不仅仅是对体力的消耗,同时对精神也是一种损耗。

钟茴乐呵呵地低头咬着吸管,喝了一口,却被烫得直吐舌头。

"还好,有点儿累,但很兴奋。"她嘿嘿笑着,"感觉寒假要来啦!"她主动牵住吴湘的手。

还没到家,钟茴就接了好几个电话,第一个打来的就是她的美术老师梁薇,大致问了问她的考试情况。钟茴自我感觉还不错,笑着跟梁薇汇报了。

刚挂断电话不久，沈岑、陈海伦他们的电话又来了。她的小伙伴们都很相信她，在那头嚷嚷着明天晚上要聚餐，庆祝她考试归来。也是，钟茵都有一个多月没有回学校了，这段时间她一直在画室培训，很久没有见到小伙伴们了。

点头答应了下来，钟茵呼了一口气，激动极了。

"妈妈，刚才梁老师跟我说，我上半年的那幅油画被拍卖出去了！"这才是今天收到的最让她兴奋的消息。

"哦？"吴湘偏头，"我女儿这么厉害！"她不怎么关心卖了多少钱，只觉得能让钟茵高兴的事就一定是好事，"那要庆祝吗？"

"当然！"钟茵一反常态，满口答应下来，"就在我们家吧！我今后也是有钱人啦！妈妈，你猜我的那幅作品卖了多少钱！"

这个在副驾驶位上的小姑娘仿佛两只眼睛都变成小羊角了，这副模样，哪还有半点儿艺术家的气质？活脱脱就是一小财迷。

吴湘的眼睛也弯弯的："嗯，多少？几万块？"

这已经是对一个新手来说很高的价格了，吴湘也是最近才试着了解艺术品市场的行情。

副驾驶位上的女孩儿的笑声弥漫了整个车厢，似乎空气也变得快活了，她顺着吴湘的话重重地点头："嗯，卖去国外啦！卖了六千三百美元呢！"她已经兴奋得不能自已了，这个价格，是她从来没有想到的。

"那我姑娘现在可是大富翁了！"吴湘笑着开口。

这个消息很快就被家里人周知，钟谭文从部队打来电话向她祝贺，问她想要什么礼物。杨正也给她准备了厚礼祝贺，很实在的礼物，一个厚厚的红包。

晚上家里请来了钟茵的几个好朋友，围聚在一起，碰杯的时候，钟茵笑着开口："真想知道是谁拍下了我的画，好想认识认识。"毕竟这是她

的第一幅被卖出去的作品，买方从某种意义上说也算是她的伯乐了。

沈岑坐在她身边嘿嘿一笑："难道你要找到这个人以身相许？"

"那我可能要从那个人手里把画买回来。"邵南洲开口道。

全场一下子就安静下来，随后爆发出大笑。

"邵南洲，你要不要这么明显！人家吴阿姨还在这里坐着呢！你就想诱拐人家姑娘了？"沈岑哇哇大叫，瞪着身边的人。

从去年开始邵南洲一直帮着钟茴补习，西苑的人已经对他很熟悉了，加上某人过年的时候还千里迢迢跑去了江阳市特意陪钟茴过年，一家人对他的印象都挺好的。

"行了行了，要真是这样，那这画说什么我也得买回来，怎么可以让我家姑娘随便就这么嫁出去了？"吴湘乐呵呵的。

话题很快被岔开了，钟茴却一个人低着头，在别人没有看见的地方，嘴角勾起了一个大大的弧度。

与此同时，在美国的一处寄宿学校里，一少年看着网上的物流信息，微微抿了抿嘴角。

可能是他电脑屏幕的光线太亮，让对面的舍友看了过来。那人一看就惊讶了："顾，你竟然拍了这东西！你会鉴别这种东西吗？好厉害！"

少年将网页随手关掉了，他声音冷冷的，带着几分疏离："不会。"

舍友更惊讶了，又像是有些幸灾乐祸："那你可不要被骗了，这种艺术品啊，不是名人的话，还真值不了这么多钱。虽然你钱多，这样花也太……"

"我喜欢。"少年没有等他把话说完，就截断了他后面想要表达的内容，合上电脑，转身上床了。

他想要做的事，还不需要向无关的人解释。那幅画，对他来说，是无价之宝。

多年后，这幅画的价值的确是暴涨了，他身边的很多朋友都说可以选择在一个合适的时机脱手，稳稳地大赚一笔。可那幅画，始终挂在他的卧房。无论搬了多少次家，始终都挂在他的卧房。这上面是他最初的爱人，那么用力地去爱过最后却又选择了放手的人。失去了，却总是想要留点儿跟她有关的东西。

这一切，钟茴当然是不知道的。她只知道，在半个月后，联考的成绩就要公布了，而临近寒假的期末考试，随之而来。

2

时间越过越快，相比差不多有接近一个月的暑假，这一年的寒假似乎就更短了。钟茴没有回江阳市过年，她只有一周的假期，可老师却布置了两周的作业量。

让人值得高兴的是，钟茴联考的成绩很理想，超出了分数线一大截儿，接下来就要看她三月去央美的美术专业考试了。

三月是个特殊的月份，在这个月，全国差不多所有的高中都举行了"百日誓师大会"。所有的高三学子都站在各自学校的操场上，听着主席台上的老师声情并茂地发表着动员台词，这一刻，所有人都能感受到大考来临前的气氛。这是一种让人热血沸腾，想要拼命奋斗的气氛。

钟茴就是在这样的气氛中，走进了央美的考场。

美术学院自己设置的专业考试的时间跟联考差不多，也是耗时很长的考试。钟茴选择的方向是中国画。在走进考场的时候，钟茴望了考场一圈，她捏紧了自己手腕上的细小的手链，这是她的幸运石。是一串不怎么起眼的小石头，两年前，在她第一次参加邵南洲、沈岑等四个人的聚会的湖边，她捡回家里的。

一晃几年过去了,似乎从那天开始,她就融进了一个新的小团体,慢慢地收获了四份友谊。这种感情好像会传染一样,她还融进了一个家庭。遇见一个每次有好事就想要给她塞大红包的杨叔,恨不得将商场都买下来给她的母亲,还有一直在背后默默支持她理解她包容她的哥哥,人生似乎一下子就在那天午后,变得温暖了,就连最让她牵挂的钟将军,今年过年的时候在电话里也向她保证,说无论如何,明年在大年三十晚上,一定会跟她一起看春节联欢晚会的。

现在,钟茴将那一串小石头捂暖和了,她已经拥有了别人给她太多太多的东西,这一次,她要为了自己奋斗,好好地完成这一场"比赛"。至少,她想,无论如何,也不能辜负了自己。

在钟茴努力的时候,沈岑也没有落后,老老实实地待在家里复习准备最后阶段的冲刺。沈岑没有告诉任何人她的目标,但这不代表她就没有目标。

那个人虽然离开了,可她却不愿自己就这样被抛下。从前顾长青的志愿就是跟随顾展鹏的脚步,成为优秀的商人和管理者。如今,她也是朝着这个目标奋斗,她想让从前抛弃过她的人看清楚,她其实也可以变得很好。

邵南洲放弃了参加国家竞赛培训,这是他跟家长一起考虑很久的决定。与其将所有的筹码都赌在全国竞赛上,还不如将课业再抓得稳一点儿,至少让六月的考试,分数不会跟平常相差太大。

跟邵南洲现在的情况类似的就是陈海伦了,两个人像是上了发条一样,本来成绩就很好了,眼下却拿出比别人还要努力的劲头。用邵南洲自己的话来讲就是,他现在可是在跟陈海伦比拼谁能拿下洮北市的理科状元呢,顾长青离开了,意味着少了一名竞争对手,这时候不抓紧这个难得的好机会,还要等到什么时候?

六月如约而至,并没有因为钟茴的祈祷来得慢一点儿。

高考前，洵北市下了一场暴雨，像是老天都看不过去了，特意派了专使来降温。七号早晨，经过一天两夜的大雨冲刷，天空和街道变得前所未有的干净。

钟里将钟茴送到学校门口，时间还很早。

"紧张吗？"坐在车里，钟里问道。

钟茴点点头，就算学校专门有老师给他们做了心理辅导，可当真的"上战场"的时候，她还是忍不住紧张。

钟里的视线落在了她的手腕上，上一次钟茴去央美单招考试的时候，也戴着这小石头的手链。

"不用紧张，我妹妹都考上了比高考上线率还低的央美的专业考试，还拿到了第二名，这种大家都会的高考题目有什么值得害怕的？拿出点儿未来画家的气场，还担心这点儿小考试？"他打趣着，顺手还揉了揉钟茴的发顶。

前段时间钟茴央美考试成绩的排名下来了，那段几乎是不分昼夜埋头在画室的努力得到了回报。

或许是有了钟里的这句鼓励，钟茴走进考场的时候，还真有那么点"沙场点兵"的气势，那些在试卷上的题目，就是她的小兵。

继画室埋头苦干后，钟茴又将自己扎进题海中。不管从前对学习有多松懈，可至少在洵北高中里，她是在努力向自己的梦想靠拢的。

两天的考试说长不长，说短不短。一眨眼，就过去了。

从考场出来的时候，钟茴深吸了一口气，站在教学楼前，回首观望，六层楼的回字形的建筑物，似乎是带着感情，欢呼和交谈都被它听了进去，储藏着许多人的回忆。

钟茴的肩头不知被谁撞了一下，将她撞得一个趔趄，身后有一只手突然伸出来，将她揽住，以防她摔倒。

那只手的主人此刻转头呵斥淹没在人流中的那个不知名的人:"没长眼睛啊!瞎跑什么!撞了人也不道歉?"

随后,那声音的主人话锋一转,变得温和,低低地问她有没有事。

钟茵只有那么一瞬间的惊慌,是被陌生人突然抱住的慌张。可当她听见那道熟悉的声音后,心里的害怕一下就消失了。她看着眼前高大的少年,此刻还紧锁着眉宇,倏地伸手,轻轻地按压着他的眉心,嘴角上翘。

"嗯,没事的。"她轻声说,"哎,你别皱眉呀!"

声音一如既往,像是三年前第一次因为误会拉着男孩儿的手叫"哥哥"的时候一样,又软又甜,举手间,暗香盈袖,带着水蜜桃的味道。

3

邵南洲想,现在是能紧紧地牵住自己喜欢的姑娘的手的时候了吧?

"听你的。"他将放在自己眉心上的那只手拿了下来,拽在了自己手心里。

这一次,他不再放开了。

钟茵脸色涨得通红:"喂,松手!"现在周围还有很多人,她又急又羞,好几次想要将手挣脱出来,却只换来了一次比一次还要紧的钳固。

"不放了。"她听见邵南洲在她耳边轻声说。她抬头,看见了男孩儿嘴角上扬的弧度,带着满满的欢喜。

"偷看我?"再一次变得戏谑的声音从她的头顶传来。

钟茵赶紧挪开了视线,反驳道:"才没有!"只是说话的语气太没有震慑力,反倒是让人觉得心虚。

邵南洲哈哈大笑,钟茵正想要爆发时,笑声戛然而止。

她正觉得奇怪,就听见一声来自邵南洲带着正经的声音。

"董老师好!"

钟茴回头,看见站在自己跟邵南洲身后的董老师,整个人僵住了。她努力在脸上挤出一个笑容,干巴巴地朝着门口的女老师打着招呼,感觉到伸出来的那只手的五根手指头都有些不灵活了:"董老师,好……"

董老师呵呵笑着,她狭促的目光落在了邵南洲牵着钟茴的那只手上:"好啊,看来,高一请家长还是不冤枉吧?"

不说还好,一说钟茴就脸红了:"董老师,我……我们……"我们其实什么关系都没有啊!可是不知道为什么,这句话她觉得有点儿说不出口了。

倒是邵南洲的表现比她大方多了,少年还嚣张兮兮地举起了他们交缠的十指:"董老师,现在可是毕业了!"

他这话刚说完,董老师手上的那本备课本就砸在了他的脑门儿上:"哼,毕业了就能不怕我了?"

邵南洲嘿嘿笑着:"不是怕您,是敬重您!所以,您看,我跟钟茴的事情第一个就告诉您啦!"

被提及的钟茴:"???"我们的什么事情?心里像是有一颗小种子在发芽,所以才变得麻酥酥的吗?

"邵南洲,就你贫!"钟茴再也忍不住面上阵阵烫人的羞赧,趁其不备,甩开了他的手,捂着脸跑了。

留在原地的两人同时笑了,邵南洲最后也在董老师探究的目光中离开了,他耳边回荡着董老师最后留下的话:"哟,小伙子,看来你还要加把劲儿啊!人家小姑娘似乎还没完全接受你啊!"

是吗?邵南洲一边追着钟茴一边想,所以,他是不是要去告个白什么的?印个自己的章在水蜜桃的脸上?

邵南洲真去找钟茴告白了,这件事连陈海伦事先都不知道,所以当陈

海伦傻傻地跟在邵南洲后面走到钟茴班级包间门口的时候，还特别萌地问了一句："南洲，这饭店的男厕所有这么大吗？"一个喝醉的人现在脑子也不灵光了，根本没有意识到马上会发生什么。

从理科班的聚会走到文科班的聚会，最大的视觉变化就是包间里原本大片的男孩子变成女孩子。可在这么多女孩子中间，邵南洲一眼就发现了坐在里面的钟茴。

他为了今晚的告白，可是在毕业聚会上一滴酒没沾，直直地看着最里面的人，大喊道："钟茴，你出来！"

他的声音，盖过了包间里的喧嚣，一时间，文科班安静了，所有人都怔怔地看着站在门口的两人。

陈海伦一下酒醒了，是被吓醒的，突然一下被几十个人同时注视着，他也感受不到膀胱的膨胀了，紧张兮兮地看着邵南洲，低声问："疯子，你要干什么？"

下一刻，邵南洲就用行动告诉了他，他要做什么。

"钟茴，我喜欢你！做我女朋友吧！"一点儿都不浪漫的告白，却是现在年轻人能说出来的最诚挚的话。

坐在角落的钟茴彻底愣住了，红晕从她的脖颈蔓延到了整张脸，就连耳垂也变得红彤彤的。她还不知道要做什么反应，又听见门口的少年开口道："如果你愿意，你现在就走出来好不好？"

喜欢了那么久，现在终于说出口，邵南洲的眼里，似乎有星河。

钟茴捂住嘴巴，她怕一松手，自己就会尖叫出来。

坐在一旁的沈岑突然笑了，她跟钟茴在一起这么长时间了，现在她的小同桌的反应别人不知道，她可知道这是钟茴太激动而不知道该拿出什么反应了。

沈岑在一旁看得着急，从位置上站了起来，在所有人还没反应过来时，一把就将面前的钟茜抱了起来。

"快让让！"她冲着坐在出口的几个同窗喊道。

这时已经有人回过神来大声吆喝着起哄："哟，哟，隔壁的邵南洲哦！在一起在一起！钟茜！在一起！"

等到钟茜从震惊中回过神的时候，她已经被沈岑抱着走到了门口的少年跟前。不知什么时候，抱着她过来的女孩子已经退到一边，含笑带着鼓励地看着她，一如她第一眼见到她的时候，热情主动地跟她攀谈，给了她才来到新班级的所有勇气。而现在，也是如此。

钟茜笑了，看着那双似星河的眼睛，她似乎被里面的光芒吸引了："邵南洲，你好没诚意呀！"什么都没有，就这么空手来见她，这是真心的吗？

邵南洲嘿嘿一笑："现在我什么都没有，但以后，时间不会太久，我会给你世界上最好的。这样的话，可以吗？"像是怕钟茜不相信一般，"我现在就能立下字据，好不好，跟我在一起，钟茜？"骄傲如他，眼里也出现希冀又紧张不安的神色。

太想跟你在一起了，哪怕是将未来的一切都作为赌注，也想让你动心，跟我在一起。

耳边不断传来起哄声，钟茜觉得又是害羞又是甜蜜。她可是被全校最帅最厉害的男孩子告白了啊！铺天盖地而来的幸福，让她说话都颤了声："如果我说不的话，那不又给了太多的女孩子希望？那我就勉为其难地收下好了。"

她不知道，她含羞答应他的模样，在他的眼里，是最美的样子。这样羞怯的笑容，贯穿了他的青春，成为十八岁记忆里最鲜明的色彩。

4

"那，为什么现在又做了这一行呢？"台上的主持人微笑着看着坐在

对面的女子，今天她们电视台请来了最近很火的甚至在国际上获得过创意家居大赛奖项的年轻女设计师。

从未在人前露过面的设计师，让主持人在见到她第一眼的时候，竟微微失神了。

这是钟茴今天来参加的一个人物访谈，也是她这么多年来，第一次在公众面前亮相。她工作室的小助理说，要是再不出来证实一下她不是五六十岁的糟老头儿，她的形象就真要被毁了。

可能是网上有关她的信息太少了，主持人恨不得让她将自己的生平全部讲述一遍。

钟茴笑了笑："因为手受伤了。"她老实回答，现场的观众席上顿时响起一片唏嘘声。

主持人也惊讶了："受伤？"

她们在主持节目之前，有收集嘉宾信息，但是关于钟茴的消息却是少得可怜。所以，现在当钟茴告诉她这件事时，她相当意外："这，是怎么回事啊？"

怎么回事？钟茴脸上的笑容稍微淡了些，事情已经过去很久了，但每一次想起来，却还是会觉得手心很疼，心里，也很难受。那段时间，一下变得很黑暗，她跟生命中另一个人牵着手，在黑暗中摸索着前行。

不过，也幸好，是两个人在一起，并肩前行，谁都不曾松开过对方的手。

就是毕业的那天晚上，才在一起的年轻男女走在回家的路上。从KTV出来时，已经是半夜了。邵南洲坚持要把钟茴送回西苑。

街道上已经没什么人了，街道上也没几辆车。在路边站了半小时，邵南洲也没见到一辆空的出租车。

钟茴也不着急，考完试虽然很累，可现在好像一点儿睡意都没有。她将手放在了邵南洲的手心里，像是找到了归宿那样，还很幼稚地蜷起了自己的手指头，在他的掌心抠了抠，结果换来了邵南洲一个无奈的眼神。

"看来我们只能走回去了，边走边看有没有车吧。"他说完后，松开手，在钟茴跟前蹲了下去，"上来吧，我背你。"

从前他也背过她，可现在意义不一样了，他变成她的男朋友，就是单纯地想要背她，舍不得让她走这么长的路。

钟茴嘻嘻一笑，在他跟前不想假装矜持，顺势就扑上了他的后背。

"那你可要把我背稳了！"钟茴今晚喝了一点儿小酒，说话间呼出的气体似乎还带着酒精的味道。邵南洲刚转头想说她是个小酒鬼，可下一秒，他什么也不想说了。

一个轻轻软软的吻就印在了他的脸颊上，带着少女的味道，是背上这颗小水蜜桃的味道。

"赏你的人力费！"那颗小水蜜桃似的小嘴巴还在不停歇地说着话，她不知道自己埋在邵南洲的后颈边的小耳朵，温度烫得都想要让前面的少年缩一缩脖子。邵南洲在心里笑了，就算是喝了酒，也还是那个分外害羞的小学生啊！

"Customer 给的费用似乎不够！"他愉快地开口，却在下一刻后脑上就挨了一巴掌。

"贪心！"钟茴娇嗔，一串笑声在街头荡漾开来。

很多年后，钟茴不止一次地回想，如果那天晚上他们能幸运地坐上出租车，所有的事情是不是会变得不一样？命运的轨迹是不是就不会偏离？

当感觉到身后有人尾随的时候，钟茴已经被邵南洲放了下来。

"小茴，等一下你就只管向前跑，看见有车就拦下来，好吗？"身后有人在吹着挑逗的口哨，此刻邵南洲的眉头皱得紧紧的。

"我一个人走，那你怎么办？"钟茴也意识到他们现在的处境不太妙，

这是学校后面的一条小胡同,白天有很多小店,很热闹。可现在一个人都没有,周围都是墙壁,马路在小胡同的尽头才能看见。

邵南洲像是往常一样揉了揉她的发顶:"当然是把恶势力都打倒交给警察叔叔啊!"他嬉笑着,仿佛眼前的一切对他来说都是小意思。

钟茴急得快要哭出来,他们考完试后直接聚餐,根本没带手机,现在就算是想要联系谁都没通信工具。

"我……我不走!"她使劲儿拽住了邵南洲的衣角,不松手。

"哟,你们俩商量够了没?还以为这是在泰坦尼克号啊!我们哥几个说了让你们谁走了吗?"身后小混混的声音传了过来,阴阴地笑着,"小妹妹要不要来跟哥哥们玩玩啊,保证比你现在有意思哦!"

说话间,后面的三人迅速将钟茴和邵南洲两人包围了,眼神不怀好意地在落在钟茴身上。

邵南洲将钟茴护在自己身后,呵斥道:"你们想干什么?"

"哟,小哥你别着急,我们只是想要找你身边这小妹妹玩玩,别紧张,我哥们儿说话是有点儿凶。嘿嘿,只要你把小妹妹交给我们,今晚肯定什么事都不会发生。可如果,嘿嘿……"这一次换了个黄毛说话,他在邵南洲面前亮出了明晃晃的匕首,模样凶恶。

邵南洲感觉到身后拽着自己衣服的小手在抖个不停,他能感觉到钟茴的紧张。他用自己的大手包裹住她的小手:"一群癞蛤蟆也想吃天鹅肉?"

说话间,邵南洲猛地将钟茴朝后面使劲儿一推,转身就跟那群头发染得五颜六色的人扭打在了一起。

他先发制人,一开始似乎真占了上风,一拳就将最开始大放厥词的人揍得扁了脸。可同时,他自己也挨了一击,黄毛给他的肚子上来了一脚,瞬间他就弯下了腰。

不过，下一刻，邵南洲也抬脚了，像是一阵风扫过，直接踹在了黄毛的膝头，让他不得不跪在了地上。

剩余两人见自己同伴被打，纷纷朝邵南洲扑去，三个人顿时厮打在了一起。

黄毛缓过来时，恶狠狠地将匕首在手中转了好几圈，大步朝着背对着他现在毫无防备的邵南洲走去。月光下，那把匕首，泛着冷光，带着令人感到不安的气息。

随后，那只握着匕首的手臂高高扬起，重重下落。

"不——"钟茴大叫一声，冲向黄毛，伸手替邵南洲挡住了那致命一击。

"噗！"是匕首刺穿了肉体的声音。

钟茴惨叫一声，声音荡在小胡同里，甚至将路边的住户都惊醒了。已经有好几家的窗口都亮了灯，有人拉开窗帘，拿着手电筒扫射着外面的情况。

钟茴痛得倒在地上，黄毛几人被手电筒扫射到，冲楼上好事的居民乱骂了两声，然后逃了。

钟茴蜷缩在地上，掐着自己手腕，痛得说不出话来。

邵南洲来不及抹掉自己嘴角的血沫子，在路灯下看着钟茴被刺穿的右手，脑袋就像是被谁打了一闷棍一样，前所未有的慌张将他牢牢包裹住了。

钟茴在被邵南洲抱起来送去医院的途中就已经陷入昏迷了，是被痛得晕了过去。整个手掌心都被刺穿，在救护车到来之前邵南洲衣服上已经染了一大片鲜血，这上面全是钟茴的血。刚才的匕首，将她掌心的血管割破了。

送到医院，邵南洲联系了家里人，不久，邵父和杨正几人都赶到了医院。

吴湘在接到电话时被吓晕了过去，现在赶过来的只有钟里和杨正。

"怎么回事？"钟里步子迈得最大，额头上有一层细细密密的汗水。

邵南洲此刻的样子很狼狈，再也不见平日的意气风发，他抱着脑袋，

抬头:"医生说要手术缝合,可能神经会受损。"

钟里一下子像变了一个人,猛地抓住邵南洲的衣服,将邵南洲狠狠地抵在了墙上,另一只手的手肘卡在了他的脖颈处,声音带着沉痛:"她受伤了,你又在做什么?小茴难道不是跟你在一起的吗?"

面对暴怒中的钟里,邵南洲没做任何抵抗,只是垂着头:"钟哥,你要是想打我就打吧,是我没保护好她……"

话音刚落,一击带风的拳头就落在他脸上。

邵南洲被打了脸,嘴角渗出一丝鲜血,可他就像是没感觉到疼痛一样,一句话都没说。

"你当然该打!"钟里的情绪有些失控,"早知道是这样……是这样,我怎么可能把小茴交给你!"说完,他的拳头再一次抡了起来。

"钟里,住手!"随之而来的杨正看见这一幕,出声呵斥,"你妹妹还在手术室,你在这里打人?凶手还没抓到,把怒气撒到他身上,有用吗?"

邵南洲被钟里松开,他像是失去了力气一样瘫坐在地上。

"叔叔,钟哥没错,我是该打。要不是因为我,小茴也不会受伤……"他的眼睛里,色彩在渐渐消退。

邵父赶过来,看着白炽灯下面容惨淡的儿子,走过去,在所有人都没反应过来的情况下,朝邵南洲踢了一脚。

"起来!"带着威严的声音在医院的走廊里传开,"你看看你像什么样子?"在来的路上,邵父已经知道了是怎么回事。

邵南洲羞愧地低着头,从地上站了起来:"爸,是我的错。"

邵父冷哼一声:"身为男儿没保护好身边的姑娘,没人说这不是你的错。现在人都进医院了,你还有时间在这里失魂落魄?赶紧给我去找人,我要看看洵北市还有哪些亡命徒,连学生都不放过!"

邵父教训完邵南洲,转身走到了杨正旁边:"抱歉,你女儿的医药费我们这边会全包。"他家傻儿子的那点儿心思,他们做父母的哪能不知道?

大家都是洵北市有头有脸的人物,虽然平常没什么交集,但对彼此尚有耳闻。杨正深吸一口气,像在平复心情一样:"先找人吧,我已经让我在交警队的朋友帮忙找一找录像了,小茴他们经过的胡同里没有摄像头,可街道外面都有,希望能找到。一定要让这群家伙付出代价!"

邵父点头:"我也去帮忙,南洲就留在这里守着小姑娘吧,怎么说也是因为他才受伤的。"就是因为知道自家儿子的心思,邵父才这般开口。现在情况已经这样了,好歹也要让人家姑娘家里人看到点儿诚意吧。

双方家长协商好了,分头找人。

钟里和邵南洲都守在手术室外面,一言不发。

人生苦短,无梦难活。

1

"我醒来后,第二天医生告诉我,以后我再也不能从事执笔画画的事业,因为肌腱断裂,缝合部分不能承受重荷。"钟茴似乎回到感觉失去了全世界的那天,她觉得似乎有一束光,从她眼里飘走了。

"这件事情你从来没有对你的粉丝提起过吧?"主持人心疼地看着她,整个手掌都被刺穿了,那该有多疼啊!

钟茴摇头:"都是过去的事情,现在已经美好的记忆啊。

得知噩耗时,她看着医生,眼里像是没了焦点。

"所以,我是不能再继续画了吗?"她声音小小的,带着无助和可怜。

回答她的是沉默。

钟茴闭上了眼睛:"我知道了。"

片刻后,病房里只剩下两个人。

邵南洲轻手轻脚走到钟茴身边,望着钟茴受伤的那只手,眼里有挣扎有压抑,如果时间能倒流的话,他一定不会让钟茴来保护他而付出这样的代价。

"钟茴,对不起……"病房里,少年的声音带着哽咽。

相处三年,钟茴从来没见过这样的邵南洲。她睁开眼睛,看着面前睫毛濡湿的少年,用另一只手抓住他。

"如果在我的手跟你的命之间选一个的话,我当然是选你的命啊!"她轻声说。昨晚那一刀如果她不挡下的话,就会扎入邵南洲的后腰,刺透他的肾脏,那肯定会有生命危险啊!

"傻瓜,可你以后就不能画画了……"他的心很痛,他低下头,将钟茴的手背抵在了自己额间,"怎么办?"

他不是在问钟茴,而是在问自己。

从来没有哪一刻像现在这样那么希望自己是医生,能够妙手回春,让病床上的人重新捡起最初的梦想。

钟茴也沉默了。她现在其实很想安慰自责的邵南洲,可她自己都觉得伤心死了。

行凶的人在第二天傍晚就抓住了,有了杨正的人脉和邵父的施压,这起恶意伤人案破解得分外迅速。

吴湘从家里赶来,钟茴在吴湘怀里放声大哭。心里不是没有委屈的,只是被压抑得太久,找不到人哭诉。现在看见吴湘,就忍不住了。

"妈妈,我该怎么办?"她像是个在夜间丛林里迷路的小孩儿,又害怕又不知所措,面对突然失去的未来和梦想,变得迷茫恐惧。

吴湘也掉着眼泪,她摸着钟茴的头发:"没事的,没事的,咱们也不是一定要画画的不是吗?世界这么大,小茴难道就没了别的想做的吗?只要是你想做的,我们都在身后支持你。爸爸妈妈,还有你哥哥、杨叔叔,

都支持你。"

钟茴哭得更厉害了。她在大海上航行,突然失去了航海的目标,难免会变得无措。眼泪是她发泄的唯一途径,直到她哭累了,还扯起了嗝儿,这才松开吴湘的手。

这时吴湘的手机响了,她接起后说了两句,将手机递给了钟茴,小声说:"你爸爸打来的。"

发生了这么大的事情,吴湘不敢隐瞒钟谭文。

钟茴用左手拿着手机,咬了咬唇:"喂,爸爸。"

"很痛吧?小茴有没有掉眼泪?"电话那头传来熟悉的声音,钟茴好不容易止住的泪水,现在又有了要冒出来的趋势。

"很痛啊,像是被人偷走了手一样。"她娇气地开口,带着鼻音。

钟谭文在电话那头听得鼻子也有些发酸,就算是铁血将军,可自己孩子受伤了,他也会揪心。没有哪个做父母的能对自己孩子受伤无动于衷。

"别怕,会好起来的。也不要哭鼻子了,都是大姑娘了,要学会坚强,接受现实,努力向前。"

钟茴狠命地咬住下唇,重重点头:"嗯。"她不敢多说一个字,怕说出来就忍不住又哭了。

医院的日子并不算单调,钟茴出事后,陈海伦和沈岑几人几乎是天天都泡在了医院,陪着她,就连医院的医生护士都知道了309病房每天是最热闹的。

邵南洲这天早上又早早来了病房,吴湘前脚才进门,他也进来了。

"南洲,早啊!"吴湘温和地跟他打招呼。两家人看着这俩孩子之间的相处,心里哪还有不明白的?虽然这次事情发生得突然,但吴湘也不是不明事理的人,两个孩子都是受害者,根本谈不上谁亏欠了谁。

"吃早饭了吗？没吃的话来跟小茴一起吧？"吴湘说。

邵南洲走过去，没拒绝。他手里还提着水晶虾饺和流沙包，本来也是打算一起跟钟茴吃早饭的。

吴湘店里有事，没在病房停留太多时间就离开了。邵南洲问钟茴要不要出去走走，今天是阴天，外面也不热。

住院部下面是医院的花园，占地面积很广，还有健身器材。花园平常很多康复的病人在这里散步聊天，不过现在时间还很早，人还很少。邵南洲走在钟茴身边，突然听见她开口："我决定换个专业了。"

钟茴声音轻轻的，像是晨间的薄雾，很容易飘散了。

她说完这话后，邵南洲站在原地，僵住了。这么多天过去了，谁也没有主动谈及这个话题，好像大家都暗地里约定好了那样，其实都是因为害怕，怕钟茴伤心。现在，钟茴自己主动提出来了。

邵南洲牵着她，状似用着很寻常的语气问她："想学什么？"

决定放弃画笔，这对于钟茴来说，做出这个决定一点儿都不容易。可钟谭文在电话里对她说，要向前看，总不能一直做一个故步自封的人吧。放弃自己一直坚持的类似于信念的东西，对她而言，不容易，可生活还要继续。

钟茴努力拉扯着嘴角，露出一个浅淡的笑容："可我不想彻底放弃画画，所以就选择一个跟它相近的专业好不好？"

她的信仰还在，梦想还在，只是可能需要换一种表达方式了。望着这样的钟茴，邵南洲有些说不出话来。

"好。"半晌，他听见了自己干涩的声音，"我们都会支持你。"

钟茴抬头想冲他笑笑，不过目光一愣，看到不远处，她突然伸手晃了晃："哎，邵南洲，快看，是叔叔阿姨哎！"

这段时间，邵父和邵母也没少来病房，钟茴跟他们都相熟了。抬头的

一瞬间,她就发现两人了。

可是邵父并没有发现梧桐树下的他们,而是扶着邵母朝着门诊部走去。

2

"怎么回事?"钟茴举高的手不由得放了下来,"叔叔他们好像不是来看我的,我们要不要去看看?"钟茴见身边的人脸色不好,试探着开口。

两人跟上前,谁也不知道今天的一切,会改变未来的很多很多事。

从一楼的挂号大厅走到了三楼的内科肠胃诊室,因为钟茴还穿着病号服,似乎值班护士也没怀疑什么,两人就站在诊室外面听墙脚。

"……我的建议还是住院,以后这种阵痛持续的时间会越来越长,仅仅依靠人为的压制是不行的,需要药物治疗。邵太太你也是我的老病人了,知道现在癌细胞已经扩散到了身体其他部位。可能你已经做好了心理准备,但这种疼痛会加重,放弃化疗和手术,但这不代表你不能选择减轻一点儿痛苦是吧?邵先生,你也可以说服一下你太太,我没见过哪个胃癌晚期的病人还不住院的。"

邵父沉默了,不住院是因为前段时间邵南洲准备高考,邵母不想自己儿子担心着急。

见两个人都不说话,医生也有些生气了:"难道你不知道肿瘤也会破坏血管的吗?那个时候会伴随着呕血等症状的发生,你身边没个医生怎么行?胃痉挛估计你也感受过了,随着病情加重,以后这种现象只多不少!如果癌细胞转移到你的肝、肺、胰、骨骼这些地方的时候,又会有新的症状并发,哎呀,你们这些人,怎么这么固执啊!"

"住院吧,樊静。"邵父叫了邵母的名字。这个时候,其他的话都是多余的,"南洲已经高中毕业了,这件事情就不要再瞒着……"

"瞒着我吗?"突然,站在诊室外面听完了对话的少年走了进来,面上没有一丝表情。

对于突然出现的邵南洲,邵父和邵母在片刻的慌乱后,保持了寻常的表情。

"南洲,你怎么在这儿?"邵母最先反应过来站起来,目光又落在少年身边的女孩儿身上,"小茴今天感觉好点儿了吗?"

钟茴开始在门外是想拉住邵南洲的,结果她没把人拉住,反倒是自己被拉进来了。

"樊阿姨,我好多了。你,也要住院了吗?"她顿了顿,还是问了后半句话。这是帮邵南洲问的。

"嗯。"邵母点了点头,又望向了邵南洲,"南洲,这件事我们不是有意瞒着你……"

她的话还没说完,少年已经像一阵风一样刮走了。

"南洲!"邵母想要追出去,钟茴跟邵父一左一右拉住了她。

"樊静,你冷静一点儿,现在重要的是你的身体!"邵父开口道。

钟茴也点头附和:"樊阿姨你别急,南洲只是一时接受不了这消息,他现在心里肯定很难受,我去找他,您就先跟邵叔叔去办理住院手续吧,我肯定将邵南洲给您找回来!"

"麻烦了。"

钟茴从门诊部出来的时候,已经不见了邵南洲的身影。医院门前人来人往,她举目四望,却没找到熟悉的身影。

突然,背后猛地被人撞上,钟茴不由自主朝前扑去,本以为会跟大地亲密接触,电光石火之间,腰间已经有一只大手横过,将她搂住了,紧紧地搂住,甚至,她似乎感觉到有一颗热泪,掉进了她的颈窝。

"怎么办?"

邵南洲的声音无措又惊慌,在她的记忆里,他做什么事情都胸有成竹,像是从未畏惧过任何事物，而如今，在她心里强大的少年，露出了软弱。

医院门口，钟茴被少年拥在怀中，像是将她当作了水中的浮木，似乎抱着她就不会沉下去一样。

她抬起双臂，回抱住他："总会有解决办法的，现在樊阿姨不是还在你身边吗？"

奇迹之所以能称为奇迹，就是因为它不会那么普通而频繁地发生在每个人身上。在钟茴住院的这段时间，邵母也住进医院。

邵南洲几乎驻扎在医院里了，现在对他而言世上最重要的两个女人，都在这里。

六月底，全国高考成绩陆续公布了。洵北市的理科状元，不出意外地再次花落洵北高中。

高考前，邵南洲跟陈海伦的赌约，现在终于揭晓了答案。两人以四分之差，包揽了洵北市的理科第一和第二。邵南洲赢了，学校高高地挂起了写着他名字的横幅，就连现在洵北市的大街小巷中穿梭的公交车上的小电视里，也不断滚动着他的名字。

可现在，这个家喻户晓的男孩子，却没有感受到半分状元带来的喜悦，脸上一片愁云。

钟茴是在一天夜里，看见邵南洲在哭的。

这些天里，邵南洲一直表现得很平静，除了第一天知道邵母病情的噩耗后，他一直很平静，安静地照顾着所有人，细心地听着医生的指导，像是从前一样陪着邵母聊天，陪着钟茴做复健。

他几乎瞒过了所有人，让所有人都以为他已经接受了这个事实。

可是，钟茴无意间看见，站在大树下、沐浴着月光的男孩子在迎风流泪，她这才意识到，其实，邵南洲一直很痛苦，很煎熬。

她想，原来，他是找了一个没人的地方，偷偷地哭啊！

钟茴没过去，既然邵南洲选择了在这样一个晚上，谁也没有惊动的情况下悄悄出去，她想他一定也不想任何人看见他现在的模样。

可是，她也没有离去。

她要在这样的黑暗里，在他看不见的地方，默默地陪着他。

后来，钟茴才知道，就在那天晚上，邵南洲做了个决定。

少年放弃了曾经追逐过的梦想，选择成为救死扶伤的医生。当他笑着对所有人说自己改了志愿的时候，当他拿到全国最好的学府的医学院的录取通知书的时候，当所有人在鼓励恭喜他的时候，钟茴才知道，原来那天晚上的泪水，是他在跟从前说再见。

在没有让任何人担心的情况下，邵南洲独自在黑暗中成长了。

"后来呢？"主持人问，"你跟他怎么样了？在那样的环境下，怎么样了？"

钟茴面容温和，脸上带着让人看了觉得舒服的笑容："哦，他现在是我丈夫了。"

摄像机给了她手部一个特写，在她的无名指上，有一颗粉钻。

"那种情况，我们只能互相治愈。活下来的人终要知道怎么更有意义地生活，总不能因为悲痛过去，辜负将来吧。"

直播已快要接近尾声，主持人在问她刚才那句话是谁说的，感觉蛮有道理。

钟茴坐在她对面，面部似乎更加柔和了："哦，是我爸爸。当年我手受伤后，他打电话跟我这样说……"

节目最后，主持人问："那现在已经成为杰出的青年家居设计师的你，有没有什么想要对着当初的自己说的呢？"

镜头给了钟茴一个特写,她捏了捏话筒,像是回想起了才受伤的那段时间,不安、犹疑、徘徊,似乎还在眼前,可下一瞬间,在黑暗中有人拉着她的手,说要一起奋斗,那道声音,在录制节目前,还温柔地刮过了她的耳垂,让她不要紧张。似乎生命中有一道光,总是能照亮她前行的道路。

钟茴莞尔,开口道:"我想谢谢当初的自己,没有辜负最好的年华,在最应该奋斗的时候,没有被挫折打败,才有了现在的我。人生苦短,无梦难活。幸而我们都还有梦想,知道自己有生之年,想要追寻的是什么。"

她感谢所有支持过她的人,更加感谢没有沉溺在颓废中的自己。现在的一切,不是靠着别人,而是靠着自己奋斗得到的。

场上的众多观众,不约而同地将掌声送给了她。钟茴起身回以微笑和鞠躬,然后在轻缓的音乐中优雅地走下舞台。

直播访谈落幕了,在后台,钟茴揉了揉自己有些僵硬的脸蛋,嘟囔了一句"还是好不习惯",身后传来一声闷闷的笑。她回头,看见邵南洲斜斜地倚靠在门边,含笑看着她:"感觉钟大设计师在台上金光四射,快要闪瞎我的眼睛了!"

钟茴蓦地笑出声:"我又不是什么宝物,还什么金光四射啊?"她被邵南洲搞怪的用词逗笑了。

他朝她走来,张开双臂拥她入怀,在她耳边低喃:"嗯,你是我的宝物。"所以,这形容词没毛病。

钟茴嬉笑两声:"你手术也做完了,我工作也结束了,那现在是要回去了?"

"岳父大人既然不在这里,我们留在这儿也没意义。沈岑在咱们群里发了消息,说有朋自远方来,让我们过去见见。"邵南洲牵起她的手,不过,脸上的表情似乎不太好看。

钟茴感知到邵南洲的情绪似乎不怎么好。

"怎么了?是谁来了?"

一个消失了太长时间的人,也难怪钟茴没第一时间想起来。

"嗯,顾长青回来了。"邵南洲说。

是的,顾长青回来了。

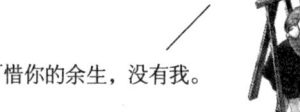

可惜你的余生,没有我。

顾长青回想起最近一次回国,见到沈岑的模样。那时候,沈岑正在跟清吧里的一小姑娘说笑。

"客人,我们小店现在还没有营业,您暂时不能进来,谢谢合作。哎,客人,哎,您现在不能进来……"他被阻拦,但还是不客气地闯了进去。然后,他就看见沈岑抬头,记忆中的模样,似乎没什么改变,又似乎哪里变了。

"嗒——"男子脚步停顿的声音,他锃亮的皮鞋,踩踏在木质地板上。

"沈岑。"这是他进门后的第一句话,让一前一后拦人的服务生愣住了。

而不远处坐在吧台跟前的女子,在听见男人开口的一瞬间,背脊僵直了,手里的瓜子,都忘记放进嘴里。

沈岑没有抬头,声音比往常还要低沉几分:"清子,小贝,把人给我轰出去!"

前一刻还在愣怔的两人,得了指令,虽不知道为什么,但也乖乖地按照沈岑的意思去做了。

"先生，请您……"阮清子的话还未说完，她就被人给推开了。

顾长青大步流星朝着吧台走去，边走边道："沈岑，见了老朋友，不聊两句？"

这话，让沈岑冷笑一声："顾少说什么玩笑话，我不过是开小店的小贩，哪能跟顾少是老朋友？想来是认错人了吧？"她状似很平静，只是那双放在膝头的手已经紧紧握成了拳。

在场的小贝和阮清子对视一眼，退了出去，清吧里只剩下顾长青和沈岑了。

顾长青像是没听见一样，走到吧台边坐下："虽然这里还没营业，但能来一杯白水吗？走了很久的路，很累也很渴了。"漂泊了八年，回到故乡，觉得很累了。

这话像是触及了沈岑的心事一样，让她的肩头微微颤抖。当初为什么填报志愿的时候义无反顾地选择了金融系？还不是因为眼前的男人，因为这是从前他的梦想，而她的梦想是希望自己跟他走在同一条路上，奢望着终究有一天还会再遇的。不过，谁也没想到，她遇见的是另外一个人，来照顾她的余生。

"既然觉得累了就留在你应该在的地方，还回来做什么呢？"她终于看向他。隔着短短的距离，看着眼前这个消失了八年的男人，他已经褪去了从前的青涩和稚嫩，变得成熟而更加内敛。

"给你，冰水。"

顾长青笑着接过，道了声谢。只不过当他的视线落在那只拿着杯子的手指上的戒指时，瞳孔急剧瑟缩了一下，似乎在这一刻，心脏也像是被外来的一只手，狠狠地抓住了。

沈岑的目光也顺着他的视线落在了自己手上，她微微一笑，用左手旋转了右手无名指上的钻戒："对了，你应该知道我结婚了吧。我记得我有

给你的邮箱发邮件,不过似乎,那个邮箱是废弃的,我们给你的邮件都没有回复呢。"她语气随和,仿佛眼前这个人,真的只是自己生命中一个无足轻重的过客而已。

那个邮箱是当初顾长青到了美国后,给他们报平安的邮箱。他当年走得那么决绝,甚至连电话号码都不愿告知,大有要跟这群人决裂的意思。可是这八年里,四个人像是已经达成了默契一样,身边发生的不论大事小事,都习惯写一封邮件,顺手发到在高二那年就没有任何回复的邮箱里。

八年来,一直如此。

"哦,我知道。"顾长青从记忆里挣扎出来,两年前看见那封邮件的时候,他将显示屏给砸碎了。眼下,他有点儿想要将那枚戒指扔掉。

听见他的回答,沈岑轻笑一声:"呵,原来你看见了啊!"她没有指责他为什么看见了却没有任何回音,从手边拿了一根烟,点燃,猩红烟头在一团白雾中若隐若现,"那就好。"

"嗯?"

"那我就不愧疚了啊,结婚的时候我还在跟我们家老徐说,感觉辜负了少年的誓言啊。"以前她总嚷嚷着长大后要嫁给他,"总觉得自己是在没有你的允许下就轻易嫁给了别人,如此看来,你是默认了,那我就松了一口气了。"沈岑笑了笑,她只是将那根细长的女士香烟夹在自己手指间,任由烟雾笼罩了两人。

顾长青西装下包裹着的肌理现在绷得紧紧的,他极力压制着沸腾的情绪:"他对你好吗?"

沈岑扬眉:"不好我为什么跟他在一起?不过,老徐不让我抽烟,可能就这一点不太好吧?"她嬉笑着,能够把自己宠得像个孩子的男人,应该是很好的吧?

想到过去被老徐照顾的这六年里,沈岑嘴角露出了微笑:"能给我一个安定的家,为了我远离故乡,顺我心愿在这里开了一家小店,他对我很好。"沈岑想,这不是她对顾长青的炫耀,只是想在这个男人面前认真地表示自己现在真的过得很好,作为朋友,他可以放心。作为曾经的恋人,如果他还记挂着她的话,现在也可以放心了。

顾长青将手边的冰水一饮而尽,冰水顺着喉咙进入他的身体时,让他感到了一丝寒冷。

"这样啊,那挺好的。"他觉得嘴里有些苦涩,明明喝的不是酒,却还是体会到了那种感觉。

"能给我一点儿蜜饯吗?"他说。

店里的零嘴几乎都是老徐买来的,老徐知道她跟店员唠嗑的时候,总是能吃一大堆。这个坏毛病还是让老徐宠出来的,当年沈岑才去上大学,老徐已经大三了,为了追求她,恨不得将学校超市搬空了,最后终于抱得美人归。

"少吃点儿,这是老徐在城南那家果脯铺子排了两个小时才买到的,别吃光了。"沈岑从下面的柜子里拿出一盘桃肉,唠叨一般说着。

顾长青笑了,随手拈了一颗尝了尝。他觉得这东西不甜,没有那栋老旧的筒子楼后面公园里的糖人甜。可现在做糖人的师傅已经消失了,可能,在岁月的变迁中,那种手工糖人也终究成了时代的淘汰品?

"这次回来还走吗?"沈岑单手支着下巴,"可惜了,小茴陪着邵南洲去了江阳市,那边有一台大型手术,现在还没回来。不过,海子倒是还在,今晚要不要一起来我家吃饭?"说到这里,她眼睛不由得闪了闪,"我告诉你啊,我家老徐手艺可好了,小茴每次都想来我家蹭饭,你不知道邵南洲那脸啊,拉得老长老长的,笑死我了。"

顾长青配合她也跟着笑了两声,心里的那种苦涩却是越来越重。只有爱一个人深到骨髓,才会像这样说话三句都不离那人的名字吧?

"可能今天不行了,我回来是出公差,晚上还约了客户,就不再聚了。"说着,他举了举手边的白水,道声再见,转身离开。

沈岑没有目送他,只是从桌下拿出抹布,轻轻地将原本就很干净的吧台擦拭了一遍,又一遍。

等到外面的小贝和阮清子都进来了,沈岑抬头,看了看墙壁上的大摆钟:"呵,就只是十五分钟啊!"从那个人进门开始,到离开,就只有十五分钟呢。

感觉到兼职生火辣辣的目光,沈岑暗骂一声就算是这么多年了,那男人还是像当年一样招蜂引蝶,才多长点儿时间啊,就把她店里小妹的魂都勾走了。

"岑姐,刚才那谁啊?"小姑娘的好奇心就是太重,还太花痴,这两只眼睛恨不得就变成桃心的样子还以为谁不知道一样。

"哦,俗称EX。"沈岑淡淡说。

可内心远不如她此刻面上的平静,只有她自己知道。

顾长青回来了,当陈海伦在办公室看见这条消息时,差点儿将面前的咖啡打翻。助理正从门外进来,吓了一跳,开口道:"陈律师,就算您想要做公益律师,好歹平常也要接点儿正常的case啊,不然我们事务所再这样下去真的要倒闭了!"助理哭丧着一张脸,"以后连蓝山咖啡也喝不起了。"

陈海伦:"……"其实速溶的他也不介意,不过现在比起咖啡问题,更重要的是他收到了来自沈岑的消息,多年不见的老友回来了,就像他离开时没有一点儿征兆一样回来了,也是出乎所有人预料的。

八年后再聚是什么样呢?这个问题大家都没想过。

站在机场,邵南洲在安检口拦住了一提着公文包的男子:"浑蛋,有本事你别回来啊!"回来既然不想跟他们再聚,那就不要透露行踪啊!他眼神带着凶狠，又似乎有不甘。

顾长青微微垂下头，头顶明亮的灯光照射在他的发梢上，在他的眉眼间落下斑驳的阴影。他没想到在自己临走前，还会遇见这一幕。

邵南洲最终还是从江阳市赶回来了，带着钟茴，到了机场。现在他跟前站着从前的老友，四个人都看着他，眼神复杂。

"你又想一个人偷偷走？"陈海伦站在最前面，"这么多年没一点儿消息，顾长青，你是几个意思？"他们很想他，可他呢？

顾长青的目光在四人脸上一一掠过，带着无奈："都知道了啊。"他感慨，"这次是出差，有点儿匆忙，真没时间，下次回来我们五个人再聚行不？"他脸上挂着笑，似乎比从前温和了许多。

"八年你有那么多次回国的机会，可你没一次回来。以后？还有以后吗？"邵南洲拦着顾长青不放，直直地看着顾长青的眼睛。

这个问题，邵南洲没有等到答案。

顾长青过了安检，站在另一头，突然回头，朝着外面的四人挥手："会有吧。"他眼中含笑，给出了模棱两可的回答。

转身离去，顾长青发了一条短信。

"沈岑，祝你幸福。"

当面说不出口的话，最后用这样的形式表达出来了。顾长青想，可能以后永远不会回来了吧，一切他惦念的，都有了最好的归宿……

顾长青已经不记得这是自己在外面第几次搬家了。

从最开始在事务所赚取了第一桶金，搬出学校宿舍，在外面租了个小小的单间，那时候浴室都还要与人共用，到后来，在上大学的第二年，拿到了奖学金，加上平日里跟的案子，终于换上一套小面积的单身公寓。

　　几年的时间，来来回回换了四五次房子了，而现在，他想，终于要安定下来了。

　　已经拿到绿卡，他在这边凭着这几年手里积攒下来的存款买了房，虽然目测还有几年贷款。但这不是最重要的，最重要的是，漂泊了多年后，挣扎了多年后，他终于放弃，将最后一丝奢望从心头抹去。有些人不在身边了，可生活始终要继续。

　　转身下楼，搬家公司还在下面等着他。

　　他自己开车过来的，车里也还有一些重要的物件，担心搬家公司一不小心给磕坏了，索性亲力亲为。

　　顾长青跟搬家公司的人交涉好后，打开后座的门，弯腰进去，解开座位上的安全带，从里面抱出来一包裹得四四方方的框子，让人看不清楚这里面究竟是什么。

　　可能因为那东西看起来实在是太大一块了，搬家公司的小哥看不下去，走过来，询问他需不需要帮忙。像顾长青这样的，穿着笔挺的西装系着领带走哪儿都提着电脑包的人，看起来实在不像能做什么体力活的。

　　可是小哥善意的帮助却被顾长青礼貌地拒绝了，他将用牛皮纸包得严严实实的物件抱得很紧，像是抱着珍宝一样。

　　走进电梯，顾长青伸手将怀里的物件边角护着，像是担心它会撞在墙壁上一般。

　　搬运小哥见后，不由得笑了："这外面还有包装纸，不会磕坏的。"再说，电梯很平稳。

　　顾长青神情不变，他轻轻开口，声音像是在电梯里回荡一样，久久没能消散："我是怕撞疼了她。"

　　小哥有些震愕，撞疼？他看顾长青抱着的东西，猜想可能是什么很值钱的古董。

"价值连城的东西,那是要保护好一点儿。"

电梯门开了,顾长青家的楼层到了。

搬运小哥随着顾长青一起进了房间,家里才装修结束,已经打扫过一遍,看起来很干净。

其实这一次从原先的租房里搬出来的东西也不算特别多,一些大型一点儿的家具,很多都重新购置,商场早有人来安置妥当了。

唯一的大件家具,可能就是顾长青的那张大床。

搬运小哥将拆下来的木板搬进卧室里,正好看见顾长青站在角落里,将先前他怀中抱着的物件拆开。

可能是顾长青的小心翼翼太让人印象深刻,以至于小哥有些好奇,究竟是什么东西那么值得人万般小心。

很快,那张牛皮纸就被撕下来了。

是一幅油画。从小哥的角度看来,就一幅很平常的油画。画里有个女孩子,朝前奔跑。

在搬家小哥看着那幅画的同时,顾长青也站在画前,细细地观摩。

即便,这画在这九年时间里,他已经看了无数次。就算有无数次搬家,这个过程中他在不断丢弃一些东西又在不断添购一些物件,可这幅画,却始终伴随他左右。甚至,无论是哪一次搬家,都会被他亲手搬到下一个住址,悬挂在卧室墙壁的正中央,从未改变。

"漂亮吧?"像是知道身后也有人在打量一样,顾长青开口问。

搬家小哥反应了两秒,才意识到这位顾客是在跟他讲话,他有些不好意思地挠了挠头:"那个,我不是太懂艺术呢,不过看起来,是很好看的。"顾客的问题嘛,那就顺着他的意思说好了。

像是听不出来别人口中的敷衍一般,顾长青笑了:"我也觉得很漂亮。"他伸手,眼神带着留恋和不舍,用指腹轻轻地触碰画中女子的脸颊。可不

知道是想到了什么，突然又像是触电一般缩回手。

"抱歉……"他用只有自己能听见的声音开口，"差点儿忘了，你已经不属于我了……"

即便已经过去那么久，每当看见这幅画，他总是忘记钟茵笔下的女孩子已经嫁作人妇，不属于他了。属于他们之间的那些欢愉的回忆，已经开始变成黑白相片，越来越古老，甚至，记忆已经开始泛黄。

等新家收拾妥当后，已是傍晚。

顾长青送走了搬家小哥，关上大门，穿着家居鞋，一手端着马克杯，站在客厅里。望着已经被一点点填满的新家，一切都是按照他喜欢的风格装修的新家，他却突然觉得寂寞了。

刚才还叮叮咚咚、哐哐当当的，现在突然一下变得好安静。

他抱着水杯走到窗前，看着楼下车水马龙，霓虹灯似乎将这个世界染成了彩色。可在他背后，却是一室冷清。明明当初买的时候就选了个两室一厅的小户型，不足一百平方米的房子，可眼下，他还是觉得大了。

没有一点儿烟火没有一个亲人的家，就只是个歇脚的地方。

他突然想到先前在卧室安装大床的小哥的问题："先生，您怎么不重新买一张床呢？这跟你家里别的家具看上去有些不搭配啊！再说，这人工费很高，不怎么划算呢！"

为什么不扔掉那张已经有了好些年头的大床？顾长青也在问自己，为什么不干脆点儿完全割舍掉过去？心为什么总还是会沉迷，还是会舍不得，像个老太太一样，一点儿也不麻溜。

"长青，以后我们结婚了，就买这个好不好？"在泛黄的记忆深处，脑海里似乎还回荡着这道声音，脑海里似乎……还能回想起当年少女的笑脸，还记得她微翘的马尾，有些圆润的脸蛋，一双桀骜不服输的眼睛。当时，是个明媚的午后吧，她就站在他身边，挽着他的胳膊，站在商场里，指着眼前这张已经渐渐显出了年龄的大床。

她问好不好，他说她不害臊，明明那个时候他们还是背着书包在学校上课的高中生，可那个时候她就已经在偷偷谋划着要嫁给他。他说，哪家的姑娘像她一样……

可后来，他终于知道了，的确是没有哪家的姑娘像她一样。除了她之外，再也没有别的姑娘像她一样一颦一笑都能牵动他的情绪，没有哪个姑娘有着她那么桀骜的眼睛和倔强的性格，也没有哪个姑娘能十几年在他心中挥之不去，而她，却再也不是他的姑娘。

而他呢，似乎这辈子的好脾气都花在她身上了。从此之后，再也包容不了任何一个别的女孩儿的任性和娇蛮。除了她之外，似乎也再无法爱人。

可是呢，她现在早已不在他身边了，只剩下一幅画，还是他偷偷拍下来的那幅画，在这个像是箱子一样将他与外界隔绝的房子里，日日夜夜，偷偷看着。就连搬家，都小心翼翼，生怕磕疼她。

手里马克杯里的水已经渐渐凉下去了，他转身，将杯子搁在身后的茶几上，进了书房。

每天回家都会刷一遍邮件，这似乎从出国开始就成了他的习惯，今天也不例外。

工作用的邮箱没有被家里的私人电脑保存账号，自动登录进去的是一个在多年前就已经算是基本上废弃的邮箱。在这漫长的时间里，这个邮箱从未对外发出过任何一封邮件，不过，从前倒是有源源不断的邮件被寄过来。

不过，随着时间的流逝，似乎很多事情也改变了。那些每周一两封的邮件，也渐渐变成了一月、两月、半年，陆陆续续的。不过，就算是这样的频率，在这几年时间里，他还是收到了不少。

这些，全是来自邵南洲他们。

距离上一次回国差不多有一年时间了，大家重新取得了联系，渐渐地，

这邮箱算是彻底废弃了。不再有任何往来邮件,它似乎完成了自己的使命。可在他眼里,它还没有。

点开收件箱,看着那些以前的邮件,他一封封地点开,看着太平洋另一头的人对他的埋怨,埋怨他的冷漠,埋怨他的杳无音讯,直到,他翻到了那封结婚的电子请柬。

这封电子请柬,跟别的邮件都不同,一点开,就有 wedding 特有的轻音乐播放出来。很甜的曲子,可每一次他听了,都觉得很苦。明明心里对那个女孩儿结婚的事实已经麻木了、接受了,可每一次,不知道为什么,每一次看见这封请柬,看见她张扬的笑,纤细的手臂挽着另一个穿着西装他从未正式见过的男人时,还是会很难过。

原来,真有那么一个人,遇见之后的离别,就是一辈子了。离别后,永远失去了与其牵手的权利,余生再无可能拥有她,转过身,就真的一辈子没有机会了。

笔记本电脑长时间没有使用,屏幕自动进入了休眠,可那封邮件里的婚礼插曲还在播放着,似乎让这个空荡荡的没有女主人的房间有了一点点的温情,不过,也就是一点点,不过,也就是似乎,其实,什么都没有。

他睁眼,还是一室冷清,其实,什么也没改变。

十年来,孑然一身,什么都没有改变……

番外二
钟茴篇
ZHONGHUI

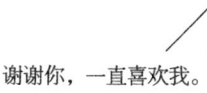

谢谢你,一直喜欢我。

外面的温度已经很低了,可心,很暖,还很燃。

邵南洲毕业后,进入淘北市首屈一指的第三人民医院的第一个生日,正值他轮休。

钟茴在邻省参加一个创意比赛,回来后直奔医院。

急诊室是医院一个很特别的地方,来来往往的人,脚步不停,好像这里的医生和护士,走路都比别的专科医生快了不少。钟茴到的时候,天还亮着。街面上商场的橱窗里,喷着雪人,还有贴着金色字母的气球,写着"Merry Chrismas",圣诞节要来了。

钟茴怀中抱着一束香水百合,她看了看时间,距离邵南洲下班还有半个钟头,她准备就坐在候诊区等他。

这次比赛和交流会持续了四天,不过钟茴提前回来了,她没告诉家里的那个男人,想要给他一个惊喜。

坐在位置上,钟茴看着手机,她给邵南洲发了好几条消息,可现在对方还没有一点儿回应。她耸肩，想来可能是后者还在忙于工作，她也不再打扰。跟沈岑报了平安，很快沈岑就回复了。

沈岑：[恭喜发财][恭喜发财][恭喜发财][恭喜发财]

钟茴：？？？

沈岑：邵南洲不是生日吗？给他的过节费，想着万一我给了他，他藏起来当作私房钱怎么办，所以直接给你好了。

看见这条微信的时候，钟茴简直哭笑不得，这都什么跟什么啊！不过沈岑的好意她也没推拒，权当是两人下次出门约会的餐费了。

沈岑在微信上问她怎么还在聊天，钟茴老老实实给她拍了张自己在医院等待的照片。

沈岑一条语音发了过来，在替她打抱不平，说邵南洲怎么能让她等着呢，还说要给邵南洲打电话。

钟茴赶紧制止，她是担心打扰邵南洲工作。

沈岑笑着骂她没出息："不过我们家老徐说你就是贤妻良母的典范！"说完后，话锋一转，"不过我们家老徐也说了，不需要我那么贤惠，家里有个足够贤惠的仙夫就行了，我想干什么就干什么！"她语气里，带着一股自豪和骄傲。

在这头拿着电话听着她语音的钟茴嘴角不由得翘起，最致命的就是沈岑这样无意识地秀恩爱了。

她看了看自己手边的香水百合，笑笑，不知道邵南洲看着她抱了一束花送他会是什么感想。

想到这里，钟茴坐在位置上傻笑了两声。

眼瞅着时间已经慢慢过了五点半，可是手机上依旧没有半点儿回音，她这才从位置上站起来，抱着花，朝邵南洲的办公室走去。

办公室门只是轻掩着，没上锁，钟茴敲了两声，里面没人应答，她刚伸手准备推门,突然,背后传来一道声音,喊着她名字。

"小茴啊?"

钟茴转头,就看见从走廊另一头走来的穿着白大褂有些上了年纪的老医生,她看清来人是谁后,脸上顿时扬起一抹笑,大步走上前:"何医生!"

这是高三那年,她的主治医生,后来又很巧合地成为邵南洲在医院实习时的指导老师。

对于这位老医生,钟茴很尊重。

"怎么,来找南洲吗?"老医生乐呵呵的,他的办公室就在邵南洲旁边,"过来喝一杯热茶再走?"

钟茴自然不会推辞,随着何医生走进去。

"南洲还在手术室,可能啊,你今天要多等一会儿了。"

"难怪,我给他打电话都没人接听呢!"钟茴微微一笑,这种事她也不是第一次遇见了。急诊医生就这样儿,一点儿也不轻松,有病人的时候,永远都是病人排在第一位。

"唉,可难为你们这些小年轻了,这天儿还很冷,来,喝点儿茶暖暖。"

一杯冒着热气的茶放在钟茴跟前。

"谢谢。"钟茴端起来,放在嘴边小小地抿了一口,感觉有些甜,她又喝了一口。

这动作,被对面的何医生看见了,他不由得笑了:"看来南洲说得没错,说每次你要是过来,给你的茶里加一两颗小冰糖!他可是给我们科室的所有医生和护士都送了两大包呢!说指不定哪天你来医院,坐等他连喜欢的甜茶都没有。"何医生嘿嘿笑着从自己的办公桌抽屉里拿出那两包传说中邵南洲送的冰糖。

这话让钟茴脸上微微发烫,心里却又有些甜滋滋的。

"邵南洲他小题大做,何医生你见笑了……"虽然嘴巴上这样带着小

小的抱怨,可脸上的笑意却一直不曾消散。她无意识地转了转无名指上的戒指,脑海里想象着某个大男人手里提着一袋袋的冰糖走到同事跟前,好不意思地提着要求。

何医生摆手,看了看时间:"我帮你去问问他在做什么手术,下午的时候我就看着他匆匆忙忙去手术室了。"现在已经六点多了,距离邵南洲正点下班时间过去快一个小时了。

钟茵站起来:"没事没事,何医生您也要下班了吧?我去他办公室等他就好了。正好我也没事,就在这里等着他好了。真的,不用去问了。您开车了吗?没有的话,我送您回去。"她知道邵南洲是开车来上班的。

老医生摇头婉拒了她的好意:"不用不用,我自己开了车。你那手,南洲难道没有告诉过你还是少开车吗?小心保护,去哪儿让南洲送你,不然这小伙子怎么能这么轻而易举把你给娶回去了?"

钟茵失笑,跟何医生聊了两句后,去了邵南洲办公室。

一个人的办公室,似乎有些冷冷清清,钟茵坐下来的时候,有些想睡觉了。本来这几天参加比赛让她有些累了,加上还赶了行程,现在坐在开着暖气的办公室里,她有些昏昏沉沉的。

她靠在椅背上,怀里抱着一大束百合花,闭着眼睛,居然还就真睡着了。

这间小小的办公顿时变得特别安静,就连羽绒服"刺刺"的摩擦声也没有了。

邵南洲结束了下午的那场手术后,已经接近晚上九点多钟了。患者从工地的高空坠落,落在地上时,正好被一根钢筋扎进了大腿。内脏也破损大出血,立即被送进了急诊室,从四点进手术室,到现在才出来。

出来后,邵南洲动了动脖子,长时间低头做手术,让他颈椎感到有些不舒服。紧跟着他身后的麻醉师舒了一口气,他的模样看起来比邵南洲似乎还要累。

"幸好啊，这命还是捡回来了。"两人站在洗手池边时，他开口说。

患者送进来的时候已经陷入昏迷，身体的各项指标都显示出糟糕的状况。

"嗯。"邵南洲声音低低的，"不过能不能醒过来又是另一回事了。"从那么高的地方摔下来，脑袋很难不留下什么后遗症的。现在病人还在重症监护室，以后能不能醒来还是个问题。

麻醉师深以为然："人啊，就是这么脆弱啊！不过邵医生，你今天这表现很不错啊，像你这样才毕业没多久来医院就能独当一面的，咱们医院可不多啊！我看好你！"今天麻醉师全程在手术室里，看见眼前的男人是怎么有条不紊地跟身边人配合，将那根粗粗的钢筋从患者的身体里取出来的。

对这样的表扬，邵南洲回了淡淡的笑意。两人在电梯口分别，等到只有他一个人的时候，他才摸了摸自己的口袋。这一摸，才发现自己的手机似乎落在了办公室。

他还想着这时候跟钟茴打个电话来着。看了看时间，他加快步伐，钟茴的作息时间一向很规律，他担心等会儿时间晚了那姑娘已经睡觉了。

整条走廊亮着灯的办公室不多，很快，邵南洲就到门口了。他动作有些急切，拧开门把手，想着去拿手机。可当门被打开的瞬间，他就愣住了。

整个办公室弥漫着的香水百合味道争先恐后涌进他的鼻子里，而那个已经不知道什么时候趴在他办公桌上熟睡的身影，没有提前打一声招呼就撞进了他的眼底，才是真正令他愣怔的源头。

那么小小的一团，在开着暖气的办公室还穿着毛衣，也就只有他家小姑娘这么一个了。

邵南洲突然有点儿懊恼刚才那么粗鲁地开门，不过他心里有点儿小小的窃喜，幸好没把她吵醒。

他轻手轻脚关上门,走到钟茵跟前,看着面前这团粉粉的小团子,还有被她抱着现在已经可能被压得快要凋零的花,嘴角不由得扯得越来越高,心似乎一下被什么填满了。

外面的温度已经很低了,可心,很暖,还很燃。

他悄悄收拾着病历表,发现桌上的手机指示灯还亮着,伸手拿过来,划开屏幕一看,他这才发现几个小时之前钟茵就给他发了短信,还有好几条微信,是沈岑那帮人发来的。

沈岑的消息比别人都长,也只有她不是单独祝福他生日快乐的:"邵南洲!你人呢!见到我家小茵没!赶紧的,她来你们医院了,还不让我给你打电话,别让她等久了!"

看着几个人的发信时间,他愧疚了。他不知道今天钟茵会回来,也不知道她竟然在自己办公室等了几个小时。钟茵为什么会出现在这里,他比谁都清楚。

看着位置上的小人儿,他轻轻叹息一声,眼里不知道究竟是无奈多点儿还是宠溺多点儿,走过去,试图将那束已经被她焐热的花束从她怀里小心翼翼地抽出来。

他是真不想将钟茵吵醒,哪知道这姑娘睡觉还不忘用力抱着花束,他扯了两下,居然没从她怀里夺走。

这简直让他有些哭笑不得,他不敢再用劲儿了,生怕弄醒了她。他默默地将车钥匙装进自己口袋里,将她的羽绒服披在她后背上,然后站过去弯腰,横过她臂膀和腿弯,稍稍一用力,就将座位上的女孩儿抱了起来,稳稳当当。

因为暖气的缘故,钟茵一张小脸现在粉嘟嘟的,她像是闻到自己熟悉又安心的味道一样,偏着头,脑袋顺势就枕在他的胸口,还像是一只小奶猫一样,蹭了蹭……

他无奈地看着她这个小动作，低头没忍住，亲了亲她的脸颊。

那脸红扑扑的，可像一只熟透的水蜜桃了，带着诱人的香气。

就这么抱着喜欢的人，他关了灯，转身大步走出办公室。走廊里很安静，他刻意放轻了脚步，很小心。

在医院难免会遇见同事，他这样子抱着钟茵出现，碰见值夜班的同科室的医生。后者了然地点了点头，两人默契地都没说话，他抱着钟茵静静离开了。

到了地下车库，车里还没开暖气，钟茵才被他放在位置上，立马就醒了。

她真的是对温度敏感到不行，突然离开了温暖的怀抱，一下就醒来了。

可能是还很留恋刚才的温度，醒来的刹那，钟茵的双手还紧紧拽着他胸口的衬衣。

"南洲？"一时间，钟茵还没搞明白自己在哪里。

她呆呆傻傻的样子实在是太可爱了，两只眼睛像是只注意到眼前的人一样，傻乎乎的，让他瞬间回想起当年自己跟钟茵第一次见面时的场景。那时候的她，也像是现在这样，抓着他的手，圆滚滚的眼睛看着他，不过当年那双眼睛的主人很快落荒而逃了，如今，逃走的小姑娘已经被他追上，然后拴在他身边。

"醒了？冷吗？马上就好，我们马上回家。"他站在车门处，弯腰，伸手碰了碰钟茵的脸颊，像是在安抚一般。

因为冷，钟茵在位置上缩了缩脖子，点头。

他上车后，钟茵指着车里的时间，有些闷闷："哎呀，生日都快过去了，我还订了蛋糕呢！"

这个时间点，蛋糕店都关门了。

邵南洲揉了揉她的头发："抱歉，今天真不知道你会提前过来，不

然……"

"不然怎么样?"钟茴脸上突然换了个表情,带着笑意,调侃地问,"不然就不给病人做手术了?"这么长时间邵南洲才从手术室里出来,她想也能想到会是怎么样的大手术。这问题她也不是真的要他给出一个答案的,在他还没回答前,她已经先开口了,"那怎么行!就算是你知道我会过来,你也一定会坚持做完手术的。南洲,我很骄傲。"因为这样的你,有一双救人的双手,感到特别骄傲。

"病人,现在好了吗?"钟茴又问。

邵南洲望了钟茴好几秒,眼底的笑意深深浅浅地漾开了。这就是钟茴,他从见到第一眼可能就已经开始心动的那个从前话很少,很羞怯,却一直很懂事很乖巧的女孩子。即便是这么多年了,从青葱到成熟,她始终不曾改变。记忆里的那个让人疼到心坎里的女孩子,跟眼前这个已经成为妻子的体贴温柔的女子重合在一起,他突然倾身,解开了刚系好的安全带,朝钟茴的方向压了去,在光线一点儿也不明亮的地下车库里,寻着女子的唇,重重地吮吸着,撬开她的牙关,攻城略地……

这个完全出乎钟茴意料的激吻,令她措手不及。

"唔,怎么了?"钟茴没有拒绝他的亲吻,她伸手轻轻地拨弄着他后脑勺儿的头发,趁着空隙发问,"工作不顺心吗?"她知道外科医生的压力很大,在手术台上见的生生死死比寻常人多了不知道多少倍。如果手术不成功,对主刀医生来说,也是一个沉重的打击。

他捧着她的脑袋笑了,摇头:"没,手术很成功。只是就突然想要亲亲你了……"

突然想亲亲这样一个一直了解我、站在我身边的你。还有,一直等着我的你。在那个闷热又黑暗的夏天,因为有你在我身边,牵着手,才走出迷茫和不甘。

钟茴回吻着跟前的人，揪着他的衣襟，嘻嘻笑得没心没肺："哦，那正好，我也想亲亲你……"

　　亲亲这么棒这么优秀、始终在奋斗的你。带着不改初心，一直喜欢着我的你。还有那个，填满了我的余生的你。

文 / 打伞的蘑菇

《学霸住我家隔壁》

从不近人情的冷漠瞬间变成"非女主不可"的逗比！！！
昨天还爱答不理，今天就倒贴不已？

【男主因一场意外忽然"精分"，从高冷学霸变成灿烂学渣】

心动片段欣赏：♥♥♥♥♥

　　谈禹虚压在我上方，一手撑着地板，另一只手垫在我的脑后。

　　背后的冰凉和身前的灼热双重刺激着我的神经。整个房间就只能听到我心跳的声音。我有些僵硬地对上他的目光："谈……谈禹……"

　　"嗯？"他的声音里有我从来都没听过的暗哑，让我有点口干舌燥。

　　"你现在是……非常讨厌我的那个，还是……有点喜欢我的那个啊……"

　　我怯生生的表情倒映在谈禹的眼睛里。许久，他笑了一声，呼吸落在我的眼睑："你猜呢？"

　　他吻下来。

　　别猜了，从始至终都只有一个，非常喜欢你的那个。

/ 上市时间：2018 年 06 月 /

欢迎进入大鱼官方淘宝店，直接购买
2018 满屏惊喜藏不住，多重好礼送不停！

惊喜一：大鱼文化所有图书上市第一时间，编辑部直发。

惊喜二：签名本随机掉落，预售更有责编、作者精心挑选的超值礼物，送完为止。

惊喜三：每周末都有赠书活动，新书折扣优惠大量放送。

第一次
亲密拥抱

Ni Zai Nan Zhou,
Wo Zai Xiang Ni

邵南洲一行五人，
五一去邻市看海。